書下ろし

天《てん》満《ま》橋《ばし》まで

風の市兵衛 弐《に》㉕

辻堂 魁

祥伝社文庫

目次

『天満橋まで』の舞台
北
東
南
西
福野武右衛門の屋敷
東照権現宮
淀川
天満
天満橋
京橋
大坂城
朴念の店
大坂略図
淀川
枚方村
大坂湾
泉州佐野町
江戸略図
市兵衛の店（永富町）
口入れ屋「宰領屋」（三河町）
江戸城
日本橋
京橋

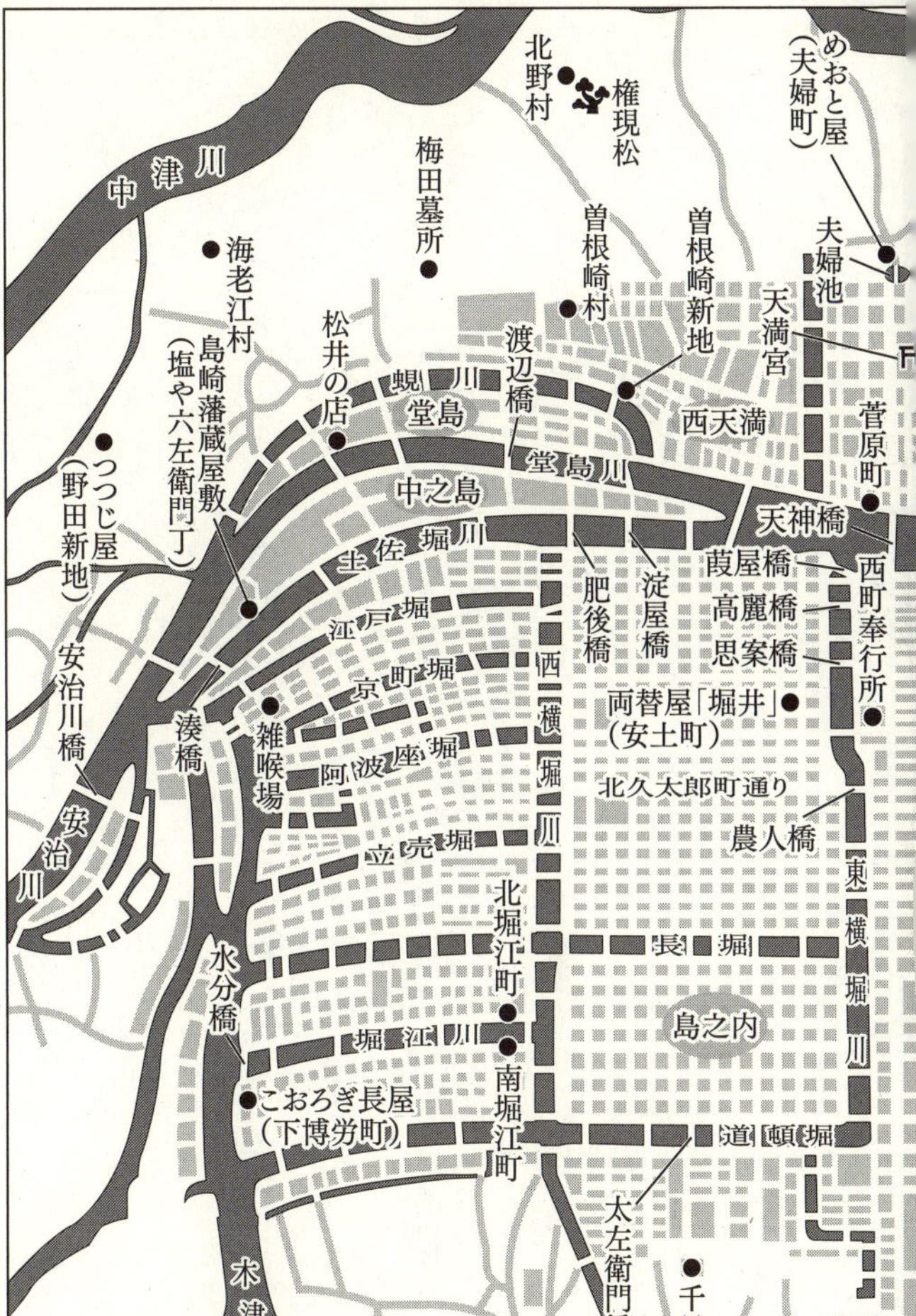

めおと屋（夫婦町）
北野村
権現松
中津川
梅田墓所
曽根崎村
曽根崎新地
夫婦池
天満宮
海老江村
島崎藩蔵屋敷（塩や六左衛門丁）
松井の店
渡辺橋
蜆川
堂島
西天満
菅原町
堂島川
中之島
つつじ屋（野田新地）
土佐堀川
天神橋
葭屋橋
西町奉行所
肥後橋
淀屋橋
高麗橋
江戸堀
思案橋
京町堀
西横堀川
両替屋「堀井」（安土町）
安治川橋
湊橋
雑喉場
阿波座堀
北久太郎町通り
農人橋
安治川
立売堀
北堀江町
東横堀川
長堀
水分橋
島之内
堀江川
南堀江町
こおろぎ長屋（下博労町）
道頓堀
太左衛門橋
千日墓所
木津川

地図作成／三潮社

序章　西方浄土《さいほうじようど》

南東からの風が吹くころ、城下の春は終る。

彦根《ひこね》城下の南方、寺町でもある五番《ごばん》町はずれに室生斎士郎《むろうときしろう》が結んだ庵《いおり》は、切妻《きりづま》造りの茅葺《かやぶき》屋根という質素なあり様にて、網代垣《あじろがき》を廻《めぐ》らした狭い庭のくぬぎが、北西よりの、まだ冷やかな春の湖風《こふう》に若葉をそよがせていた。

その昼下がり、藩主の近衛《このえ》勤務たる五職の物頭・保科柳丈《ほしなりゆうじよう》が、下城途次《とじ》の裃《かみしも》を着けたまま、斎士郎の庵をわざわざ訪ねてきた。

保科柳丈は、供侍と中間《ちゆうげん》を戸口《とぐち》に待たせ、斎士郎の門弟の案内を受け、ひとり部屋へ通って、北のお城に背を向けぬよう庭側に端座《たんざ》した。

部屋は六畳間で、西側に引き違いの腰付障子《こしつきしようじ》が開かれ、濡《ぬ》れ縁《えん》とくぬぎが青葉を繁《しげ》らせる小さな庭がある。庭を囲う網代垣の先に、寺院の白壁と青々と繁る樹林の下に、僧房の瓦屋根《かわらやね》が午後の日に耀《かがや》いていた。

樹林を飛び交う鳥の声が、遅い午後のときを刻《きざ》んでいた。

それに、赤子の睦《むつ》の果敢《はか》なげな泣き声がまじり、江《ごう》のひそめた声が睦をあやした。乳を含ませたのか、ほどもなく泣き声は収まり、また鳥の声だけになった。

斎士郎は、質実な小袖《こそで》と袴《はかま》に着替え、保科の待つ座敷に出た。保科と対座し、手をついて言った。

「わざわざのおこし、真《まこと》に畏《おそ》れ入ります。お呼びいただければ、わたくしよりお屋敷へ参上いたしましたが」

「急に思いたった。思いたったら、わが屋敷へ呼ぶ間も惜《お》しかった。急ぎ、おぬしに会わねばと思ったゆえだ。斎士郎、手をあげてくれ」

保科柳丈は、裃の膝《ひざ》に手をそろえ、斎士郎が身を起こす仕種《しぐさ》を見守った。それから、門弟の出した茶托の碗《わん》をゆっくりと一服した。

斎士郎は二十九歳。未だ瑞々《みずみず》しい清風の鋭気を俤《おもかげ》に止《とど》めつつも、壮年の年ごろに差しかかっている。

青白い細面《ほそおもて》にやや頰骨《ほおぼね》が目だつものの、広い額《ひたい》からひと重《え》の鋭い目と中高な鼻筋が、一文字に鋭く結んだ薄く赤い唇へ下っていた。指の長い手を、膝へ貼りつけるようにそろえていた。

背筋を伸ばした上体は痩軀《そうく》ながら、肩幅の広い六尺《しゃく》（約一八〇センチ）を超える長身は、しなやかで強靱《きょうじん》な刃《やいば》を感じさせた。

「奥方さま始め、保科家のみなさま方のご健勝《けんしょう》の様子を日ごろよりうかがい、真に喜ばしく思っております」

斎士郎は、心もち目を落としていった。

「ありがとう。睦は健《すこ》やかか」

「はい。順調に育ち、ありがたいことでございます」

「そうか。誕生からもう五ヵ月になるな。親にとっては、子が健やかであることが何よりだ」

保科はまた茶を一服した。

「保科さま、お急ぎの用件をまずは……」

斎士郎が促した。

しかし、それを聞く前から、斎士郎にはそれがわかっていた。

保科は碗を戻し、束《つか》の間、鳥の鳴き声に耳を澄ました。

「迷っていたのだ。本来なら、わたしが果たさねばならない。だが、殿さまのお側に仕える身に勝手なふる舞いは許されぬ。おぬしに頼むのは、筋が違うと思い悩んだ末に、おぬしに頼むしかないと思いいたった。思いいたったと言うより、決心がついた、と言うべきかもしれぬ」

保科は、言いづらそうに続けた。

「しかし、言うておく。これは命令ではない。お上《かみ》の務めでもない。意に沿《そ》わぬのなら、断ってくれ。断ったとて、なんら差しつかえない。むしろ、当然のことだ。これをおぬしに頼む理由は、ただ、わが武門の意地がそれを希《のぞ》んでいる。このまま放っておけぬ。それのみだ」

「野呂川伯丈《のろかわはくじょう》さまの一件で、ございますか」

「聞いたのか」

「数日前より、保科さまのお呼び出しを、お待ちしておりました。お呼び出しがこぬなら、わたくしがお屋敷におうかがいいたすつもりでございました」

保科は首肯《しゅこう》した。

「伯丈は、不肖《ふしょう》のわが弟だ。保科家の部屋住みの身が、野呂川家と養子縁組を結び、身分低き番方《ばんかた》ではあっても、一家を率《ひき》いる身となった。にもかかわらず、狷介《けんかい》な気質、尊大で驕慢《きょうまん》なおのれへの過信、おのれを恃《たの》む気位の高さが、いつかは身を誤るのではと、気が気ではなかった。いく度かたしなめたが、伯丈はわたしによく言いかえした。わたしの何が間違っているのですかとな。些細《ささい》ないき違いから朋輩《ほうばい》と争い事を起こし、斬り捨てた。ひとたび怒りに捉えられると、おのれを抑えることができない。殿さまに仕える武士が、朋輩を斬り捨てたということは、殿さまの家臣を斬り捨てたということだ。それには思いがいたらない。それでいて、殿さまへのおのれの忠誠を信じて疑っておらぬ。それではただの愚かなあらくれではないか。恐れていたとおり、殿さまの不興を買い、国を追われた。本来なら、切腹を申しつかるところが、そうならなかったのは、伯丈が保科家の血筋を引く者だからだ。ぎりぎりの殿さまの恩情だった」

庭のくぬぎの若葉が、風にそよいだ。昼間の春の暖かさは、いつしか、遅い午後の冷やかな気配に変わっていた。

「障子を閉めますか」

斎士郎が言った。

「このままでよい。年甲斐《がい》もなく、気が昂《たか》ぶっておるのだな。冷えてきたのがかえって心地よい。はや、四十だ。果敢ないな。このごろ、隠居のときを本気で考えるようになった」

「まだ、そのようなお歳《とし》ではありません」

「確かに、倅《せがれ》は十二歳だが、家督を譲るまでにはいましばらくときがある。斎士郎の行《ゆ》く末は考えておる。二年のちにはわが藩校の稽古館に迎え、教師の役目に就《つ》く。むろん、この庵から拝領屋敷へ移り、家塾にて藩士の子弟の養成の役目も、担うことになるだろう」

「畏れ入ります」

斎士郎は、目の遣《や》り場を探して伏せた。

「伯丈のことは、誰に聞いた」

「わが塾に見えられます方々より、噂《うわさ》が流れているとお聞きいたしました。それを聞いてからすでに七日になります。噂が真なら、お呼び出しがあるものと心得、お待ちいたしておりました」

「伯丈が斬られた知らせが届いたのは、半月前だ。大坂南《おおさかみなみ》の千日墓所《せんにちぼしょ》に火《ひ》や(火葬場)と刑場がある。伯丈は彦根を出てから、一時、刑場の首打役の手代《てしろ》を務《つと》めていたそうだ。亡骸《なきがら》は刑場と焼香場の間の、聖六坊《ひじりろくぼう》前の広場に俯《うつぶ》せになっていた。ただひと太刀《たち》に前頭を割られ、絶命したと思われる」

保科は、綺麗《きれい》に剃《そ》った月代《さかやき》から眉間《みけん》までを、筋を引くように指先でなぞった。

「早朝、火やの番人が伯丈を見つけた。前夜は小雨が降り続いて、おそらく亡骸はひと晩中、雨に打たれていたのだ。夥《おびただ》しい血が流れたに違いないが、雨に洗い流され、血の海の中に倒れていたのではなかったと、知らせにはあった」

「知らせは、どなたより届いたので、ございますか」

「大坂西町奉行所の地方《じかた》与力・福野武右衛門《ふくのたけえもん》と言う方が知らせてくれた。伯丈が千日前の刑場にて首打役の手代を務めていた折りの、かかり合いらしい。しかしながら、知らせに子細《しさい》は書かれていなかった。伯丈とその与力が、首打役以外のいかなるかかり合いであったのかもだ」

「伯丈さまの墓所は、どのように」

「それもわからぬ。墓があるのかないのか。そもそも埋葬をしたのか。もしかしたら、死体捨て場に打ち捨てられたのか。それとも火やの灰になったのか。それすらも……」

保科は口をつぐんだ。

斎士郎はわかっていたが、それを訊《き》いた。

「保科さま、わたしのなすべきことを、お指図願います」

「伯丈が亡くなった知らせを受けたとき、いつか、こういう日がくることは承知していた。伯丈は身を誤り、なるべくしてそうなったと思った。だが、ひとつ、わかっていなかったことに気づかされた」

斎士郎は沈黙を守った。

「伯丈の死によって、気づかされた。伯丈の狷介な、おのれ自身への尊大で驕慢な過信、おのれを恃む気位の高さは、わたし自身の気質でもあるとだ。伯丈がいつかは身を誤るのではと恐れていたように、わたし自身がそうなることを、わたしは恐れていた。わたしは、そのようなおのれ自身を隠し、葬《ほうむ》って生き長らえてきた。だがな、隠し葬ったつもりでも、弟の愚かさにおのれの愚かさが見えていた。伯丈は愚かなわたしを映す鏡《かがみ》だった。わたしは長男に生まれ、保科家を継いだ。伯丈は弟に生まれ、野呂川家の養子となった。国を追われ、異国の地で果てた。わたしが弟であったなら、それは伯丈ではなくわたしの定めであったかもしれぬ。ゆえに、伯丈の無念がおのれの無念と感じられてならぬ。伯丈は成仏できず、未だ中陰《ちゅういん》に迷うておる。わたしにはそれがわかる。伯丈を成仏させてやらねばならぬ。斎士郎、おぬしの腕を借りにきた」

保科は眉をひそめ、眼差《まなざ》しを庭へ投げた。

庭のくぬぎの枝葉がささめき、寺院の樹間に鳥のさえずりが聞こえる。

斎士郎は言った。

「鈴鹿《すずか》の山谷で育った一介の浪人者にすぎぬわたくしが、保科さまより捨扶持《すてぶち》をいただき、学問と剣術に身をそそぎ、妻を娶《めと》り、子を得たのでございます。保科さまの身に余るご恩を被り、それに甘んじて参りましたのは、いつかこのようなときがきて、保科さまのお役にたてる場が必ずやあると、信じていたからでございます。今、ようやくそのときが参りました。室生斎士郎、身命《しんみょう》を賭《と》してわが務めを果たす所存でございます」

保科は斎士郎へ向きなおり、微眇《びびょう》な朱を帯び始めた斎士郎の白皙《はくせき》を、凝《じ》っと見つめた。斎士郎は保科の眼差しを、一瞬もそらさなかった。

第一章　土佐堀川《とさぼりがわ》

一

　桜も散って、夏の気配が少しずつ感じられた。

　のどかな晩春のその日、浅草御門《あさくさごもん》から御蔵前《おくらまえ》の大通りへと、いき交う人通りの多い浅草瓦町《かわらまち》の往来に、井桁《いげた》模様の白衣《びやくえ》へ黒巻羽織《くろまきばおり》の定服《じようふく》を着けた町方が、紺《こん》足袋雪駄《たびせった》の早足を運んでいた。

　町方は、八文字の下がり眉《まゆ》にちぐはぐなひと重の目を険《けわ》しくし、鼻筋は細く通っているものの、色白のこけた頰《ほお》と妙に赤い唇《くちびる》を不機嫌そうに歪《ゆが》めた顔つきが、どこか間の抜けた仏頂面《ぶつちようづら》に見えた。

　中背の痩《や》せた体軀《たいく》のいかり肩を小刻みに上下させ、肩の震えの調子をとるかのような雪駄の音が、これも不機嫌そうに鳴っていた。

あの野郎の不景気な渋面《しぶづら》を見たら、閻の鬼も顔をしかめるぜ、と浅草や本所《ほんじょ》、深川《ふかがわ》の盛り場の貸元や顔利きらが言い始め、いつしか、無宿渡世の地廻《じまわ》りや博徒《ばくと》らが《鬼しぶ》と綽名《あだな》をつけた町方だった。

町方の後ろに、ひょろりと背の高いのとずんぐりした小太りの、どちらも細縞の尻端折《しりはしょ》りに黒股引《くろももひき》を着けた御用聞が二人、紺看板に梵天帯《ぼんてんおび》を締《し》め挟《はさ》み箱をかついだ奉行所の中間《ちゅうげん》がひとりと、物々しい足どりの三人が従っていた。

本両替屋《堀井《ほりい》》の店頭は、広い軒庇《のきびさし》に吊《つ》るした紺地の長暖簾《ながのれん》が庇下を覆《おお》い、分銅形に、両替、と文字を彫った飴《あめ》色の板看板が下がっていた。長暖簾に堀井の名はなく、冷たい濃紺の無地が間口全体を隠していた。

町方は堀井の店頭に一旦立ち止まって、後ろの御用聞らへ目配せした。御用聞らが頷《うなず》きかえすと、長暖簾を左右へ払った。

二間《けん》（約三・六メートル）幅ほどの入り口の左右にたてた連子格子《れんじごうし》が大店《おおだな》らしい商家の趣《おもむき》を見せ、左右の連子格子の下には、客が腰かけられるような縁台がおかれていた。

表口は両引きの戸が引かれていて、広い前土間と店の間が見えた。

店内はたてこんでいなかったが、店の間のあがり端《はな》に腰かけた客を相手に、天《てん》秤《びん》やさお秤《ばかり》で銀貨を量《はか》っている手代《てだい》、客にわたす貨幣や豆板銀を紙包みにしている小僧、また小判の性合《しょうあい》や色を那智黒《なちぐろ》の碁石《ごいし》に擦《こす》りつけ鑑定している者らで、慌《あわ》ただしい様子だった。

店の間奥の結界《けっかい》で、天秤の針口を細い棒で叩《たた》き、目盛を読んでいる主人らしき男が見えていた。

あいつか。三十歳と聞いたが、老《ふ》けていやがるな。主人にしちゃあ、冴《さ》えねえ野郎だしよ。

町方は前土間に雪駄を鳴らしつつ、結界の男から目を離さなかった。

黒羽織の町方の定服は目だったため、店の間の手代や客らが、訝《いぶか》しそうにふり向いた。天秤の目盛を読んでいた男も顔をあげ、店の間奥の結界から前土間の町方へ探るような顔つきを寄こした。

そのため、店の間の接客のざわめきが、なんとなく静まっていた。

前土間の一角に、まだ十二、三歳と思われる小僧が、小柄な身体《からだ》に比べて大きな前垂れを垂らして控えていた。小僧は、素早く町方の前に駆け寄ってきて、たどたどしいながらも声を張りあげた。

「お役人さま、お役目ご苦労さまでございます。両替のご用でございますか」

町方は小柄な小僧へ渋面を向け、恐がらせないように薄笑いを見せた。

だが、町方の薄笑いがかえって小僧を気味悪がらせた。小僧は、町方の背後に並び立って睨《にら》んでいる、背のひょろりと高いのとずんぐりした小太りの御用聞や、紺看板に梵天帯の中間にも怖気《おじけ》づいた。

「両替のご用じゃねえ。お上の御用さ。ご主人を呼んでくれ」

「は、はい。お役人さまの、お、お名前をおうかがいいたします」

「おれの名前かい。おれは北町奉行所の御用を務める……」

町方は羽織の下の、博多帯《はかたおび》の二刀に並べて差した朱房《しゆぶさ》の十手《じつて》を抜きとり、

「定町廻《じようまちまわ》り方の渋井鬼三次《しぶいきさじ》だ。わかったら、ご主人の安元《やすもと》さんに御用だと、急いで伝えてくれるかい」

と、再び店の間奥の結界の男へ目を投げた。

「北町奉行所定町廻り方の渋井鬼三次さまでございますね。承知いたしました」

小僧は、急いで店の間にあがり、手代らの間をすり抜けて、結界の男の傍らに坐《すわ》った。首をすくめて男に用を伝え、何か小言を言われたのか、すくめた首をかしげたり、まだ前髪を残した月代《さかやき》の頭を、こくりこくりとふったりした。

結界の男は座を立って、お仕着せの襟元《えりもと》や前垂れの下の身頃《みごろ》を調《ととの》えつつ、小刻みな歩みを店の間のあがり端まで運んだ。そして、前土間の渋井へ落ち着いた素ぶりで手をついた。

「おいでなさいませ、お役人さま。小僧がご無礼を申しましたようで、真《まこと》に相済まぬことでございます。店頭で御用をうかがいますのは、周りのお客さまに障《さわ》りがございますので、奥の座敷へお通りくださいませ。伸太《しんた》、お役人さまをご案内して差しあげなさい」

後ろに従っていた小僧が、「へえい」と、甲高《かんだか》くかえして前土間におりた。

「お役人さま、どうぞこちらへ」

と、いきかける小僧に渋井は言った。

「小僧。いいんだ。座敷で茶を呑《の》みながら訊《き》くような御用じゃねえんだ。これから、茅場《かやば》町の大番屋まできてもらわなきゃあならねえ。ちょいとむずかしい御用なんだ。あんたが堀井のご主人の安元さんかい」

しかし、男は渋井より年上に見えた。

渋井は、文政《ぶんせい》八年（一八二五）の年が明けて四十四歳になった。なんだい、じじいじゃねえか、と自分の歳《とし》を忘れて思っていた。

「申しわけございません。わたくしは、堀井の番頭を務めます林七郎《りんしちろう》でございます。ただ今、主人の安元は大坂の本店へいっております。主人が上坂《じょうはん》いたしております間は、番頭のわたくしがこちらの店を取り締まっております」

「そうだろうな。安元さんは三十歳と聞いていたから、ご主人を呼んでくれと小僧に言ったのに、あんたがきたんで、これが三十歳かい、老けた三十歳だと、内心たまげていたんだ」

朱房の十手を肩にかつぐような恰好《かっこう》で、渋井は店中の手代や客を、笑わせたつもりで見廻した。

だが、手代や客は、茅場町の大番屋まできてもらわなきゃあならねえ、と渋井が林七郎に言った御用を怪しみ、渋井と番頭を見守っているばかりだった。誰もにこりともしなかった。

渋井は店中を見廻してから、首をすくめて動かなくなった小僧へまた不気味な薄笑いを向け、それから林七郎へ戻した。

「安元さんが、わざわざ大坂の本店へとは、どういう用だい」

「あ、はい。それがでございます。今月の初め、大坂より本店の大旦那さまが急《きゅう》逝《せい》なされたと知らせが届きましたもので、ご新造さまとお子さまもご一緒に、すぐさま大坂へ旅だたれました」

「ほう。本店の大旦那が急に亡くなった？　そうなのかい。そいつはお気の毒なことだったな。大坂の本店のご主人は、確か、堀井を興《おこ》した千左衛門《せんざえもん》さんだったな。急に亡くなったとは、病気かい。それともほかに……」

「大坂の大旦那さまに何があったのか、何ゆえ急にお亡くなりになられたのか、それにつきましては、わたくしどもはまったく与《あずか》り知らぬのでございます。ともかく、しばらく、こちらの店を恃《たの》むと旦那さまは申されまして」

「そうかい。なら、しょうがねえ。番頭さんに話を訊くしかねえだろう。番頭さん、ちょいと茅場町の大番屋まで、ご足労願えるかい」

　殊勝な様子を見せていた番頭が、えっ、と意外そうに顔をあげた。

「あの、わたくしが大番屋にでございますか？　それは異なことでございます。わたくしは、旦那さまより堀井の取り締まりを任せられてはおりましても、旦那さまの詳しいご事情につきましては、何も存じあげておりません。あくまで、旦那さまのお指図どおりに務めておりますばかりで、わたくしが旦那さまの身代わりに大番屋にうかがいましても、御用のお役にたてることは、何もおこたえできぬと思うのでございますが」

「何言ってんだい。あんた、この店の筆頭番頭だろう。筆頭番頭なら、主人が留守の間に主人に代わって、御用の調べが入ったお店の商いについてこたえるのは当然だろう。それが重役ってもんだ。違うかい」

「お店の商いについての、お、お調べなので、ございますか」

「そういうことさ。これが盗人《ぬすっと》やら殺しやらの詮議だったら、こんなもんじゃねえよ。いきなり、あんたを土間に引き摺《ず》り落として、この十手を二、三発ほど見《み》舞《ま》ってふん縛《じば》っているところさ。というのは、冗談さ。安心しな。大人しくしてりゃあ、ふん縛ったりはしねえ。こっちもまだはっきりしたことが、わかっちゃいねえんだ。そのために、主人の代わりに番頭さんに大番屋へご足労願って、話を訊きてえのさ」

「堀井の商いのお調べでございましたら、大番屋へうかがわずとも、わたくしの覚えております限りにおいて、こちらでおこたえいたしますが。堀井は、お上の御法に触れるような商いは、いっさいいたしておりませんので」

「ほう、そうかい。だが、ここでというわけにはいかねえな。わざわざ大番屋でとり調べるんだから、ただのお叱りで済むとり調べじゃねえことは確かだ」

手代や客は誰も口を開かず、町方と番頭の遣《や》りとりを見守っている。

大番屋は、罪を犯したと疑われる者が、小伝馬町《こでんまちょう》の牢屋敷《ろうやしき》に入牢《じゅろう》になるまで収《しゅう》監《かん》しておく仮牢である。

ただし、大番屋でも収監した者へ責《せ》め問《どい》をやることもある。

その大番屋へ、番頭をともないとり調べをするということは、町奉行所よりのお触れとかお達しとか、そういう類でないのは誰にもわかった。

筆頭番頭の林七郎は、明らかにうろたえ始めていた。

「どういうとり調べか、番頭さん、もしかしたらあれかと、思いあたる節がじつは腹の中にあるんじゃねえのかい」

「い、いいえ。一向に。わたくしどもの商いは、常にお上の御法に則《のっと》って……」

「この両替屋が三年前、大坂の堀井の江戸店になって、今の安元さんが主人に就いてから、ずいぶんと貸付《かしつけ》額を増やしているそうだな。両替商だから、金銀の両替の打歩《うちぶ》やら、為替《かわせ》の遣りとりとか手形の振り出しの手数料のほかに、大名貸や商人貸とかの利息で儲《もう》けを増やすのは、何も間違っちゃあいねえ。むしろ、世の中の役にたっているのは、おれにだってわかるさ。けど、堀井はそれらの本両替の商いのほかに、妙な貸付をやっていると噂《うわさ》が流れているぜ。堀井の貸付額が急に増えたのは、その妙な貸付が増えたからだってな」

番頭は眉をひそめ、顔をそむけた。

「そいつは、大名やら商人らが商いを続けるための貸付とは、ちょいと筋が違うだろう？　貸付相手は、大体、大店《おおだな》や中店《ちゅうみせ》ぐらいの手代やら使用人だ。そういう手代や使用人らは、奉公に励《はげ》んで給金を得てはいても、誰もかれもが先々に望みがあるわけじゃねえ。別店《べつだな》の暖簾分けとか、お店で出世して、番頭さんみてえに筆頭番頭に就けるのはほんのひと握り。女房も子もなく歳をとって、暇《ひま》を出されるまでお店にしがみつくか、縁者を頼って親もすでにいねえ郷里へ戻るか、なんぞ手だてはあるにしても、そりゃあ心細い限りだ。そういう先々の望みが心細い手代らの心の隙を狙って、江戸の場末のどこそこに裏店を持ちませんか、その裏店を貸して店賃を稼ぐ家持ちになりませんか、将軍さまお膝元の江戸は、これからもますます住人が増えて大きくなり、住まいを求める借り手は増える一方ですから、間違いなく店賃を稼げますよと、あんたらは話を持ちかけるそうだな」

そこで番頭は、いがらっぽい咳《せき》払いをして、渋井の話を中断させた。

「うん？　どうした。大丈夫かい、番頭さん」

いいえ、と番頭は顔をそむけたまま首を横にわずかにふった。

「続けていいんだな。そうかい。じゃあ、続けるぜ」

渋井は店中の手代らを見廻して言った。

「話を持ちかけられた手代らは、元手があればできるかもしれないが、給金を得ている身では無理だと、みなそう思う。そこへ、あんたらはさらにひと押しするわけだ。元手の心配はいりません。煩《わずら》わしい手間もかかりません。裏店《うらだな》を建てる元手の融通《ゆうずう》、地主の仲介や家守《やもり》の手配や腕のいい大工を見つけるのも、全部お任《まか》せくださいと言う。地主への借地代、家守の給金、町入用、あんたらが貸付《かしつ》けた元手の利息などは店賃でまかなえ、それらの細かいかかりを差し引いた残りが、すべて自分のものになるのです、それを、心細い将来の蓄えにすればいいし、むろん、余裕のある暮らしを送るのも勝手ですってな。しいて手間を申せば、裏店を建てた地主さんや町役人さんらへ、最初の挨拶《あいさつ》ぐらいをするのは、世間並みの礼儀というものかもしれませんがね、ともっともらしくさ」

「確かに、お客さま方にそのような貸付も、いたしております……」

番頭の林七郎は、か細い声をようやく寄こした。

「わたしどもの融資《ゆうし》と斡旋《あっせん》によって、裏店の店賃を得られ喜んでいただいているお客さまがおられます。堀井さんのお陰で、将来の不安がなくなった、ありがとうと仰《おっしゃ》るお客さまの声を、いくつもいただいております」

「いくつも？　そうなのかい。そりゃあ、よかったじゃねえか。もしもこれが、裏店は建てたが空家だらけ、店賃は入らず、元手の利息、借地代、町入用から家守の給金まで、何もかもが、あんたらの話を真に受けた客の借金になってのしかかり、殆《ほとん》どの客が借金の火だるまになった日にゃあ、この話は元々ちょいとおかしいんじゃねえか、という事態になるかもな。あんたらの貸付がおかしいと、もしも奉行所に訴えられたときは、堀井さんのお陰です、ありがとう、の客の声がそんなにいくつもあるんなら、きっと、あんたらの助けになるだろうぜ」

「ですが、お役人さま。わたしどもの貸付は、お客さまに家持ちになるまでの内容を詳細にお伝えいたし、儲かることもあれば損をすることもあります、損をしたときは借金を抱えることになりますが、それでもよろしいですか、と重ねて確認し納得していただいたうえで、貸付を始めております。お客さまが、よしやろうと、ご自分で決められたのでございます。どの商いでも、必ずしも上手《うま》くいくとは限りません。儲かることもあれば損をすることもあります。それがあたり前の商売なのでございます。ご自分で決めたことが上手く稼げなかったとしても、何もかもわたしどもの所為《せい》になさるのは、おかしいのではございませんか」

「てめえが決めたんだから、てめえの所為じゃねえか、と言うわけだな。けど、番頭さん。てめえで決めたんだからてめえの所為だ、話を持ちかけたあんたらの所為じゃねえと、本途《ほんと》に思うかい。腹の底から、てめえらの所為じゃねえと思うなら、その事情を大番屋へきて聞かせてくれるかい。番頭さんのような頭のいい人が、おれたち呑みこみの悪い町方にもわかるようにさ」

「そ、それならば、大番屋へいかずとも、ここでお話しすればよろしいのではございませんか。し、仕事がございます」

番頭が、眉間《みけん》に不快そうな皺《しわ》を刻んで言った。

「そうはいかねえのさ。今朝方、本所のある裏店で、お店者が首を吊《つ》っているのが見つかったのさ。横十間川《よこじっけんがわ》の向こうの、亀戸町《かめいど》のはずれの裏店だ。どうやら首を吊ったお店者は、堀井の裏店の貸主になる誘いに乗って、亀戸町のはずれに裏店を建てたが、店子はひとりも集まらず、裏店は空家のままで、ただ借金まみれになって悲観した挙句《あげく》の首吊りだった」

渋井はまた、店中の手代を見廻した。

手代らは声もなかった。

「住む者のいねえ裏店で、てめえで首を吊って死んだんだから、てめえの所為だ。だが、そのお店者は、あんたらの持ちかけた話を真に受けて大きな借金を背負った末に、首を吊るしかなくなった経緯《いきさつ》と、あんたらへの恨み言をつらつら書置きに残していた。あんたらと交わした細かい遣りとりまで、子細にな。番頭さん、こいつは拙《まず》いぜ。あんたもそう思うだろう。とうとう、死人まで出しちまったんだ。町奉行所も放っておけねえ。一体、なんでこんなことになっちまったのか、てめえで首吊りをしたてめえの所為なのか、それとも書置きにある通り、てめえの所為だけじゃねえのか、番頭さんの話をじっくり聞かせてもらいてえのさ。ご主人の安元さんがいたら、安元さんにきてもらうところだが、いねえんじゃあ、次に偉い番頭さんの話を訊くしかねえだろう、というわけだ。ほかにもえらい番頭さんはいるだろう。今日の仕事は、代わってもらうんだな。もっとも、今日だけじゃあ、済まねえかもしれねえがな。よし、じゃあいこうか」

番頭の顔は、血の気が引いて真っ白になっていた。

「助弥《すけや》、蓮蔵《れんぞう》、番頭さんをお連れしな。番頭さんが逆らわなきゃあ、縄をかけるんじゃねえぜ。丁重にな」

と、渋井は後ろの御用聞に言った。

「へい、承知しやした。番頭さん、大番屋までご足労願いやす」

「いきやすぜ、番頭さん」

のっぽの助弥と小太りの蓮蔵が、あがり端の番頭の両肩に手をかけた。番頭の肩は震えていて、店の間と前土間の手代や小僧や客は、えらいことになったという様子で番頭を見つめ、誰も声を出さず身動きもしなかった。

「さあ、番頭さん、世話を焼かせねえで」

助弥が、ぐずぐずする番頭の肩を強くつかんだ。

「あ、あの、は、羽織を……」

引き摺られるように上体を前へかしげながら、番頭が言った。

「やい、小僧、番頭さんの羽織を持ってきてくれ。それから草履《ぞうり》もな」

助弥が、ずっとそばについていた小僧に言いつけた。

「へえい」

と、小僧は小柄な身体をはじけさせ、折れ曲りの土間を店裏へ逃げるように駆《か》けていった。

本両替屋《堀井》の店を出て、午後の瓦町の賑《にぎ》やかな往来を、渋井に続いて番頭の林七郎、その左右を助弥と蓮蔵が固め、後ろに挟み箱をかついだ中間がついて、五人は浅草御門へとった。

神田川《かんだがわ》に架かる浅草橋に差しかかったとき、渋井は何気なく、浅草御門の上に青々と広がる空を見あげた。昼下がりの天道は、まだ枡形《ますがた》門の櫓《やぐら》の空に高く耀《かがや》いていた。白く丸い雲が、ぽかりぽかりと浮かんでいる。

ふと、もうすぐ春が終るというのに、未《いま》だ江戸に戻ってこない市兵衛《いちべえ》のことが気になった。市兵衛が戻ってこないのだから、渋井の倅《せがれ》の良一郎《りょういちろう》も、長谷川《はせがわ》町の扇子《せんす》職人・左十郎《さじゅうろう》の娘の小春《こはる》も、まだ戻ってはこない。

良一郎の母親で、今は本石町《ほんこく》の扇子問屋《伊東《いとう》》の文八郎《ぶんぱちろう》に再縁したお藤《ふじ》が、とき折り渋井を呉服橋《ごふくばし》の北町奉行所へ訪ねて、「どうなってるの、渋井さん」と文句を言った。

渋井は元・女房のお藤に言ってやった。

「どうなってるのって、そりゃあ、市兵衛に頼んで任せたんだ。市兵衛がそのうちに二人を連れて戻ってくるのを、待ってりゃいいじゃねえか。大丈夫さ。市兵衛が、良一郎も小春も元気だと手紙に書いてよこしただろう。市兵衛のやることに間違いはねえ。良一郎も小春も、もうがきじゃねえんだし、いいじゃねえか、少しぐらい。若い二人には、大坂の町が珍しくて楽しいもんだから、市兵衛も若い二人につき合わされているんだよ」

「なんだか心配だわ。渋井さんが唐木《からき》さんに任せよう、唐木さんなら大丈夫だって言うから、仕方なく任せたけど、ちょっと気がかりなこともあるのよね」

「何が気がかりだい」

「だって、渋井さんのお友だちでしょう。渋井さんのお友だちって、ちょっとねっていう感じの人ばかりなんだもの。人柄はいいかもしれないけれど、出世したいとか、お金持ちになりたいとか、人から敬《うやま》われたいとか褒《ほ》められたいとか世間に合わせようとか、そういう気概に乏《とぼ》しいのよ。自分が自由気ままに生きているものだから、良一郎や小春のように、まだまだ未熟で、ときには厳しいことをぴしっと言って導いてやらなければならないのに、よく言えば寛大、率直に言えば甘すぎるのよね。そういう人は、自分に甘いから、子供にも甘いのよ。自分に甘いのは、そういう生き方が楽だからよ。それじゃあ、自分はいいけど、子供にはね。ちょっとね」

渋井は、お藤が不満をさんざんに言って帰っていったのを思い出して、鼻で小さく笑った。

大坂はきっと、あっちのほうだな。

浅草御門の上に広がる江戸の空を見あげて思った。そして、市兵衛、大坂の具合はどうだい。晴れてるかい、曇っているかい、土砂降りの雨かい、それとも風が吹いてるかい……

と、ぶつぶつ言いながら、浅草橋を越えていった。

二

門前の取り付け騒ぎは、まだ収まらなかった。

先月の二月より、堂島《どうじま》米市場の米の仲買人である浜方《はまかた》一同に対し、米の蔵出し延期願いを、二月下旬、三月上旬と中旬の三度申し出た末の取り付け騒ぎだった。

四斗俵《とだわら》八万五千俵《びょう》余の米切手《こめきって》を手にした米仲買人五十数人が、蔵屋敷の門前に押しかけ、出米《でまい》を求めていた。

筑後蔵《ちくごぐら》、と米商人らの呼び慣《な》らわす筑後島崎《しまざき》藩蔵屋敷の在庫米が、発行済みの米切手高の三割ほどにすぎないらしいという噂話を、この春以来、浜方らがしきりに交わしてはいた。

のみならず、島崎藩の蔵屋敷は《たしかなる御蔵》で通っていたのに、米方年行司の米年寄でさえ、そんな不埒《ふらち》な噂を否定しなくなっていたことも、筑後蔵の米切手を買い持ちする米仲買商らの不安を誘っていた。

三月下旬のその朝、島崎藩蔵屋敷の在庫米量が、米切手発行高の三割どころか、ほぼ空《から》に近い一分余という新たな噂が堂島米市場に走り、浜方を驚かせた。

米切手所持人らは、これ以上放っておけなかった。

急遽《きゅうきょ》、談合を開いて、これよりみなで島崎藩蔵屋敷へ押しかけ、蔵米との交換を請求し、蔵屋敷が請求に応じられなければ、惣代《そうだい》を決め、米方年行司の奥印をもらって大坂町奉行所へ出訴《しゅっそ》におよぶしかあるまい、と談合はまとまった。

五十名を超える米仲買商らは、堂島新地五丁目の堂島川に架かる渡辺橋《わたなべばし》を中之島《なかのしま》へ渡り、土佐堀川端《とさぼりがわばた》の、湊橋《みなとばし》の袂《たもと》にかまえる、島崎藩蔵屋敷の長屋門前に押しかけた。

米仲買人らは、米切手をかざし、口々に蔵米との交換を求めた。

「お願いでございます。米切手とお蔵米の交換に参りました。何とぞ、開門をお願いいたします」

中には、

「お蔵米の交換でおまっせ」

と、長屋門の屋根庇ごしに声を張りあげる者もいた。

取り付け騒ぎはたちまち近所の蔵屋敷や、土佐堀川対岸の西船場の蔵屋敷などにも広まり、蔵役人や使用人らが、川端の往来へ何事かと駆けつけたので、門前はいっそう騒然とした気配に包まれた。

島崎藩蔵屋敷の二人の門番は、突然の取り付け騒ぎに驚いて、門を開けなかった。急いで御蔵方に知らせ、御蔵方は御留守居役にうかがいをたてに御殿へ入って、しばらく出てこなかった。表長屋門は閉じられたまま、蔵屋敷の返答がなかったので、門前で待たされた米仲買らは、初めは、

「出米をお願いいたします」

と言っていたのが、だんだんと気を昂《たか》ぶらせ、

「お留守居さま、まさか、居留守を使う気やおまへんやろな」

「蔵元はん、掛屋《かけや》はん、名代《みようだい》はん、出てきておくんなはれや」

「開門や開門。門番、門を開けたらんかい」

などと、喧嘩《けんか》腰の荒っぽい言葉や雑言《ぞうごん》を投げつける者も出始めた。

徳川《とくがわ》幕府が、民間に鋳造《ちゆうぞう》を請け負《お》わせていた銭貨を、寛永通宝《かんえいつうほう》以外に使用を禁じたのは、寛文《かんぶん》十年（一六七〇）であった。

この時期から、幕府が金座銀座に独占的に鋳造させていた金貨銀貨、並びに、寛永通宝の銭貨が、諸国にも通用する決済通貨となっていた。

そのため諸藩は、主家《しゅか》の勝手向きや参勤交代《さんきんこうたい》などの領内外の行財政運営に、幕府鋳造の通貨を獲得することが不可欠であった。

そこで、江戸や大坂に物資を廻送《かいそう》して売却し、幕府通貨の入手を図ったが、殊に活況を呈していた大坂市場において、西国を中心にした諸藩が、領内の物資の販売を目指した。

それらの物資の中でも、幕府通貨獲得に最も有用であったのが、諸藩の米だったのである。

よって大坂には西国大名のみならず、北国諸藩の蔵屋敷も多く設《もう》けられた。

諸藩より大坂蔵屋敷に運びこまれた蔵米は、入札によって蔵名前《くらなまえ》の資格を持つ米仲買商に落札させ、米仲買商は落札した蔵米の代銀を収め、蔵屋敷の発行する米切手を受けとった。

大坂の商いは、主に銀貨が通用した。米仲買商が、蔵屋敷に収める落札した蔵米代は、すべて銀貨払いであった。

諸藩の蔵屋敷は、落札された蔵米の代銀を、蔵屋敷の金銭を扱う掛屋という両替商を通じて国元や江戸屋敷へ送金し、それが諸藩の財政を担い、片や、米切手を受けとった米仲買商は、堂島米市場の立会場で米切手を売り買いして、米切手が米問屋などの米商人へとわたっていった。

但《ただ》し、その間、諸藩の蔵米は大坂の蔵屋敷に収まったままである。

米商人らが、堂島米市場の米仲買商らを介して手に入れた米切手を、発行元の蔵屋敷へ差し出し、初めて蔵米が蔵出しとなった。

米切手には、入札実施日と代銀を支払って発行された年月日が明記してあり、蔵出し期限はどの蔵屋敷も発効日から大旨《おおむね》、一年ないし一年半であった。

落札者ではなくても、米切手を蔵屋敷に持参すれば出米を請求できた。

蔵出し期限をすぎると、《番賃》という保管費用を蔵屋敷に支払わねばならなかった。それでも、米仲買商や米問屋などの米商人の中には、様々な思惑を働かせ、米切手を蔵出し期限ぎりぎりまで買い持ちをする者も少なからずいた。

米切手を所持していれば、蔵出し期限までは、米切手分の米を、諸藩の蔵屋敷によって無料で保障されているのも同然だからだ。もっとも、蔵屋敷が交付する米切手には、水火之難不存候（保管中の米に水火の災難があっても弁償の責はない、という意味）、と書き添えられているが。

一方、出米までに期限があることは、蔵屋敷の資金繰りにも都合がよかった。蔵屋敷に在庫米が一俵もなくとも、蔵出し期限の一年か一年半の間に、いずれ国元より新たな米が届くことを引きあてにして、米の入札を行って落札させ、米切手の代銀を得ることができた。それが空米切手《くうまいきって》である。

しかし、享保《きょうほう》十五年（一七三〇）、米切手の取引を堂島米市場において公儀より公認されて以来、諸藩の財政事情により、大坂の蔵屋敷では在庫米量以上の入札を行い、米切手、すなわち空米切手を公然と発行した。

そのため、米切手の取り付け騒ぎや出訴が起こり、公儀は宝暦《ほうれき》十一年（一七六一）、《空米切手御停止之儀》を発布し、空米切手の発行を禁じた。

にもかかわらず、それ以後も蔵屋敷の在庫米以上の米切手は発行された。米との交換請求が重なって蔵出しに応じられなくなった蔵屋敷は、堂島米市場の相場に少々上乗せした額で米切手を買い戻し、空米切手御停止令には背いていない表向きの示談で処理した。

米切手の買い戻しの示談が行われるようになったことにより、諸藩の米切手の発行規模が、むしろ広がっていったからである。

それにしても、島崎藩蔵屋敷の空米切手は規模が大きかった。

四斗俵八万五千俵余の米切手の発行額に対して、在庫米量の割合が一分余というのは、いかに日ごろより諸藩の蔵屋敷の空米切手に慣れているとは言え、米仲買商らは動揺した。取り付け騒ぎが起こるのも、無理はなかった。

しばらくして、蔵屋敷御蔵方の平松馬之助《ひらまつうまのすけ》という蔵役人が下役を従え、門前に姿を見せた。蔵役人とは、蔵物の出納《すいとう》などを役目とする藩の役人である。平松馬之助は、門前を囲んだ米仲買商らが、米切手を差し出して出米を求めるのを見廻し、

「静まれ、門前で騒がれては困る。近所迷惑だから、騒ぐなと言うのに」

と、不快を露《あら》わにして言った。

「心配にはおよばぬ。ただ今すぐに米との交換は無理でも、すでに国元へ米を運ぶようにと申し入れておる。間もなく米を積んだ船が到着するゆえ、それまで待つように。みな静まれ」

しかし、米仲買商らは静まらなかった。

「間もなくと言わはるのは、どれぐらいの間のことでっか。間もなくやったら、なんぼ間がかかっても、今日の日暮れには米が着くということでっしゃろな」

ひとりが言いかえすと、「ほんまでっか」と別の者らがすぐに応じた。

平松は、ふん、と口元をゆるめたが、目は笑っていなかった。

「そのような、揚《あ》げ足《あし》をとるようなことは申すな。船は瀬戸内《せとうち》を、大坂に向かっておるところだ。少々遅れても、三、四日で安治川口《あじがわぐち》へ着く。そのあとからも、米を積んだ船は続いておる。三、四日ぐらい待っても、その方らの商いに支障があるわけではなかろう。米はあるのも同然なのだから、その方らの米切手は空米切手ではないということだ。埒《らち》もない噂に右往左往せず、気を静めて引きあげよ。もう充分騒いだであろう」

煩わしそうに応対する平松に、高野屋八左衛門《たかのやはちざえもん》という仲買商が言った。

「平松さま、お訊《たず》ね申しあげます」

「おう、高野屋八左衛門もいたのか。蔵名前の上顔のその方までが、みなと一緒になってうろたえておるのか。高野屋とわが島崎藩とは長いつき合いでありながら、われらがそれほど信用ならぬのか。情けないのう」

高野屋八左衛門は、島崎藩蔵屋敷の蔵名前の上顔であった。

諸藩の蔵屋敷ごとに、入札に参加する資格のある米仲買商がいた。その資格が蔵名前で、蔵名前は貸借や売買もされた。蔵名前を持つ米仲買商の中でも、大量の落札を繰りかえし、蔵役人の信頼を得た米仲買を上顔と言った。

しかし、高野屋八左衛門は頭を垂れながらも、平松に食い下がった。

「決してそのような。わてらの商いは、お武家さまあっての商いでございますゆえ、お武家さまを敬い、日々感謝いたす気持ちに寸分の曇りもございません。しかしながら、それはそれ、商いは商いでございます。埒もない噂でございましても、油断しておりましたら、埒もない噂が蟻《あり》の一穴《いっけつ》天下の破れ、わてらの商いの破れになりかねまへん」

「だからなんだ」

「今朝ほど、筑後蔵ではただ今発行になっております米切手の、一分某《なにがし》ほどの割合しか在庫米がないと、噂が堂島の会所に流れたんでございます。四斗俵八万五千八百三十俵の一分二厘（一・二パーセント）に足らず、と細かい数をあげる噂もございました。在庫米量の割合一分二厘が噂通りならば、これはもう在庫米がない、筑後蔵は空も同然でございます。それはほんまのことでございますか」

「確かに、蔵米が底をついておることは認める。だが、それは先月より米の交換が相次いだうえに、国元からの米の遅れが重なっただけだ。普段は起こらぬ事態が、たまたま起こった。三、四日もして米が運ばれてくれれば、平常に戻る。それぐらいの不測の事態は、珍しくはなかろう」

「去年の極月限市《ごくげつきりいち》以来、米相場は安値が続いております。四月限市の満期までひと月少々。埒もない噂やと思ても、噂が相場の上げ下げを左右しかねまへん。わてら米切手を買い持ちして、相場の上がり下がりで儲けたり損したりする米仲買商にとっては、どんな噂でも見すごすわけにはいきまへん」

「それはわかっておる。わかっておるが、わが筑後蔵は、確かなる御蔵と言われておることは、高野屋も存じておるだろう。米切手の過剰発行は、今どき、どちらの蔵屋敷でもやっていることだ。わが筑後蔵だけではない。わが筑後蔵が、これまでその方らに迷惑をかけたことがあったか。埒もない噂にいちいち踊らされてこんなところで騒ぐより、堂島の米会所に戻って、相場の動向を見守っているほうが賢明なのではないか」

筑後島崎藩の蔵屋敷が《たしかなる御蔵》と言われていたのは、宝暦から天明《てんめい》の初めごろである。寛政《かんせい》のころにも、十年余前の文化《ぶんか》のころにも、筑後蔵では大きな取り付け騒ぎが起こっていた。

平松は知らないわけはなかったが、平然として言った。したたかな、言いようによっては鈍重な蔵役人である。

「平松さま、申しあげておきます。米切手はいついかなるときでも、所持人が誰であれ、持参した者が差し出し次第、出米するのが決まりだす。わてらの取り付けにきっちり対応できないようなら、わてら仲買人一同、お奉行所に出訴いたさざるを得なくなります。そうなると、島崎藩の外聞が悪うなって、今秋の筑後蔵の年貢米は安く買い叩かれ、当然、米切手の在庫米量以上の発行はむずかしくなり、資金繰りに差しつかえるのではおまへんか。何とぞ、適宜《てきぎ》なる処置を講じられますように、御留守居役さまにお伝え願います」

「ふん、さようか。相わかった。伝えておく。それでよいな。では、用が済んだのだから、みな、戻れ戻れ」

平松は眉をひそめ、門前をとり巻く仲買商らへ、片手を白々しくひらめかして見せた。

その取り付け騒ぎが表門前でまだ続いていたさ中、島崎藩蔵屋敷の東蔵で、同蔵屋敷蔵元《大串屋《おおぐしや》》の手代の豊一《とよいち》が、蔵屋敷で働いていた通いの出仲仕に刺されるという事件が起こっていた。

蔵屋敷は、南側の塩《しお》や六左衛門町《ろくざえもんちょう》に表長屋門をかまえ、表門の東側に土佐堀川から瀬取船《せどりぶね》が米俵を搬入できる《船入り》の水門が、往来に渡した橋の奥に見える。その刻限、水門は閉じられていた。

東蔵は、蔵屋敷北側にある裏門の、住みこみの仲仕らが居住する長屋に近い、屋敷内の北東の一角にあった。東蔵には、米蔵のほかに藩の特産物である木綿《もめん》蔵や紙蔵が建ち並んでいる。

豊一は、東蔵の在庫の米俵が数えるほどしかない米蔵の暗い土間に、背中を深々と数ヵ所刺されて倒れていた。

仲仕は、船入りに搬入された船の荷をおろし、蔵へ運ぶ人足である。住みこみの仲仕のほかに、通いの出仲仕がいた。

その日、仲仕らはみな、表門の取り付け騒ぎに気をとられていた。騒ぎが収まって表門のほうから戻ってきて、東蔵の米蔵の錠前がはずれているのに気づき、不審に思ってのぞいたところ、戸口より光が射した土間に、血まみれで俯《うつぶ》せている豊一を見つけたのだった。

豊一はすでに事きれていた。

大名が、大坂に屋敷を所有することは許されなかった。蔵屋敷は実際は諸藩の大坂御屋敷だったが、名目上は名代の町人が所有する町屋敷になっていた。そのため、豊一刺殺の検視は、大坂西町奉行所の定町廻り役が出役して行った。

町方の検視と仲仕らの訊きこみによって、豊一を刺殺した下手人が、又左《またざ》という出仲仕ではないかという疑いが強まった。

門前で米仲買商らの取り付け騒ぎが起こっていたさ中、豊一の亡骸《なきがら》の見つかった現場の東蔵に、又左が入っていくのを見た仲仕がいた。

「又左ひとりやった。何しとんのやと、ちらっと思たけど、表門の騒ぎのほうが気になって、確かめんと表門のほうへいったんや。騒ぎが収まってこっちへ戻ってきたら、蔵の錠前がかかってへんから、まだ蔵におるんか、何をしてんのやと思て中をのぞいたら、この始末でんがな」

仲仕は、町方の聞きとりにこたえた。

「そら、又左の話を訊かなあかんな。又左はどこにおる。又左を呼べ」

町方は、検視に立ち会った仲仕らに命じたが、

「それが、又左の姿が見あたりまへんのや。豊一はんを刺して、ずらかりよったんかもしれまへんな」

と、仲仕の頭が残念そうに言った。

三

島之内の西側の堀江《ほりえ》は、西横堀川《にしよこぼりがわ》と木津川《きづがわ》をつなぐ堀江川で、北堀江と南堀江に分かれている。

堀江川が木津川にそそぐ川口に水分橋《みずわけばし》が架かって、水分橋から南堀江へとった木津川の浜沿いを、下博労《しもばくろう》町の町家へ折れ、入り組んだ路地を二つ三つ曲がった奥に、一間幅ほどのどぶに板橋が架かっている。

人ひとりがようやくすれ違えるほどの手摺《てす》りなどない板橋を渡ると、そこが界隈《かいわい》では《こおろぎ長屋》と呼ばれる好之助店《よしのすけだな》だった。

少しかしいでつっかえ棒で支えた二棟の長屋が向かい合い、長屋の路地は玉手《たまで》町のお店の土蔵にふさがれ、いき止まりになっていた。

西北に向いた路地は、昼下がりの一時《いっとき》、西日が照りつけるけれど、下博労町の土地が低いのと、周りの建物の日陰になって日あたりは悪く、いつもじめじめして、どぶは黒く濁って不快な臭気を放っていた。

唐木市兵衛と富平《とみへい》と良一郎、そして小春の四人は、その南堀江のこおろぎ長屋で、だんだんと長くなる春の日を送っていた。

その日、小春はこおろぎ長屋の路地を挟《はさ》んだお恒《つね》ばあちゃんの店で、お恒ばあちゃんの裁縫《さいほう》仕事を手伝っていた。

お恒ばあちゃんは、二十年以上も前にこおろぎ長屋が建ったときよりの古い住人で、下博労町から少々離れた橘《たちばな》通り七丁目に住む家守の好之助が、長屋の雑事やささいなごたごたなどは、お恒に相談したり任せたりしており、

「お恒さんはこの長屋の年寄役やから、なんぞ困ったことがあったらお恒さんに聞いてみてくれ」

と、住人に言っていた。

それで、住人らは初め、お恒さんかお年寄とよんでいたのが、長屋の子供らが慣れ親しんで《お恒ばあちゃん》と呼ぶようになったことから、住人らもなんとなくそう呼んでいた。

若いときに亭主を亡くし、幼い倅と娘を連れて南堀江のこおろぎ長屋に越してきて、下博労町の町内のみならず、界隈の伏見屋四郎兵衛《ふしみやしろべえ》町や玉手町、松本《まつもと》町、橘通りのお店のおかみさんらから裁縫仕事を請《う》け、その手間代で、倅と娘を女手ひとつで育て、暮らしをたててきた苦労人だった。

今は、倅はお店に住みこみ奉公し、娘は商人に嫁いで大坂を離れて、お恒はひとり暮らしながら、変わらずに裁縫仕事を請けて暮らしていた。

お恒の裁縫は、縫い方、くけ方、仕つけ方、縫い代の始末など、どれもしっかりしていて丁寧で、しかも手早く、請けた期日は必ず守ったので、界隈のおかみさんらの評判はよかった。

小春と良一郎が、春の初めごろ、家守の好之助の厚意でこのこおろぎ長屋に住まいを定めて以来、大坂の暮らしについて何も知らない二人を、親類の子を預かったように面倒を見て、若い二人が困らないように手助けした。

しかも、二人がこおろぎ長屋に住み始めてほどなく、市兵衛と富平が新たに同居を始める経緯があったため、小春は男たち三人と別に、向かいのお恒の店に寝起きさせてもらっていた。

そんな具合に、小春ら四人がお恒の世話になっているうちに、はや日がたって春は長《た》けて晩春となり、そろそろ江戸へ帰るときが近づいていた。

小春は、お恒の店で寝起きさせてもらうようになってから、お恒の裁縫仕事を手伝う傍《かたわ》ら、裁縫の手ほどきも受けていた。

難波新地の色茶屋《勝村《かつむら》》の茶汲《ちゃく》み女・お茂《しげ》の身体もだいぶ癒《い》えて、勤めを始

められるぐらい回復し、四人の間で江戸へ帰る話が出ると、

「お恒さんに今習っている裁縫が、もう少しちゃんとできるようになるまでは大坂に……」

と、小春が譲らず、小春がそうなら良一郎も小春をひとりで大坂に残していけるわけはなく、小春と良一郎を江戸へ、無事に連れ戻すため二人を追ってきた市兵衛と富平も、大坂を発《た》つことはできなかった。

「小春は大坂が好きか」

　市兵衛が訊くと、小春はにっこりとして、

「良一郎さんより好きです」

と、妙な言い方をして、市兵衛と富平を噴《ふ》き出させ、良一郎に、困ったような照れ笑いやら苦笑いをさせるのだった。

　小春は、いつかは江戸へ帰らないといけないのはわかっていても、三歳のときに別れた姉のお菊《きく》が亡くなった大坂を、離れがたいのに違いなかった。

　今でもお菊の話に少しでも触れると、白い花の容顔《かんばせ》をうっすらと朱に染め、目を赤く潤ませるのだった。

　だから、市兵衛も富平も良一郎も、小春のいるときにお菊の話に触れないよう

に気を遣《つか》っていた。

その晩春の昼下がり、お恒に習いながら、小春は左指で五寸《すん》(約一五センチ)ほど離して布を引っ張りつつ、まるで、針先に縫われるように布を上下させ、右指の短針を運んでいた。右手の中指に指貫《ゆびぬき》をはめ、中指くすり指小指をにぎり、指貫に針頭をあてて親指と人さし指で針先を持って縫っていく運針《うんしん》である。

江戸でも針の使い方ぐらいは、おっ母《か》さんに教わっていた。けれど、ちゃんとした裁縫を習うのは初めてだった。

「小春は筋がええのやな。短い間に上手になった。このごろは細かい縫い目がみづろうなって、仕事が遅うなってたから、ほんまに助かるわ」

お恒が、小春の運針の手さばきに感心して言った。

「わたしこそ、お恒さんに習うまで、裁縫がこんなに面白いなんて、知りませんでした。お父《と》っつあんは扇子職人だから、わたしも扇子職人になるつもりだったんです」

「そうか。小春やったらきっとええ扇子職人になるやろな」

「お恒さん、眼鏡《めがね》をかければいいんじゃない。お父っつあんも、だいぶ前から人《にん》形町《ぎょう》の眼鏡屋さんで眼鏡を買って、かけてます」

「そうか。やっぱり眼鏡がいるのかな。けど、わての目にちょうど合う眼鏡があるかどうかわからへんし、この仕事がきつうなって、いつまで続けられるかも考えとかなあかんし。何しろ、お恒ばあちゃんやからね」

言いながらも、お恒が布地を綺麗《きれい》に同じ形に波打たせ、素早く針を運ぶ手さばきを、小春はほれぼれとして見ていた。

日あたりの悪い裏店にも、ほんの一時、昼下がりの短い日が射《さ》す刻限だった。裏手の腰障子に射した日が、白い障子を透《す》かして淡《あわ》く穏やかな光になだめられ、四畳半にひっそりと向き合ったお恒と小春の、母と娘のような二人に降りそそいでいた。

路地側の表戸が少し透かしてあり、住人が通るどぶ板の音や近所で遊ぶ子供らの声が聞こえていた。

しばらくして、市兵衛と富平と良一郎の三人が路地に戻ってきたのが、戸の隙間から見えた。袴姿に二本差しの市兵衛が向かいの店へ入っていき、尻端折りの良一郎と富平が、活発に言葉を交わしながら、市兵衛のあとに続いた。

良一郎は青竹のように痩せて背が高く、優しい顔だちを無理やり意気がって見せている ふうな若衆《わかしゅ》だった。富平は小太りの小柄で、小僧の 俤《おもかげ》 を残した純朴な気だてだが、良一郎より二つ年上の兄き分だった。

唐木市兵衛さんは……

と、小春は思った。

背は良一郎のほうが少し高かった。

けれど、市兵衛さんもやはり背が高く、痩せた身体つきだった。総髪に結った髷《まげ》の下に、色白の広い額と、二重の涼しげな目と、鼻筋が柔和に結んだ口元へ通っていて、顔だちは穏やかで何かしら頼りなさそうにさえ見えた。

でも、若い良一郎や富平の頼りなさそうな様子とは、ちょっと違っていた。市兵衛さんがついているもの、と思うだけで小春をほっとさせた。

どうして市兵衛さんが大坂へきたのだろう。

小春は、不思議に思うことが時どきあった。

三人のなごやかに何かを話し、笑い声が聞こえ、お恒と小春の間に、日々の暮らしの温《ぬく》もりのようなものがこみあげてきた。

「市兵衛さんらが戻ってきたな。楽しそうな声が聞こえるわ」

お恒が縫った布地をほぐしつつ、表戸を透かした路地へ頰笑《ほほえ》みを投げた。すぐにまた布地を引っ張って上下させ、巧みな運針を続けた。そして、

「小春もあの人らも、いつまでも大坂にはおられへん。江戸では、お父ちゃんとお母ちゃんが小春の戻るのを待ってはるのやろ。名残り惜しいことや」

と、針を運びながら言った。

小春は、大坂にきたわけをお恒に話していなかった。

お恒はきっと、小春が良一郎と大坂まできたのには、深いわけがあることを察しているのに違いなかった。

けれど、どんな事情なのかと、聞かれたことはなかった。

お恒と同じように針を運びつつ、小春はなぜかお恒に話したくなった。

「お恒さん、わたしには姉さんがいたんです。郷里は泉州《せんしゅう》の佐野《さの》です。姉さんが十二歳でわたしが三歳のとき、わけがあってお父っつあんとおっ母さんが亡くなって、姉さんとも離れ離れになったんです。わたしは、今のお父っつあんにもらわれて江戸へ下り、それから姉さんとは一度も会っていません」

お恒は針と布へ目を落とし、黙って針を運んでいる。

小春も、運針を続けながら言った。

「じつのお父っつあんとおっ母さんの顔は、ぼんやりとだけど、覚えています。でも、わたしが三歳で別れたあのときの、十二歳だった姉さんの顔や姿や声は、ぼんやりとじゃなく、ちゃんと覚えているんです。あの顔で、あの姿で、あの声で、と思い出せるんです。離れ離れになって、今年で十五年目です。去年の冬でした。姉さんから手紙をもらったんです。姉さんは、難波新地の色茶屋で、茶汲み女をしていて、わたしに手紙を書いたあと、自分で命を絶ちました。同じ色茶屋で茶汲み女をしていたお茂さんという人が、命を絶つ前に書いた姉さんの手紙を、江戸のわたしに送り届けてくれたんです」

お恒は運針を止め、小春を憐《あわ》れみ慈《いつく》しむような目を向けた。

小春は悲しくなったが、お恒に向き合っていると平穏な気持ちでいられ、涙ぐまなかった。

「わたしが大坂にきたのは、じつのお父っつあんとおっ母さんが亡くなったわけや、姉さんと離れ離れになったわけや、姉さんが命を絶ったわけが、姉さんの最後の手紙には全部書いてあって、わたしの知らなかったわけを確かめるためと、姉さんの菩提《ぼだい》を弔《とむら》うためだったんです」

「悲しいわけが、あったんやな。悲しいわけを確かめて、小春はどうするつもりやったんや」

「どうするか、決めてはいなかったんです。けれど、大坂へいくしかないと思って……」

　小春も針を止め、若木のような首をかしげた。淡い光を透かす障子へ目を泳がせ、お父っつあんとおっ母さんと、それから姉さんの仇を討つつもりだったのかなと、小春は自分に問いかけた。すると、胸がとんとんと鳴り出した。

「でも、もういいんです。終ったんです。何もかも」

　小春は針を運んだ。

「姉さんは、千日火やの灰山に捨てられたんです。姉さんの灰をひと摘《つま》み、江戸へ持って帰って、弔うことにしました」

「そうか。姉さんも喜ばはるやろ」

　そのとき、表戸の腰高障子の隙間から、良一郎が顔をのぞかせた。

「小春、いってきたぜ」

「お帰り、良一郎さん」

　良一郎へ向けた小春の顔が、途端《とたん》に晴れた。

「お恒さん、雑喉場《ざこば》へいってきやした」

　腰高障子を引いて、お恒に言った。

「そうか。どうやった」

「金目鯛《きんめだい》を買ってきやした。雑喉場をぐるぐる回ってたら、ちょうどいい具合に入ってきた船があって、魚屋が片っ端から買っていくのをつかまえて、活きのいい金目鯛を一尾、分けてもらいやした。市兵衛さんが三枚に下ろして、膾《なます》と煮魚にするから、今晩のおかずは任せてくれって言ってやす。お恒さん、今日の夕飯はみなで食いやしょう」

「金目鯛の膾と煮魚は、ご馳走やな。ほんなら、今晩は市兵衛さんの料理のお呼ばれをするわ」

「じゃ、小春、あとでな」

良一郎は小春へ目配《めくば》せして、戸を元の位置まで戻してくるりと背を見せた。

お恒が、良一郎から小春へ見かえって言った。

「小春と良一郎さんは、似合いの夫婦になるやろな」

しかし、小春はこたえられなかった。

「江戸へ帰ったら、祝言《しゅうげん》をあげるのやろ」

「良一郎さんとは、夫婦になれないんです。たぶん」

小春は手元に目を戻し、運針を進めた。

「なんでや。良一郎さんとは、夫婦になる約束を交わしてるから、二人で大坂へきたんと違うんか」

「良一郎さんは、日本橋の本石町の、《伊東》という老舗《しにせ》の扇子問屋のお坊ちゃんで、跡とり息子なんです。わたしは三歳のときに、江戸の扇子職人の左十郎さんにもらわれて、大坂から江戸へ下ったんです。左十郎さんと江戸のおっ母さんが、わたしの育ての親です」

お恒は気がかりなのか、手を止めて小春を凝《じ》っと見ている。

「扇子職人のお父っつあんが、扇子を卸す問屋が本石町の伊東でした。十歳ごろから、お父っつあんのお使いで伊東へいくことが時どきあって、それで良一郎さんとは幼馴染《おさななじ》みだったんです。去年の暮れ、離れ離れになっていた姉さんが、難波新地で亡くなった知らせが届きました。わたしが、矢《や》も楯《たて》もたまらず、お父っつあんとおっ母さんには黙って、ひとりで大坂へいくと決めたとき、良一郎さんはそれを知って、幼馴染みのおまえをひとりじゃいかせられない、おれも一緒にいくって言ってくれて……」

「幼馴染みというだけでかいな。なんとまあ、純情なんやな。そしたら、良一郎さんも、伊東とかいう扇子問屋さんのご両親には黙っててか」

小春は、手元に目を落としたまま頷いた。

「それやったら、欠け落ちも同然やないの。小春のご両親もやけど、良一郎さんのご両親も、さぞかし心配したはるやろ」

「市兵衛さんと富平さんは、わたしと良一郎さんを江戸へ連れ戻すように頼まれて、大坂へ……」

「そらそうや。あんたらが妙なことに巻きこまれたりしたら、どっちのご両親も悲しまはるやろし、お店の商いにも障《さわ》りになるかもしれへん。けど、市兵衛さんらと無事に江戸へ戻って、二人でちゃんと両方のご両親に、互いの気持ちを話したら、夫婦になれるのと違うか」

「扇子職人の家業を継ぐ、兄さんがいるんです。お父っつあんとおっ母さんは、わたしが子供のときから、いずれは兄さんと夫婦になることを望んでいたんです。育ててもらった恩のあるお父っつあんとおっ母さんが望むなら、そうするしかないんです。わたしと良一郎さんは、夫婦になれないんです。良一郎さんとは、夫婦になる約束もしていませんし」

「おや、まあ、そういう事情やったんかいな。それやったら、小春と良一郎さんが夫婦になるまでには、むずかしいことが仰山《ぎようさん》ありそうやな。それでも、二人の気持ちが夫婦になると決まってるなら、両方のご両親も許してくれると思うで。きっと、わかってくれはるよ」

小春は顔をあげられず、運針に励んだ。少し恥ずかしかった。けれど、小春の胸は熱くなっていた。

すると、向かいの店から良一郎の声が聞こえた。

「市兵衛さん、これでいいんですか」

「うん、それでいい。とても上手だ」

「市兵衛さん、あっしのはどうです」

「富平も上手だぞ。よくできた」

「あれ、富平兄さんのはちょっと変じゃありませんか」

「なんだい。良一郎に言われたくねえよ」

などと、賑やかに言い合っているのを聞いて、お恒が言った。

「小春、市兵衛さんはどういうお侍さんなんや。ご浪人さんなんやろ」

「詳しくは、よく知らないんです。良一郎さんに、市兵衛さんの話を聞いたことはありました。お生まれは、由緒ある名門のお旗本だそうです。ご長男ではなかったので、ほかにも出世できる生き方があったのに、ご自分のお考えでお旗本のご身分を捨て、ご浪人をなさっていると聞きました。でも、良一郎さんは市兵衛さんを自分の師匠みたいに思っていて、おれは市兵衛さんの門弟だって、勝手に決めているんです」

「確かに、剣術は強いみたいやな。ちょっと見には優しそうで、そんなふうには見えへんかったけど」

そのとき、こおろぎ長屋の入口の板橋を渡り、路地のどぶ板を小刻みに鳴らして近づいてくる足音が聞こえた。足音が止まり、表戸を透かした軒下に、紺看板の人影が立った。

四

「ご免こうむります。こちらは、好之助店にお住いのお恒さんのお店とうかがい、お訪ねいたしました。お恒さんはいやはりまっしゃろか」

紺看板の人影が言った。

「はい」

お恒は裁縫の手を止め、四畳半続きの板間へ立っていった。

土間へおり、少し透かした表戸の腰高障子を引き開けると、戸口に佇《たたず》んでいた紺看板に梵天帯を締めた中間風体が、頭を恭《うやうや》しく垂れた。

「恒だす。どちらさんでっか」

「わては、中之島の塩や六左衛門町の島崎藩蔵屋敷に、ご奉公いたしております六助《ろくすけ》と申します。いきなりお訪ねいたしましたのは、蔵屋敷御留守居役の笠置貞次《かさぎさだつぐ》さまのお指図により、笠置さまの書状をお恒さんにお届けにあがりました。何とぞ、お受けとりを願います」

六助と名乗った中間は、再び頭を恭しく垂れて、折り封の書状を両手に捧《ささ》げ、お恒へ差し出した。

「書状？　なんの書状だすか」

お恒は、中間の妙に恭しい仕種《しぐさ》を訝《いぶか》しみつつ、書状を受けとった。

「子細は、豊一さんのご遺体をお引きとりいただきます折り、蔵役人さまよりお聞き願います」

六助に言われ、お恒はしばし唖然《あぜん》とした。

「豊一の、ご遺体？」

ようやく声が出て、書状に目を落とした。折り封の表には、《達》と素《そ》っ気《け》なく、何かしら横柄《おうへい》に記してあった。

「わては、詳しい経緯は存じまへん。今日の昼ごろ、お恒さんの息子さんの豊一さんとある者が、屋敷内でもめ事の末に争いになったかして、ほんまにお気の毒なことに、豊一さんは疵《きず》を受け、亡くなりました。お知らせがこの刻限まで遅れましたのは、西町奉行所より出役したお役人の検視が長引いたためと、豊一さんが島崎藩蔵屋敷の蔵元・大串屋の奉公人で、大串屋より遣わされて蔵屋敷に詰めておられたため、大串屋さんに訊ねる間がかかりましたもんで、それでこの刻限になったんでございます。ほんまに相済まんことでございます」

お恒は、震える手で書状を開いた。書状には、

此度、豊一儀、当屋敷ニテ不慮ノ災難ニヨリ相果テ候。仍《よつて》、豊一御亡骸早々ニ御引取申シ付クルモノ也。尚、豊一相果テ候子細ノ儀ニ於、当屋敷御蔵方・平松馬之助ニ御訊有レバ御返答候故……

などと書かれてあり、差出人名義は、島崎藩蔵屋敷留守居役・笠置貞次、と記されていた。

「こ、これは一体、なんのことだすか。こんなわけのわからん手紙をいきなり持

ってこられても、い、意味がわかりまへん。倅の豊一は、まだ二十五歳でっせ。豊一が相果て候やて、そんな阿呆《あほ》な。豊一は今、どこにおりますのや」

「お恒さんの信じられんお気持ちは、ようわかります。とは申せ、わてはただ、この書状を急いでお恒さんに届けるようにと、命じられただけの中間奉公の身だす。ほんまに、そんな阿呆なと言うしかない話だすが、豊一さんのご遺体を、出役したお役人が検視をしているところを、この目で見ております。どうぞ、蔵屋敷に向かわれ、ご自分でお確かめを願います」

その途端、お恒の身体がよろめいた。膝からくずれ落ちそうになった。中間の六助が慌てて手を差し出したが、間に合わなかった。それを、

「お恒さんっ」

と、小春が背後から咄嗟《とっさ》に支えたのだった。

「しっかりして、お恒さん。大変、良一郎さん、良一郎さん……」

小春は、お恒の身体を抱えて叫んだ。

中之島へ向かう船には、お恒につき添って、市兵衛、富平、良一郎の三人が乗っていた。豊一の亡骸を島崎藩の蔵屋敷へ引きとりにいき、下博労町の浜まで運

ぶためである。

船は木津川をさかのぼり、長堀川から立売堀《いたちぼり》、薩摩《さつま》堀、阿波座《あわざ》堀、海部《かいふ》堀の西船場西岸の川口をすぎ、京町堀と江戸堀の間の浜にたつ、雑喉場の魚市場へいたった。

夕方の刻限に差しかかって、雑喉場の魚市場の賑わいはすでに消え、浜は船影も少なく閑散としていた。

雑喉場から江戸堀北岸の川魚市場の浜を廻りこんで、土佐堀へ入った。

土佐堀は、夕焼け空の下の薄墨色に染まり始めて、上流に湊橋が見えた。島崎藩の蔵屋敷は、湊橋をくぐった先、塩や六左衛門町の浜に、表門と屋敷内船入りの水門をかまえていた。

屋敷に廻らした白壁の上へ、数本の松が夕焼けの空を背に枝を広げていた。

土佐堀沿いの往来から雁木《がんぎ》が船着場へくだっていて、門前の土佐堀に船を停《と》められた。だが、船着場へ船が近づくと、市兵衛は素早く船寄せへ飛び移り、雁木を駆けあがって、蔵屋敷表門の門番所の物見に、お恒の倅・豊一の亡骸を引きとりに船できたゆえ、水門を開けていただきたいと伝えた。

門番は、束の間、二刀を帯びた市兵衛を訝しんだものの、物見から船着場の船

を見やって、亡骸の引きとりに人がくることは承知していたらしく、

「開門しますゆえ、そちらの船入りへ廻りなはれ」

と、方角を手で指し示した。

船入りの水路が、土佐堀沿いの往来に渡した板橋をくぐり、その先の水門へと続いていた。ほどなく、水門が左右へ水面をゆらして開かれ、船は塀際の松の木の下の水路を広い船入りへと進んでいった。

船入りの正面と左右に船寄せと雁木があって、周りを囲うように、何棟もの蔵が白い壁をつらね、内塀が囲った御殿らしき屋根の瓦が、夕日に耀いていた。

正面の船寄せから雁木をあがったところに、羽織袴の侍が三人と、お仕着せふうの手代風体がひとり、そして、下帯ひとつの裸体に半纏《はんてん》をまとっただけの、仲仕らしい男らがその周りにたむろしていた。

男らはみな、船が船寄せに着くのを物憂《ものう》げに見守っていた。

お恒はさなに坐りこみ、ずっと泣いていた。肩を落とし、こぼれる涙をにぎり締めた手拭で繰りかえしぬぐい、ただただ悲しみに暮れていた。

「お恒さん、着きました。いきましょう」

市兵衛がお恒の背後より、肩ごしに声をかけた。

お恒が頷き、気だるげに立ちあがるのを、良一郎と富平は両わきから手を添えた。それでも、雁木をのぼると、お恒は侍らの前へおずおずと進み出た。侍らの年嵩《としかさ》に見えるひとりに、

「豊一の母親の恒でございます。倅の亡骸を引きとりに参りました」

と、つらそうな辞儀をして、頭を垂れたまま言った。

「ふむ。お恒か。このたびはご愁傷《しゅうしょう》を申しあげる。それがしは蔵方を勤めておる平松馬之助と申す。豊一は蔵方の助役《すけやく》として、蔵元の大串屋より遣わされておった。このような事態になって、真に遺憾《いかん》としか申しようがない」

それから、お恒の後ろの市兵衛へ目を向け、

「そこもとは侍だな。お恒とは、いかなるかかり合いか」

と、冷たく質《ただ》すような口ぶりを寄こした。

「同じ長屋の、向かいの店に居住いたしております。常日ごろ、何くれとお恒さんの世話になっておる者でございます。豊一さんのご遺体引きとりのため、お恒さんと同道いたしました」

「そうか。浪人者か。まあよかろう。お恒、豊一の亡骸は今、こちらに運んでくるところだ。豊一は当屋敷に住みこんでおったゆえ、身の廻りの物も戻すぞ」

平松が手代ふうへ目配せした。

手代ふうは、手に紺無地の風呂敷包みを抱えていた。

「お恒さん、わては大串屋の番頭を務めております、宮之助《みやのすけ》だす。このようなことになって、ご愁傷さまでございます。豊一はんが住みこみで使うてた、身の廻りの物でございます。どうぞお持ちください」

番頭が差し出した包みを、富平が「では、あっしが」と両手で受けとった。

「豊一はんが大串屋に蓄えとして預けていた、給金やら節季ごとのお手あてやらは、ただ今大串屋で勘定しており、のちほど改めて、南堀江のお住まいへお届けいたします」

宮之助が言うのを、お恒は萎《しお》れるように頭を垂れて聞いていた。

と、そこへ四人の仲仕らが戸板に載せた豊一の亡骸を運んできた。

亡骸を覆った筵《むしろ》は、その下に亡骸が横たわっているとは思えないほど、薄っぺらに感じられた。

仲仕らは、内堀端のお恒の前に戸板をおろした。

「ご愁傷さまだす」

仲仕のひとりが言うと、周りの仲仕らが声をそろえて繰りかえした。

お恒は亡骸のそばにかがんだ。

市兵衛がお恒の隣に並びかけ、筵を持ちあげた。

亡骸は俯せに横たえられ、土色の横顔を見せていた。争いになって疵を負い亡くなったと聞いたが、横顔は苦痛に歪《ゆが》んでいなかった。瞼《まぶた》をやわらかく閉じ、綺麗に剃《そ》った月代と髷《まげ》は乱れておらず、眠っているように見えた。

お恒は新たな涙を落とし、掌を合わせた。良一郎と富平がお恒の後ろにかがんで、お恒に倣《なら》った。

しかし、市兵衛は周りの仲仕を見あげて言った。

「豊一さんの顔が穏やかです。直していただいたのですか」

「わいがやったんや。お役人の検視が終わって、もうええぞと言われたんで、つらそうな顔がむごたらしかったから、瞼を閉じたりして、直しといた」

仲仕のひとりが、くぐもった小声を寄こした。

「そうでしたか。礼を申します」

市兵衛は掌を合わせているお恒に向き、

「お恒さん、疵を見ますか」

と訊いた。お恒は、掌を合わせたまま頷いた。市兵衛が筵をさらにとり除《の》け、隠れていた凄惨《せいさん》な疵が露《あら》わになった。

細縞のお仕着せの背中は、直された顔の穏やかさとは裏腹に凄惨だった。

あふれ出た血が背中一面に広がって、三ヵ所を刺した跡が、黒ずんですでに固まった赤い血の中に見えた。それは、争っているうちに疵ついた跡ではなく、強い殺意の元に刺されたと思われる、凄《すさ》まじいあり様だった。

お仕着せの首筋や両わきにそろえた手や、白足袋《たび》と着物の裾《すそ》がわずかに乱れた臑《すね》の下のほうの肌に、赤青い斑点がすでに浮いていた。

「可哀想《かわいそう》に、堪忍《かんにん》やで……」

お恒は、豊一の横顔や血の乾いた背中、斑点の浮いた手足にそっと触れた。

「遺体を船に載せて、よいか」

平松が素っ気なく言った。

すると、亡骸の傍らよりお恒が立ちあがり、膝に手をそろえ、平松へまた一礼を投げた。

「平松さま、お訊ねいたします。豊一は、なんでこんなことになったんでっしゃろか。豊一に何があったんでっしゃろか」

「子細はそれがしにもわからん。出仲仕の又左という者がおる。どうやらその又左が豊一になんらかの遺恨を抱き、襲って刺したと思われる。豊一の亡骸は、今日の昼ごろ、東蔵の土間で見つかった。その前に、又左が東蔵にひとりで入るのを見た者がおる。ただし、二人の争う様子や又左が豊一を刺したところを見た者はおらん。たぶん、又左の仕業ではないかと推量するだけだ。又左は豊一の亡骸が見つかったときには、屋敷から姿を消していた。町方は、又左の行方を追っておる。まだ知らせは何も入っておらぬゆえ、見つかっておらぬようだ。又左の住まいは、舟津橋《ふなつばし》を渡った下福島《しもふくしま》の店だが、むろん、そこにおるまいがな」

蔵屋敷に搬入された蔵物を、蔵に運び入れたり運び出したりする人足は、蔵屋敷つきの仲仕と、住まいが外にあって蔵屋敷に通う出仲仕がいる。又左は通いの出仲仕だった。

「豊一は、又左という人に、なんの恨みを買うたんでっか」

「それはわからん。当人に聞いてみなければな」

「みなさんは、ご存じやおまへんか」

お恒は、下帯だけの裸体に半纏を羽織った仲仕らを見廻した。

数人が首をひねったものの、仲仕らは黙っていた。お恒のすがるような素ぶりに、ひとりが呟《つぶや》くように言った。

「又左は、ここで働くようになってから日がたってへんから、豊一はんと恨むやら争うやらのかかり合いが、あるとは思えんのやけどな」

「又左は、いつからこの蔵屋敷に勤め始めたのですか」

と、市兵衛が平松に訊いた。

「うん？　ふむ、いつかな。いつだ」

平松は、二人の蔵役人へ向いた。

「半月前だっせ」

二人の蔵役人より先に仲仕がこたえ、なあ、というふうに周りの仲仕らを見廻した。周りの仲仕らが頷きかえしたが、平松は冷やかに言った。

「人を恨んだり憎んだりするのは、かかり合いが長いか短いかではない。かかり合いの濃さとか、あるいはひょんな偶然とか、当人同士にしかわからぬ、他人にはうかがい知れぬ事情があるものだ。事情を知らぬわれらが、豊一が何ゆえ恨みを又左から買うたのか、勝手に推量して伝えたところで、所詮、埒は明かぬ。お恒、町方が又左を捕えて豊一との間に何があったのか、事情が明らかになれば必ず知らせてやる。今は倅の冥福を祈り、静かに冥土へ旅だたせてやれ。さあ、もう日も沈む。亡骸を船に載せろ」

平松が命じた。仲仕らが豊一の亡骸を船に移しにかかった。

お恒と市兵衛らは、船寄せで仲仕らの作業が終るのを見守った。

そのとき、平松が雁木をおりてきて、何かを思い出したかのような口ぶりで、お恒に話しかけてきた。

「お恒、豊一は休みの日などに、母親に顔を見せに里帰りをしておったのか」

「年に一回か、せいぜい二回ぐらいだす。仕事が忙しいからと言うて、休みの日でも滅多《めった》に顔は見せまへん。この前は、珍しく、用があって近くへきたから寄ったんやと、一月の半ばごろに顔を見せました。そのときが、最後だす」

「一月の半ばごろ。そうか。その折りに、蔵屋敷の物を何か残していかなかったか。もう用の済んだ物だからとか、次にくるまで預かっておいてくれとか、もしかしたら、忘れ物をしたとか。そういう物があれば、用済みでも蔵屋敷の物は念のため確かめるゆえ、戻してもらわねばならぬが、どうだ」

さあ？　という顔つきを、お恒は平松へ向けた。

「ようわかりまへん。豊一の奉公にかかり合いのある物を預ったこととか、豊一が忘れていったことはおまへん。あの子は小さいときから気が廻って、きっちりしてな気が済まんような子だした。お屋敷勤めでどんな仕事をしてるのかも、ちゃんと聞いたことはおまへん。御蔵米が何万俵御蔵に入って、なんぼで米の仲買さんに売れたかを勘定したりするんやけど、細かいことを言うてもお母ちゃんにはわからんやろ言うて」

「さようか。何もなければそれでよいのだ。名代は町人になっておるが、蔵屋敷は藩の大坂屋敷ゆえ、武家の堅苦しい筋を通さねばならぬことがいろいろあるのだ。こののち、何か見つかったら、どんなにつまらぬ物でも、一応は知らせてくれ。よいな」

「承知いたしました」

お恒は言ったが、平松はまだ何かを言いたそうな素ぶりを見せ、お恒のそばを離れなかった。

艫《とも》の船頭が、亡骸を表船梁《おもてふなばり》と胴船梁の間のさなに寝かせるようにと、仲仕らに指示し、仲仕らが亡骸をさなに横たえ、筵をかぶせた。お恒はその傍らに坐《すわ》り、掌《てのひら》を合わせ小声で経を唱え始めた。

市兵衛らが乗りこむと、船はすぐに船寄せを離れた。

水門をくぐり、水路を土佐堀へ出た。土佐堀へ出たところで、市兵衛《せい》は、屋敷内へふりかえった。船入り端に、平松らがまだたむろしており、気の所為か、平松らの素ぶりが、何かを訝しんでいるふうに見えた。

水門が閉じられ、船入りは見えなくなった。

船頭は水押《みよし》を、土佐堀の流れに任せて西へ向けた。沈んだ天道の残光が、西の空の果てに赤い帯を結んでいた。両肩をすぼめてさなに坐り、掌を合わせたお恒の後ろ姿が、仏像の影のように見えた。

五

その日、こおろぎ長屋のお恒の店で、町内の寺僧を請じて枕経《まくらぎよう》が読まれ、枕経のあと、長屋のおかみさんらと小春が手伝って豊一を湯灌《ゆかん》した。そして、晒木綿《さらしもめん》の経帷子《きようかたびら》を着せ、長屋の住人が用意した早桶《はやおけ》に納めて祭壇に安置し、香《こう》を焚《た》き、再び僧の読経《どきよう》が流れた。

島崎藩蔵屋敷の若い侍と、《大串屋》のこれも若い手代が二人きて、豊一の悔《くや》みを型どおりに述べ、焼香《しようこう》をして帰っていった。蔵役人の平松馬之助も、大串屋の番頭・宮之助も、通夜の焼香にも翌日の葬儀にも会葬しなかった。

豊一が大串屋へ奉公して蓄えていた給金の勘定は、通夜《つや》にきた若い手代が、香《こう》奠《でん》のほかにわずかな額の包みを、「これだす」とお恒に差し出した。

　翌日、導師の寺僧が出棺の仏事を行い、導師の僧とお恒、棺桶、それからこおろぎ長屋の会葬者が列を作った。

　葬列は、こおろぎ長屋から鐃鈸《にょうはち》を鳴らしつつ、千日前の火やへ向かった。千日火やの焼香場で、導師の引導と経が読まれ、お恒と会葬者が焼香し、それから豊一の亡骸は荼毘《だび》にふされたのだった。

　しかし、お恒は、荼毘にふした豊一の遺骨を、千日墓所ではなく、曽根崎《そねざき》村の北の梅田《うめだ》墓所に葬ることを決めていた。

　お恒は西天満《にしてんま》の生まれで、今も西天満に暮らしている遠い縁者とのつき合いは絶えていたが、両親を葬った先祖の墓は梅田墓所にあった。お恒は兄弟姉妹もなかったので、ひとりで先祖の墓を守っていた。

　お恒の身寄りは、倅の豊一と今は嫁いで他国にいる妹娘だけだった。

　亭主は、二十年ほど前、妹娘がまだ幼いころ病を得て亡くなり、お恒は他国者の亭主の遺骨を、梅田墓所の先祖の墓に納めていた。

　お恒自身も、いつかお迎えがきたらその墓に入るつもりだと、倅の豊一に話していた。豊一と、いずれは豊一が所帯を持つであろう嫁や孫らに見送られて、自分も先祖よりの墓に亭主と一緒に葬られると、思っていた。

ところが、なんということか。母親の自分が倅を葬ることになった。お恒は世の無常を果敢《はか》なんだ。豊一の遺骨は、父親と同じ先祖の墓に納めてやることしか、考えられなかった。

葬儀の翌々日、お恒は豊一の遺骨を抱え、こおろぎ長屋の住人に見送られて長屋を出た。

里の菩提寺だった西天満の《寒山寺《かんざんじ》》の導師に、埋葬の引導と読経を頼んでいた。

市兵衛と小春、良一郎と富平の四人が、豊一の埋葬に立ち会うため、お恒に従った。四人は損料貸《そんりようがし》で衣装を調え、骨壺《こつつぼ》を抱えたお恒と位牌《いはい》を持った小春が黒紋付服で前をいき、二人の後ろから穢《けが》れ除《よ》けの日傘を差した良一郎と、お供えの花と手桶を提げた富平、市兵衛の三人は麻裃《かみしも》に拵《こしら》えていた。

南堀江五丁目の浜から船で西横堀川に出て、土佐堀川までさかのぼり、土佐堀川に架かる肥後橋の浜から中之島へあがった。

中之島から堂島、蜆川《しじみがわ》を越えて、曽根崎村の北の梅田墓所へ道をとった。

梅田墓所の手前に、墓参り客目あての茶屋や料理屋、酒亭などが、道の両側に軒《のき》をつらね、客引きの呼び声が賑やかだった。

梅田墓所の休息所で、寒山寺の導師と役僧の到着を待った。

導師と役僧がきて、先祖の墓の前で経を読んで豊一の遺骨を弔い、それから先祖の墓に埋葬した。初七日の法要を導師に頼んで、導師と役僧が寺へ帰っていくと、お恒と市兵衛ら四人になった。

お恒は、長い間墓前にかがんで掌《て》を合わせ、離れがたい様子だった。だが、やがて立ちあがって、安堵《あんど》した様子を市兵衛らに見せた。

「市兵衛さん、富平さん、良一郎さん、それから小春、おおきに。みんなに助けられて、倅をどうにか納骨することができた。可哀想《かわいそう》な子やけど、自分の父親と一緒に葬られて、せめてもや」

目を赤く潤ませていても、ようやく気が少し晴れた様子だった。

「お恒さん、助けられているのはわたしたちのほうです。遠慮なく、なんでも言ってください。もっともっと、お手伝いさせてください」

小春が懸命な口調で言った。

「ありがたいことや。あんたらがいてくれたお陰で、力づけられた。わてひとりやったら、耐えられたかどうかわからへん」

お恒は小春に頬笑みかけた。

梅田墓所を覆《おお》う青空には白い雲が浮かび、鳥影が雲の間を飛翔していた。北の摂津《せっつ》の山嶺が、青白く霞《かす》んで見えていた。

お恒はその景色をしばし見廻してから、ようやく踏ん切りがついたかのように、

「いきまひょか」

と言った。

梅田墓所から曽根崎村への戻り道の新地で、小さな料理屋の暖簾をくぐった。お恒は、遅い昼飯の膳と酒を頼んで、小春ら若い三人の旺盛な食べっぷりを頼もしそうに見ながら、自分も少し顔色を染めて、「市兵衛さん、どうぞ」と徳利《とっくり》を差した。そして、

「わての生まれは、西天満の伊勢《いせ》町という町だす。里は、三代続いた小さな米屋を営んでいて、わてはこれでも、商人の娘だした」

と、昔を偲《しの》んで話し始めた。

「けど、わてがこの小春と同じころのときだした。親類の借金を肩代わりせなあかん事情が起こりましてな。小さなお店はたちまち傾いて、結局、伊勢町のお店

も住むとこも失《な》くしてしもて、老松町《おいまつ》の裏店に引っこんだんだす。代々続いた米屋を失くした父親は働く気力を失い、母親とわてが裁縫仕事を請けた手間代と、わずかな蓄えをきりくずして細々と暮らしてました。けど、貧乏神に取り憑《つ》かれたらどうにもなりまへん。南船場の染屋に住みこみ奉公を始めたのは、もう二十歳のときだした。そこで縫い子をして、二年ほどたって父親が亡くなり、それから三年のちに母親を見送りました。遠い親類は今も西天満におりますけど、借金を肩代わりした事情がこじれて、縁はきれたままだす。わては、兄弟姉妹のないひとり娘やったから、天涯孤独も同然の身で、身体は丈夫やけど、こんな器量やし嫁入りの話もないし、ひとりで生きていかなあかんのやと覚悟を持ったのは、母親が亡くなってからだした」

「しかし、豊一さんの母親になられたではありませんか」

　市兵衛は、お恒に徳利を差しかえした。

「ほんまに、縁は異なもんだす。二十八のときに、奉公先の近所で桶屋を営んでた職人と懇《ねんご》ろになりましてな。職人は、女房と赤ん坊の三人暮らしやったのが、自分が愛想をつかしたのか、それとも女房に愛想をつかされたのか、赤ん坊がよちよち歩きを始めたころに女房が家を出て、残された赤ん坊を負んぶして、不機嫌そうな顔して働いてるんだす。それを見たら、それまでは気むずかしそうな職人やなとしか思うてなかったのが、急に不憫《ふびん》になって、それがきっかけになって、職人を見る目がだんだん変わってきて、というわけだした。つまり、豊一はその職人の亭主の連れ子だす」

若い三人は昼飯の箸を止め、え？　とお恒を不思議そうに見つめた。

「そうなんや。豊一という子は、亭主の連れ子や。珍しい話やないやろ。今年、二十五歳になった。まだまだこれからやと、言うのにな」

お恒は頰笑みつつ、またうっすらと目を潤ませた。

「亭主は、わてには悪い男やなかった。男前やないし、いつもむっつりして、優しい言葉もかけてくれへんし、仕事のことしか頭にないような人やったけど、芯は案外に子煩悩で、真っすぐな気だてで、わてにはむしろええ亭主だした。二十八のとき所帯を持って、三十のときに妹娘が生まれました。自分の気持ちを女房のわてにさえ滅多に見せたことのない亭主が、そらえらい喜びましてな。もっと働いて稼ぐでと言うてたのに、それからたった二年のちに、流行病《はやりやまい》に罹《かか》って、ぽっくり、逝《い》ってしまいました。女房と、まだ幼い倅と娘を残して、果敢《はか》ないもんだすわ。けど、それがわての定めやと、受け入れるしかおまへん。わては、染屋の縫い子をしてたときに身につけた裁縫仕事で、豊一と妹娘を育てていくと決めて、それで、店賃のちょっとでも安い南堀江の、今のこおろぎ長屋に越したんだす。あれからもう、二十年や」

お恒は、杯《さかずき》を物憂げに口へ運んだ。

「豊一さんは、大串屋に小僧奉公から始められたんですね」

市兵衛は、お恒の杯に酒をついで言った。

「豊一は、頭も気だてもええ子で、ほんまに助かりました。習わせてた寺子屋のお師匠さんに、豊一は見こみがある、先が楽しみな子や、と褒《ほ》められて、亭主の連れ子でも、自慢の倅だした。わてが裁縫仕事できりきり舞いしてるときに、妹の面倒をよう見てくれて、豊一がいてくれるお陰で、安心して仕事に精を出すことができましたから、親子三人がなんとか生きてこられたんだす。十三歳になった二月に、大串屋さんへ奉公にあがるとき、大串屋さんで出世して、お母ちゃんに楽をさしたるからな、と言うてくれて、いつか歳をとって、そういう日がくるんやなと、夢やのうて、あたり前のように思いこんでました。それが、果敢ない夢やったと、今になって気づかされました。親より子が先に逝く。世間には間々ある小さな浮き沈みやけど、親の身には応えますわ」

小春は、身につまされたのか、もらい泣きの涙を指でぬぐった。良一郎と富平も、お恒ばあちゃん、などと気安く呼んでいたお恒の身の上の一端に触れて、しんみりと箸《はし》を動かし、飯を咀嚼《そしゃく》していた。

「小春、じつの親と違うても、あんたを育てたお父ちゃんとお母ちゃんは、さぞかしあんたの身の上を心配してはるで。早よ江戸に帰って無事な姿を見せて、お父ちゃんとお母ちゃんを安心させたらな、あかんな」

小春は涙をぬぐいながら、こくり、と細首を頷かせた。

「良一郎さんと富平さんのお父ちゃんとお母ちゃんも、あんたらの身を気にかけたはるやろな。親を大事にな」

良一郎と富平は、親に心配ばかりかけている自分を恥ずかしそうに、笑ってごまかした。

お恒は若い三人の様子に頰笑みかけると、それを市兵衛へも向け、「市兵衛さん、どうぞ」と徳利を傾けた。そして言った。

「市兵衛さんのご両親は……」

「母は、わたしを産んで亡くなりました。父はわたしが十三の歳《とし》に。父が亡くなり、わたしは家を出ました。豊一さんがお店の奉公にあがられた歳と同じ、十三歳のときです」

「十三の歳にお父上さまを亡くされて、それで家を？　市兵衛さんのお里は、お旗本のお家柄やと聞きましたけど」

市兵衛は小さな笑みをかえしたばかりで、それにはこたえなかった。

およそ半刻《はんとき》余（約一時間）がたって、梅田の料理屋を出た。

蜆川の浜から船を頼んだ。船は木津川へくだり、天道が西の空へだいぶ傾いたころ、下博労町の浜まで戻った。

浜通りから下博労町の路地へ曲がって、どぶに架かる板橋の先にこおろぎ長屋が見えるところまできたとき、路地に子供らもまじった住人が集まっていて、みな深刻そうにひそひそと話し合っているのが見えた。

住人の中に、家守《やもり》の好之助の姿もあった。

おかみさんのひとりが、お恒と市兵衛らを見つけ、板橋を鳴らして駆け寄ってきた。

「お恒さん、えらいこっちゃ。えらいこっちゃがな」

おかみさんがこおろぎ長屋のほうを指差し、急《せ》きこんで言った。おかみさんの

あとから子供らも橋を渡ってきて、市兵衛らをとり巻き、

「お恒ばあちゃん、えらいこっちゃで」

と、わあわあと騒いだ。

「おいのさん、どないしましたんや」

「一刻(約二時間)ほど前な、柄の悪そうな男らが十人ほど、雪駄《せった》を鳴らしてきてな。お恒さんとこの店を、滅茶苦茶《めちゃくちゃ》にしていきよった。それから、小春ちゃん、あんたとこもやられたで。棚の物は落とされるわ、米櫃《こめびつ》は引っくりかえされるわ、畳を剝《は》がして床下ものぞいて、店中家探《やさが》ししていきよった」

お恒と小春が驚き、えっ、と目を瞠《みは》った。

「家探して、うちの店をでっか」

「そうや。お恒さんの店を家探ししてから、小春ちゃんとこもやられたんや」

おいのと言うおかみさんは、小春から市兵衛らへ見廻した。

とり巻いた子供らも、好奇の目を向けている。

「ということは、柄の悪そうな男らが、ど、泥棒に入ったんだすか」

「泥棒と言うか、それがな、ちょっとけったいな話なんや」

お恒とおかみさんが言い交わしながら、どぶ板を渡った。

家守の好之助が腕組みをして顎《あご》に手をあて、眉をひそめて何度も頷きつつ、住人らと言い合っていた。お恒の店と、路地を挟んだ向かいの市兵衛らが寝起きする店の表戸が、開けたままになって、表戸の土間に、茶碗や笊《ざる》などが散らかっているのが見えた。

「好之助さん、えらいことがあったようだすな。一体、何があったんだすか」

お恒が、好之助に駆け寄り声をかけた。

「そうなんや。泥棒の知らせを聞いて駆けつけたら、このあり様や。泥棒と聞いたけど、ほんまに泥棒かどうかわからん。町会所に知らせは入れといた。ただな、奉行所にお調べ願いを出すかどうかは、町代が首ひねっとった。けったいな泥棒やからな。お恒さんも、豊一の葬式で気苦労なうえにえらい災難やが、なんぞ盗まれたもんがないか、急いで確かめや」

「そうや。うちに泥棒が狙うような金目の物はないけど、お客さんから預った着物の反物《たんもの》はちょっと値が張って、それを持っていかれたらえらいこっちゃ」

お恒はそわそわと店へ入り、小春がお恒を追いかけるのを、

「小春、あんたらの店も荒されて、荷物が散乱しとるで」

と、好之助が止めた。

「わたしも、お恒さんの仕事を手伝っています。お客さんの預かり物の反物のほうが大事ですから」

「はあ、さいでっか。ほんなら、あんたらは自分の物を確かめや」

好之助は苦笑して、市兵衛と良一郎と富平を見廻した。

しかし、市兵衛らの店は、お恒の店ほどではなかった。

小春はお恒の店で寝起きしていたので、市兵衛と富平と良一郎の三人分の布団が散乱し、裏の板戸が倒れ、江戸から肩にからげてきたそれぞれの行李《こうり》の荷物も投げ捨てられて散らばっていた。四畳半の畳が一枚、めくられたままになっていて、一味は床下ものぞいていったようだった。

小さな流し場と竈《かまど》のある台所の土間と狭い板間に、棚に並べていた皿や鉢や碗などが転がり、割れた器の破片が散らかっていた。また、米櫃も引っくりかえされて、搗《つ》き屋で搗いた白米が板間にぶちまけてあった。

「畜生、大事な米をなんてことしやがる」

「許せねえな。一味を捜し出して、ぎゅっと言わしてやるしかねえぜ」

「まったくだ。江戸の御用聞を舐《な》めんじゃねえぜ」

良一郎と富平が、散らばった荷物を集めつつ、ぶつくさ吐き散らした。

「ねえ、市兵衛さん。一体、誰の仕業なんでしょうね」

富平が市兵衛に訊いた。

市兵衛は板間にぶちまけられた米を笊にとって、米櫃に戻していた。

「ふむ。誰の仕業かな」

物思わしげに繰りかえし、路地の向かいのお恒の店を見やった。

お恒の店は、小箪笥《だんす》や茶箪笥《ちゃだんす》、柳行李、壺《つぼ》や桶や盥《たらい》や、暮らしの諸道具がそろっていて、荒されようがこちらよりひどかった。

小春がてきぱきと働き、長屋のおかみさんらも片づけを手伝っていた。だが、お恒はあまりのひどい荒されようにめげているのか、夕方のほの暗い濡《ぬ》れ縁のそばに小首をかしげて坐りこみ、途方に暮れている素ぶりに見えた。

六

東天満の目明し・三勢吉《みせきち》と手下の男らが、中之島の塩や六左衛門町に表長屋門をかまえる島崎藩蔵屋敷の脇門をくぐったのは、同じ夕方だった。

三勢吉は、門番所の門番へ会釈を投げ、勝手知ったふうに邸内北東側の、東蔵の並びにつらなる御蔵方詰所へ通った。

御蔵方の詰所では、着荷を無差別に抜きとり選別した米俵が、軽俵でないことを確かめたり、濡俵ではないか石や砂がまじっていないか、などの廻し俵という内容改めをやり、そののちに蔵入りとなった蔵物、主として蔵米の蔵入り蔵出しを管理していた。

島崎藩家臣の蔵役人が、羽織袴に二刀を帯び、蔵元の《大串屋》の手代らは、羽織着流しに無刀で詰めている。蔵役人らは長屋住まいだが、大串屋の手代らは、大串屋より通いの者と、蔵屋敷に住みこみの者がいた。

蔵物を出し入れする仲仕は、冬場は胴着と股引に半纏を着け、春から夏にかけては、下帯ひとつの裸体に半纏を羽織った恰好である。

天道が西の空を茜《あかね》色に染める刻限になって、蔵屋敷住みこみの仲仕や蔵役人や手代らは長屋へ戻り、通いの手代らも大串屋の店に引きあげていた。

邸内は閑散とし、夕空に飛び廻る烏《からす》が、寂しく鳴いているばかりである。

三勢吉は、手下らを率いて海鼠《なまこ》壁が囲う内庭へ通り、手下らを庭に跪《ひざまず》かせた。

「おまえらは、ここに控えとけ」

と、自分は部屋の縁側の下へいって腰をかがめ、縁側を閉じた腰付障子に、低い声を投げた。

「平松さま、三勢吉だす。ご報告に参りました」

ふむ、とすぐに声がかえってきた。腰付障子が半間ほど引かれ、平松馬之助のほかに、御勘定方《おかんじょうがた》の生方広右衛門《うぶかたひろえもん》、大串屋の番頭で蔵屋敷に通う宮之助、そして今ひとり、島崎藩蔵屋敷御留守居役の笠置貞次が、縁側下の三勢吉へ胡乱《うろん》な眼差《まなざ》しを向けた。

「どうだった、三勢吉」

平松は庭の手下らへ一瞥をやったが、すぐに三勢吉へ戻して言った。

「へえ。煤《すす》だらけの屋根裏から畳を引っ剝《ぱ》がして床下まで、隅《すみ》から隅まで探しまくりました。それらしいもんは見つかりまへん。お恒の店ではなんも見つからへんから、素性の知れん浪人者が寝起きしとる向かいの店も、ついでに、店中ひっくりかえして家探ししましたけど、そっちも同じだした。なんせ、どぶ鼠《ねずみ》の巣と大して変わらん、傾きかけたぼろ長屋だすわ。家探しいうても知れてまんがな。ほかに隠すとこなんか、おまへんで」

三勢吉はかがめた身を乗り出し、ぼそぼそとした声を縁側に這《は》わせた。

「見つからぬ？　それは拙《まず》いな……」

平松は戸惑いを見せ、御留守居役の笠置へ向いた。

笠置貞次は、頰の垂れそうなほどふっくらとした色白の顔に、かすかな動揺の色をにじませていた。眉間に疵の跡のような皺《しわ》を刻み、ひと重の分厚い瞼をまばたきもさせず、黒い眼差しを三勢吉との間の縁側へ凍りつかせていた。

「笠置さま、どないしますのや。見つからんからと言うて、このまま放っておくわけには、いきまへんで」

宮之助が、笠置の横顔に苛《いら》ついて言った。

笠置は何も言わず、凍りつかせた眼差しも動かさなかった。

平松が、宮之助の苛つきをたしなめた。

「わかっておる。放っておけぬから、手を打っておるのではないか。見つからぬものを、どうするもこうするもないだろう。うろたえるな」

しかし、宮之助は黙ってはいられないという素ぶりだった。

「そやかて、迂闊《うかつ》すぎまっせ。日誌には帳合米取引の始末が、全部記してあるんだす。日誌を調べたら、取引が儲かったのか損したのか、空米切手をなんぼ入札したんか、どうとりつくろうたんか、何もかも一目瞭然だす。それが見つからん、どこにあるかわからんでは、帳合米取引はもうできまへんで」

「ならば、帳合米取引から手を引くしかあるまいな。あんな儲かりもせぬものはやめてしまえば、よいではないか。くどくどと、しつこい」

「何を呑気《のんき》なこと、言うてまんねん。今、帳合米取引から手を引いたら、これまでの損銀はどないしまんねん。どうやって誤魔化《ごまか》しまんねん。それにや、どこにあるやらわからんはずの手仕舞《てじまい》日誌が、あるときひょっこり出てきて、笠置さまや平松さまが手を染めてた取引が、表沙汰になったら、どうしまんねん。間違いのう、これもんだっせ」

皮肉な顔つきを平松へ向けた宮之助が、にぎり拳を下腹にあてて、引き切る仕種をして見せた。

「ふむ。われらがそれなら、われらと一味のあんたは、これだな」

平松は不快そうな苦笑を浮かべ、手刀で首を刎《は》ねる真似《まね》をした。

宮之助は眉をひそめ、顔をそむけた。

三勢吉は、縁側のそばに身をかがめて、二人の小声の遣りとりに耳をそばだてていた。低くくぐもった言葉は、途ぎれ途ぎれにしか聞こえず、子細は聞きとれないものの、探し物が見つからねば、相当厳しい事態に追いこまれかねないことは推量できた。

そらそうや。もう人ひとり、ばらしとるんやないけ。今さら何をぐずぐず言うとんねん。あとは度胸でやるしかないんじゃ。辛気臭《しんきくさ》いのう。

三勢吉は、不満を顔に浮かべ、二人の遣りとりが終るのを待っていた。

すると、笠置がいきなり三勢吉に言った。

「三勢吉、手だてはあるか」

平松と宮之助が言い合いを止め、三勢吉へ向いた。

三勢吉は、そうでんな、と顔を皺くちゃにしてむずかしいと言いたげな素ぶりをして見せた。

「どういう手だてでもかまわん。思うままに言うてみい」

「ほんなら、言わしてもらいまっさ。笠置さま、もう、人ひとり、手にかけてまんねん。泥沼に踏み出してまんねん。踏み出したからには、あと戻りはない。最後までいくしかおまへん。中途半端なことをしてたら、ほんまに泥沼へ沈んでしまいまっせ。そう思いまへんか、平松さま、生方さま、宮之助はん」

三勢吉は三人へ嘲笑を投げた。

「笠置さま、平松さま、生方さま、それから宮之助はんのお望みどおりに、手下の又左がやってのけた仕事の続きをやれと、いうわけだすな。又左が始末した豊一が、みなさま方の大事なもんを、こっそり持ち出しとったと、迂闊《うかつ》にも始末したあとになって気づいたから、今度はそれをとり戻せと」

「ふむ。ここで沈むわけに、いかんのでな」

「わての流儀でええのやったら、むずかしいことはおまへん。ただし、豊一がこっそり持ち出したみなさま方の大事なもんは、間違いのう母親のお恒が持っとりまんのか。手下らが、店中隈《くま》なく探し廻っても、見つからんかったんだっせ」

「それは間違いないはずや。豊一の身の廻りの物は全部調べたし、豊一の朋輩《ほうばい》らにもひとりひとり、それとなくあたったが、それらしいやつはおらへん。豊一は二年前に蔵屋敷詰になってから、勤めひと筋で、これと言うて、親しいやつはおらん。となったら、それを隠すところは母親の店しかない。家探しして見つからんということは、母親のお恒が、肌身離さず持ってるということなのかな」

宮之助が言った。

「肌身離さず？　帳簿みたいな日誌だっしゃろ。帳簿というたら分厚いもんや。そんなもん、肌身離さず持って廻れまっか」

「それはわからんけど……」

「お恒は、豊一の亡骸を引きとりにきたとき、豊一からは何も預かってはいないと言っていたが」

平松が口を挟んだ。

「そんなもん、嘘《うそ》に決まってまんがな。豊一は、誰にも知られんように預かっててやと、母親に言うたはずですわ」

「となると、豊一が殺されて、もしかしたら預かったもんとかかり合いがあるかもしれんと疑いを持って、誰ぞにこれはどういうもんでっしゃろと、もう他人の手にわたってるかもしれまへんな」

平松が舌を鳴らした。

「あの、唐木市兵衛と名乗った浪人者が気にかかる」

「ついでに家探しした、お恒の店の向かいに住んどる素浪人でんな」

「だいたいが、あの唐木市兵衛は、お恒とどういうかかり合いなのだ。豊一の遺体の引きとりにも、お恒につき添ってきた。ただの近所づき合いとは思えぬ」

「どんな男だすか」

「ふむ。涼しげな風貌の、いい男だった。若い男らを二人従えて、指図しておったな。お恒が弱っておるのをかばっていた」

「女に優しい男だすか。怪しいな。まさか、お恒のばばあとわりない仲、というわけやおまへんやろな」

平松と宮之助が、ぎょっとした。

「驚くほどのことでっか。わりない仲やったら、お恒から預かっててもおかしないし。まあ、よろしおます。案外、お恒の縁者かもしれまへん。唐木市兵衛の素性は、念のため、探っといたほうがええかもな」

「三勢吉、どうするのだ」

笠置が、素っ気ない素ぶりで先へ促した。

「笠置さま、お恒が日誌を隠し持っとるのが間違いないなら、お恒本人に言い聞かせてかえしてもらうか、拒《こば》みよったら、痛い目に遭わせてとりあげるしかおまへん。もしも、思いもよらん隠し場所があるならそれを白状させ、人手にわたしとったら、手遅れになる前にそいつからとり戻さなあきまへん。ここは、お恒本人を連れてきて訊くのが、余計な手間がかからんでええんだす」

「連れてきてとは、さらうということか」

平松が言った。

「人聞きの悪い。そうやおまへん。おいで願うんだすがな」

「どこへ」

「そらやっぱり、こちらの御蔵屋敷でっしゃろ」

「それはだめだ。豊一の場合とは違う。町家の女を、人目の多い蔵屋敷に連れこんで万が一露顕したなら、町奉行所の役人が蔵屋敷に乗りこんでくるだけでは済まんぞ。とんでもないことになる」

「平松さま、何を今さら怖気《おじけ》づいてまんねん。もう、泥沼に足突っこんどるんだっせ。言いましたやろ。戻り道はないと」

「わ、わても、ここに連れこむのは拙《まず》いと思います。笠置さま……」

宮之助が言い、笠置の白い無表情にかすかな朱が差した。

「蔵屋敷のほかに、場所はないか」

三勢吉は、眉をひそめ、しばし考えた。

「そうでんな。人目につかへん場所となれば……」

と、やがて言った。

「わいの兄弟分に、曽根崎あたりの賭場をしきっとる胴元がおります。そいつのしきっとった賭場で、手が廻らんので、今は賭場を閉じて空家になっとる店がおます。わいに代貸をやらへんかと誘われたことがおましたな。北野《きたの》村の、権現松《ごんげんまつ》が見える集落のはずれの野っ原に、ぽつんととり残されたみたいな百姓家だす。屋根裏部屋のある、古い大きな店だす。ちょっと遠いが、そこやったら、人目についても、柄の悪いのがまた賭場を開いとるんやろう、と思われるぐらいや」

「百姓衆相手の賭場だな。町奉行所が怪しまぬか」

平松が口を挟んだ。

「これでも目明しだっせ。賭場やったら、なんとかなりますわ」

「日誌をとり戻したら、お恒はどうする」

「ええ？　どうするもこうするもおまへんがな。もう用はないから帰れと、お恒をかえしてよろしいんだすか」

三勢吉は縁側へ身を乗り出し、座敷の四人へささやきかけた。

「そうや。お恒に日誌のありかを聞き出して誰ぞに届けさせるとしたら、素性の怪しい素浪人の唐木市兵衛が、ええかもしれまへんな。このさい、お役目の障りになるような芥《あくた》は、まとめて掃除したほうがよろしいやろ。南堀江の、あんなぶ鼠の巣みたいな貧乏長屋に住んどる貧乏人が、ひとりや二人、行方知れずになっても、お上は気にしまへん」

平松と宮之助が、顔を見合わせた。笠置は外方《そっぽ》を向いている。

ふと、平松が思い出したように言った。

「三勢吉、又左は大丈夫だろうな。町方が豊一殺しの廉《かど》で行方を追っておる。豊一は中之島のわが蔵屋敷の蔵元・大串屋の手代だし、しかも、又左に刺されたのはこの蔵屋敷の中だ。身分のない手代とは言え、どうでもよい貧乏人の、ひとりや二人が行方知れずになるのとは、豊一は一緒にならん。町方は本気になって、又左の行方を追っておると聞いた。まさか、又左が町方に捕えられ、足がつくという事態は、あるまいな」

「そんなことになったら、こっちにまで火の粉が飛んできかねまへんがな。わいはただ、上から手伝うたれと言われて手伝うただけやのに、えらい迷惑だすわ。と言うて、飛んでくる火の粉を、平松さまがどうにかしてくれるとは思えまへん。火の粉が飛んでこんように自分でするしかないなら、厄介な火元を消さなあかんというわけだすな。ぐずぐずは、してられへんな」

三勢吉は、分厚い掌で顎をしきりに擦《こす》った。だが、すぐに肝心なことを思いたったように、「そや」と顔をあげた。

「それと、みなさま方に、念のためにこれは言うときまっせ。わいは、西町奉行所与力の福野《ふくの》の旦那に使われてる目明しだす。福野の旦那の御用を、あの手下らの手を借りて務めておる身だす」

　三勢吉は、背後の庭に控えている手下らを指差した。

「福野の旦那があれを探れこれを探れ、あれをやれこれをやれと言わはったら、仮にゃ、それがお上の仕事やのうても、旦那の目明しとしては、やらなしゃあない。笠置さまや平松さまや、宮之助さんのお役目を邪魔し、損ないかねんようなとんでもない一味を、お上ができんのなら、お上に代わって懲《こ》らしめたったり、始末したったり、なんぼでもやらしてもらいます。ただし、相応の手間代は、かかりまっせ。そうでないと、あそこの手下らが承知しまへん。又左にかて、豊一を始末させるためにだいぶ、金がかかりましたんで」

　茜色の空がだんだん色を失い、詰所の内庭は薄暗くなっていた。烏《からす》の鳴き声は彼方に去り、部屋の四人と縁側下の男の相貌を、薄闇が覆い始めていた。

「よい。三勢吉、おまえの流儀に任せる」

　宵《よい》の迫った薄闇の中で、笠置が冷然と言った。

七

堂島川の下流は、安治川と呼ばれている。

中之島より舟津橋を北の下福島へ渡り、下福島の川沿いの道を西へとって、安治川橋北詰をすぎ、中津川のほうへ分かれる野道をいくと、中津川から分流した堀川の岸辺に、《南徳寺《なんとくじ》》という寺があった。

このあたりは、野田《のだ》村の田地の広がる一帯で、南徳寺門前をすぎると、中津川を北へさかのぼる土手道と、西方の草深い中洲《なかす》をへて、四貫島《しかんじま》への船渡しにいたる道に分かれている。

その南徳寺の門前に、野田新地と土地で呼ばれている数軒の酒亭や茶屋が軒を並べる茶屋町ができていた。茶屋の二階の堀川へせり出した川床で、九条島《くじょうじま》や四貫島の田園や、蘆荻《ろてき》が川風にそよぐ中洲、中津川と堀川のゆるやかな流れ、川向こうのはるか北に霞《かす》む景色を眺めつつ、管弦を鳴らして酒食を楽しみ、客が望めば茶屋の女たちと歓楽に耽《ふけ》ることもできた。

その夜の五ツ半（午後九時頃）ごろ、野田新地に三人の男らが現れた。

三人の男らは、着流しを尻端折りにして半纏をだらしなく羽織り、着流しのくつろげた前襟の間から胴に巻いた晒《さらし》がのぞいていた。近在の百姓衆には見えず、曽根崎新地か堂島新地あたりにいそうな遊び人風体だった。

三人は、新地の《つつじ屋》という茶屋の勝手に廻り、茶屋の男に言った。

「客の又左さんを、呼んでくれまへんか」

客の又左は、しけた博奕打《ばくちう》ちのような冴えない見た目だったが、三日ばかり前につつじ屋にあがり、相手を務めた女が気に入ったらしく、それから居続けをして、案外に金払いもよかった。

「金はある。なんぼでも酒持ってこい」

と、女を相手に毎夜呑み騒ぎ、つつじ屋の主人は、ちょっと怪しいな、と訝りつつも、金払いのいい客を追い払う理由もなく、来た日を入れてもう四日目になっていた。

又左は、宵の口から敵の女相手に呑み始め、うつらうつらしているところを、茶屋の若い者に起こされ、不機嫌だった。

「表やのうて、勝手のほうで待ったはりまっせ。ちょっとわけありの兄さん方と、ちゃいまっか。はよいったほうが、よろしいで」

茶屋の男が声をひそめて言ったので、又左は今日で四日目、夢心地だったのが無理やり正気に引き戻されたように感じて、げんなりした。

眼をしょぼしょぼさせて勝手へ廻り、裏手に出ると、提灯《ちょうちん》一灯の薄明かりに照らされた三人の男らが、不機嫌そうな顔つきを又左に向けてきた。

「ああ、勝蔵《かつぞう》さん、重一《しげいち》さんと竜八《たつはち》さんもおそろいでっか。この夜更けに、なんでんねん」

又左は目を擦りつつ、大きな欠伸《あくび》をした。

「又左、ちょっと拙いことになったで。町方がここを嗅ぎつけたそうなんや。三勢吉親分がすぐに又左に知らせて、草鞋《わらじ》履かせと言うたはるんや」

「ええっ」

又左は顔をしかめた。

「大きな声出すな。しゃあないやないけ。われ、ほたえすぎなんじゃ。あれは又左やと、気づかん間に顔を見られたんとちゃうか。猶予《ゆうよ》はならん、すぐここを出るぞ。勘定済ませて、支度して出てこい」

「そんなんいやや。明日はよ出まっさ」

「呆《ぼ》け。今にも町方が乗りこんでくるかもしれんねんぞ。千日前で打ち首にされたいんかい。われがどじ踏んだら、こっちの身も危ないんじゃ」

「はよせい。ここら辺やったら大丈夫やというとこまで、わいらがついていったる。そっから先、われひとりでいくんじゃ」

又左はぐずぐずして、すぐには承知しなかった。男らに肩を小突かれ、「へえ、よろしおま」と、不承不承、頷《うなず》いた。

四半刻《しはんとき》（約三〇分）後、提灯を提げた勝蔵が先導して、又左と重一と竜八は、野田新地を出て、北の中津川堤の闇夜の道を進んだ。中津川の土手道を上流へ向かい、船渡しを対岸へ渡る手はずだった。

「心配せんでええ。渡し守の船子は顔見知りや。夜更けでも、頼んだら渡してくれる。われは顔を見られんように、笠《かさ》で顔を隠しとけよ」

又左は菅笠をかぶって、旅拵《たびごしら》えのふり分け荷物をかついでいた。

途中から、三人と又左は堤下へおり、提灯の明かりを頼りに、川原の背の高い葭《あし》の間をかき分けて進んだ。

そして、堤道をとって、提灯の明かりを遠くから見られたり、万が一、人に出会ってはあとが面倒だから、用心して川原の葭の間の細道をいこうと、勝蔵が言った。

川原は、提灯の明かりのほかは真っ暗闇に包まれ、中津川の大きな流れも暗がりの中に音もなく没していた。

勝蔵らは、何も話しかけてこなかった。むっつりとした重たい沈黙に閉じこもっていた。下草を踏み分ける四人の無雑作な足音だけが、高い星空の下の、川鳥も寝静まった静寂を乱していた。

「渡し場は、まだ遠いんでっか」

不機嫌を隠さず、又左が沈黙を破った。そのとき、前をゆく勝蔵が、

「ここら辺や」

と、歩みを止めた。

下ばかり向いていた又左は、は？　と顔をあげ、同じく歩みを止めた。勝蔵の提げた提灯の薄明かりが、川縁の葭の隙間に見える中津川の、水ぎわの波を照らしていた。

川縁《かわべり》を見廻しても、渡し場らしいところには見えなかった。

勝蔵は、又左へ気だるそうに向きなおった。そして、提灯を又左の目の前に差し出した。

「なんでんねん」

又左は、提灯の明かりでも目の前に突きつけられてまぶしく、顔をしかめ、目をそむけた。

「ここら辺やったら、大丈夫や。又左、わいらはここまでじゃ。こっから先は、ひとりでいけ」

「そんな。渡し場はどこだんねん。船は……」

言いかけたはずみだった。

背後からいきなり口をふさがれ、背中に熱い激痛が走った。思わず、口をふさぐ掌の下で絶叫を発した。やられた、と気づいたときは遅かった。何かを突き入れられ、唐突に、身体の芯がきれたのがわかった。

たちまち意識が混濁《こんだく》した。身体の力が萎《な》えていった。それでも、

「済まんのう」

と、重一が又左の耳元でささやいたのは聞こえた。

傍らから竜八が、又左の脾腹《ひばら》へ突き入れた。

「われに恨みはないんじゃ」

竜八が言い、又左は喘《あえ》ぎ、提灯の明かりの中で手をあがかせた。

勝蔵が懐に呑んでいた匕首《あいくち》を抜き、又左の胸をひと刺しにした。

三人は、もう殆《ほとん》ど抵抗できず、声も出なくなった又左の前後と傍らから、繰りかえし刺した。

又左が息絶えて葭の中にくずれ落ちると、勝蔵は提灯の火を吹き消した。

川原は墨《すみ》で塗りつぶしたような闇に包まれた。

勝蔵の声が、闇の中に流れた。

「よし。川へ捨てるで。われらは足を持て」

三人は手探りで又左の手足をつかみ、水ぎわまで引き摺り、川へゆっくりと落とした。勝蔵は膝まで川の中へ入って、又左の身体を川中へと押しやった。暗闇の中でも、又左の骸《むくろ》が、黒い川面《かわも》をゆっくりと流れていくのがわかった。

勝蔵は川縁へあがると、重一と竜八に命じた。

「又左の菅笠と荷物は、持って帰って焼き捨ててまえ」

それから、暗闇に沈んでいる中津川へふりかえり、

「朝には海へ流れて、又左は行方知れずじゃ。清々したな」

と言った。

しかし、又左の骸は海へ流れていかなかった。それより数十間下流の川縁の水草の間に浮いているところを、翌早朝、堤道を野良《のら》へ出かける海老江《えびえ》村の百姓に

見つけられた。
百姓は村の年寄に知らせ、村から大坂町奉行所への使いが急いで走った。

第二章　東天満《ひがしてんま》

一

伝馬船《てんません》は、まだ早い午前の青い日が金色のきらめきをちりばめている東横堀川の、紺青の川面《かわも》に小さな波乱を残していた。

淀川の流れは、北から南へと下って、天満の東あたりで大川と呼ばれて東西へ方角を転じ、天満橋、次に天神橋をすぎた西側より、南へ折れ曲がる東横堀川へ真っすぐに分流する。

葭屋橋《よしやばし》をくぐった伝馬船は、両岸に土蔵の白壁がつらなる東横堀川の川筋を漕ぎ進み、今橋《いまばし》、高麗橋《こうらいばし》、平野橋《ひらのばし》、思案橋《しあんばし》、本町橋《ほんまちばし》をすぎて、北久太郎《きたきゅうたろう》町通りと農人町《のうにんまち》に架かる農人橋《のうにんばし》に差しかかった。

そのとき、伝馬船の乗客のひとり室生斎士郎は、農人橋に通りかかる侍と、農人橋の上に広がる、大坂の青い空を見あげた。

斎士郎は、昨日早朝、彦根《ひこね》城下を出立《しゅったつ》して以来、腹の底にかすかな血潮のたぎりを絶えず感じていた。彦根に残した妻の江と赤子の睦の身を案ずるより、使命を果たさねばならぬという意地と矜持《きょうじ》、気位が勝っていた。

武士の甲斐性《かいしょう》を明かすときがきた。武士としてなすべきことをなす。はやる気が、斎士郎の若い身体《からだ》の中でうずいていた。橋の上の通りかかりにすぎない武士を見てさえ、ほのかに心地よいうずきを覚えていた。

「旦那さま、何か」

後ろの寛吉《かんきち》が、斎士郎に声をかけた。

「なんでもない。気持ちのよい朝だ。そう思った」

斎士郎は寛吉へやわらかな横顔を見せ、つくろってこたえた。

船は農人橋をくぐり、久宝寺橋《きゅうほうじばし》、安堂寺橋《あんどうじばし》とすぎて、途中の船着場の浜で、いく人かの乗客をおろし、またいく人かの乗客を乗せた。

西へ分かれる長堀川を横目に見て、さらに南へと下る。

長堀川を境に船場が終って島之内となり、東横堀川は、西岸の島之内の町家と東岸の上町の町家の間を流れて道頓堀川にいたり、西へ方角を転ずる。

船が道頓堀川へ出ると、両岸の人通りはこれまでよりいっそう多くなった。

華やかな家並みが、両岸のどこまでも続いて、いき交う人々の賑《にぎ》わいは、船の斎士郎にまで生き生きと伝わってきた。

やがて、賑わいの中にもひときわ繁華な太左衛門橋《たざえもんばし》の袂《たもと》の浜へ、船は近づいていった。角《かど》の芝居、中《なか》の芝居、などの瓦葺《かわらぶき》屋根総二階の芝居小屋が、川沿いに派手な幟《のぼり》をたて並べ、川縁《かわべり》の芝居茶屋の客寄せが客を呼び、往来や太左衛門橋に人通りがあふれていた。

「吉左衛門町だす。千日墓所の墓参りの方は、この浜であがっとくなはれ」

舳《へさき》と艫《とも》の船子が、太左衛門橋の浜の船寄せに船を着けて言った。

ほとんどの乗客が船を降り、斎士郎と寛吉も続いて川縁の芝居茶屋を通り抜けて浜へあがった。

吉左衛門町の往来へ出ると、千日墓所の道へ入る角に閻魔堂《えんまどう》があるゆえ、それを目印にすればよい、と八軒家《はちけんや》でとった昨夜の宿の亭主に聞いていた。

斎士郎は、深編笠《ふかあみがさ》をかぶり、袖《そで》なしの革羽織《かわばおり》を搗色《かちいろ》の単衣《ひとえ》の上へ羽織って、柴《ふし》色《いろ》の細袴《ほそばかま》を黒の脛巾《はばき》で絞った黒足袋草鞋《くろたびわらじ》の拵《こしら》えだった。

腰に帯びた山城宗近《やましろむねちか》の長刀と小刀が、黒鞘《くろさや》の鈍い光を放っている。父親の代より室生家に仕えてきた郎党《ろうどう》であり、斎士郎の門弟でもある島田《しまだ》寛吉は、これは菅笠をかぶって、上田縞の小袖と脛巾で絞った青鼠《あおねず》の袴、黒足袋草鞋、黒鞘の二刀に、背には小行李の荷をかついでいた。

斎士郎は、深編笠を持ちあげ、道の彼方《かなた》の千日墓所を見やった。墓所のある青空に、火や（火葬場）の煙はのぼっていなかった。

「いくぞ」

斎士郎は六尺《しゃく》（約一八〇センチ）を超える長身瘦軀《そうく》の大股を、千日墓所へと運んでいった。

六尺を優に超える主と比べると小柄に見える中背ながら、骨太な体軀が強靱《きょうじん》さを漲《みなぎ》らせている寛吉は、遅れることなく主に従った。

法善寺《ほうぜんじ》と竹林寺《ちくりんじ》の表門をすぎた先に、千日墓所の黒門が見えた。

二人が黒門を入った右手に、幟をたて葭簀《よしず》を廻《めぐ》らした休み処があって、縁台に多くの客がかけていた。参道を隔てた左手の前方に、自安寺の土塀が廻り、土塀の前に仕置場と獄門台が見えた。

「野呂川伯丈どのは、あの仕置場で首打役の手代《てしろ》を務めておられたのですな」

後ろの寛吉が斎士郎の背中に言った。

「ふむ。柳丈さまの弟だと思うと、仕置場を見ているだけで震えを覚える」

「柳丈さまと血を分けたご兄弟なのですから、間違いなく、並大抵の腕ではございますまいな」

「並大抵の腕のはずがない。それが……」

斎士郎は言葉をきった。

若い主と年配の郎党は、仕置場の前をすぎた。迎え仏の間を通って無常橋《むじようばし》を渡ったところが、聖六坊《ひじりろくぼう》の広場だった。聖六坊の土塀が広場の左手にあって、土塀に沿って六地蔵が並び、一体の石仏が祀《まつ》られていた。

斎士郎と寛吉は、広場の中ほどへきて歩みを止め、降りそそぐ午前の光の下に佇《たたず》んだ。

広場の正面の突きあたりに、焼香場の屋舎が建てられていて、《難波村領道頓堀墓所》と記した額が、焼香場の軒に読める。

千日墓所の火やの煙は、午前の青空にのぼっていなかった。

ただ、墓所の彼方の空の果てに、厚い雲が折り重なっているばかりである。

墓所へ焼香をあげる墓参の人通りが、深編笠をかぶった長身の斎士郎をひと目見あげ、斎士郎と寛吉をよけるように通っていった。

「伯丈どのは、前頭にひと筋を受け、俯《うつぶ》せていた。止《とど》めを刺した跡や、ほかの疵《きず》はなかったそうだ。そのひと太刀だけだった。前夜は雨が降り、夜明けまで降り続いて、伯丈どのの血を洗い流したと、柳丈さまは仰《おつしや》られた。血の海ではなかったと……」

「その者が止めを刺さなかったのは、一刻でも早く、その場を去りたかったからでございましょうな。ひと廉《かど》の武士のふる舞いならば、止めを刺すのが作法と心得ておるはず。余ほど慌てていたか、それとも、それしきの者だったのか」

「そうかもしれん。しかし、そうでないかもしれん。伯丈どのの前頭を割ったひと太刀が、即座に命を断った、終ったと、その者は知っていた。止めを刺すまでもなかった。静かに刀を納めて、伯丈どのの亡骸《なきがら》を雨の中に残し、立ち去ったのかもしれん。そう思えてならぬ」

「伯丈どのひとり。対するその者も、ひとりだったのでございましょうか」

「漆黒《しつこく》の闇の中で戦うのはむずかしい。おそらく、雨の夕刻だっただろう。この場所が、夕刻には人気の途絶《とだ》えることも、わかっていた。伯丈どのとその者のほかに人はいなかった。二人だけで斬《き》り結んだのだ。しかし、伯丈どのとその者の戦いは、長いときはかからなかったと思う」

「何者でございましょうな。遺恨か。埒《らち》もない喧嘩沙汰《けんかざた》か。まさか、無頼《ぶらい》の不逞《ふてい》の輩《やから》ではございますまいな」

「なんとも言えぬ」

斎士郎は、そのような者であるはずがないと思った。

ふと、斎士郎の脳裡《のうり》に保科柳丈の仕種《しぐさ》が甦《よみがえ》った。柳丈は、綺麗《きれい》に剃《そ》った月代《さかやき》から眉間までを、指先でひと筋になぞった。

すると、雨の下に俯せた伯丈の亡骸の傍らに佇むその者の黒い影が、斎士郎に見えた。雨が、伯丈の前頭の疵より噴きこぼれる血を洗い流していた。傍らに佇むその者の影にも、降りそそいでいた。

どんな男だ。早く出会いたい。

斎士郎の胸が、はやる思いにときめいた。

二

千日墓所から、本町通りをすぎた北船場《きたせんば》の、安土町二丁目に大店をかまえる本両替屋《堀井》の主人の堀井安元を訪ねたのは、昼下がりの刻限だった。

斎士郎は、昨日、八軒家の宿より、安土町二丁目の堀井安元と、大坂西町奉行所与力・福野武右衛門の東天満の屋敷へ、保科柳丈より預かった添状とともに、今日の訪問を希《のぞ》む書状を送っていた。

堀井安元から、本日午後八ツ（午後二時）ごろ半刻《はんとき》（約一時間）ばかりならば、と返事を受けていた。福野武右衛門からは、夕刻六ツ（午後六時頃）に来訪を乞う旨の知らせが届いた。

斎士郎と寛吉は、堀井の店裏の住居に案内され、仕たてのよい紺の羽二重の羽織を白衣に羽織った主人の安元に迎えられた。

安元はまだ三十歳と聞いていた。

だが、鬢《まげ》に白い物が目だち、それが普段の顔つきなのか、眉を心なしかひそめた目元に、内心の鬱屈《うっくつ》がにじんでいた。のみならず、浅黒く頬骨《ほおぼね》の尖《とが》った顔つきは、常に周りを警戒しているような、落ち着きのなさだった。

三年前より堀井の江戸店を任《まか》されていたのが、先代の主人・千左衛門急死の知らせを受け、急遽《きゅうきょ》、大坂へ戻り堀井を継いだと、斎士郎は聞いていた。

商人の町・大坂の本両替屋の大店堀井の主人という慣れない立場に、気苦労が多いのかもしれなかった。

それにしても、安元の落ち着きのなさを訝《いぶか》しく思った。

斎士郎は、「まずは、ご尊父さまのご祭壇にご焼香を……」と伝え、寛吉とともに仏間に案内された。焼香を済ませたのち、客座敷へ通され、斎士郎の後ろに寛吉が控え、二人は安元と対座した。

斎士郎は改めて名乗り、急な訪問を安元に詫びた。

「いえいえ、とんでもございません。彦根よりわざわざのお越し、こちらこそお礼を申しあげます。何分わたくしは、野呂川伯丈さまが、わが親父《おやじ》さまのご相談役をお引き受けいただく前に、堀井の江戸店を任されましたもので、野呂川さまとは、面識がございません。ではございますが、親父さまの便りにより、親父さまが野呂川さまをご信頼申しあげている事情を知らされ、嬉《うれ》しく、また頼もしく思っておったのでございます」

安元は言うと、眉をひそめた目元を落ち着きなくゆらした。

「それが、親父さまに一体何があったのか、自ら命を絶ち、それからほどなく、野呂川さままでが千日墓所で誰ぞに斬られて亡くなられたと、大坂へ戻ってきてから知ったときは、背筋が冷とうなりました。親父さまがなぜ自ら命を絶ったのか、野呂川さまが誰にどういう子細があって、斬られて亡くなられたのか、今以《もっ》て、さっぱり事情が呑《の》みこめぬままでございます。ともかく、放っておくわけには参りませんので、野呂川さまの葬儀弔いなどにつきましては、お世話になっております、西町奉行所与力の福野武右衛門さまにご相談申しあげ、親父さまの満《まん》中陰《ちゅういん》（四十九日）の法要が済んだあと、改めてとり計らうつもりでおりました。ところが、福野さまが、野呂川さまの生国は彦根にて、以前は井伊《いい》家にお仕えであったらしいゆえ、まずは、彦根のご親類と申しますか、野呂川さまの実の兄上さまの保科柳丈さまに、野呂川さまが亡くなられた事情をお知らせいたし、兄上さまのお考えをうかがったほうがええやろ、と申されました。それでいずれ、彦根よりどなたかがお見えになるであろうと、お待ちいたしておりました。昨日、室生さまの書状と保科柳丈さまの添状をいただき、胸のつかえがひとつ、ようやくとれそうで、ほっといたしております」

「お気遣い、かたじけなく存じます。わたくしは長年、保科柳丈さまより恩顧《おんこ》を賜《たまわ》り、わが師として保科さまのお指図に従って参りました」

と、斎士郎が言った。

「書状に認《したた》めましたとおり、保科家は彦根藩井伊家に仕える由緒あるお家柄にて、柳丈さまは、殿さまの近衛勤務たる五職の物頭に就いておられます。野呂川伯丈さまは、柳丈さまのご実弟であり、養子縁組を結んで野呂川家に入られ、野呂川家を継がれるご身分でございました。そののち、ゆえあって井伊家の役目を退《しりぞ》かれ、彦根を出て上坂なされました。このたび、伯丈さまが大坂で亡くなられた事情を福野さまよりの書状で知り、本来ならば、柳丈さま、あるいは野呂川家の縁者がこちらにうかがうべきでございました。しかしながら、柳丈さまの重きお役目ゆえに勝手なふる舞いは許されず、野呂川家の方々も柳丈さまのご判断にお任せになり、わたくしが遣わされた次第でございます」

「さようでございますか。わたくしどもは、彦根の兄上様のお考えに、なんら異存はございません。では室生さま、野呂川さまのお弔いを、どのようになさるおつもりでございますか」

はい、と斎士郎は静かに首肯した。

「福野さまよりのお知らせでは、伯丈さまは、先月二月、大坂南の千日墓所において、おそらく、何者かと斬り合い落命いたしたのみとあって、その斬り合いの詳しい経緯、子細は書かれておりません。また、伯丈さまの亡骸はいかなる始末に相なったのか、遺品はどのように扱われたのか、今はわからぬ事柄が沢山ございます。それらの事情子細を調べ、確認いたしたうえで、彦根の保科柳丈さまにお知らせいたし、柳丈さまのお指図をあおぐつもりでおります」

「さようでございますか。その折りには、わたしどもにもなんなりとお申しつけください。でき得る限り、お力添えさせていただきます」

「申しましたように、伯丈さまが斬られた子細はすべて藪《やぶ》の中でございます。保科柳丈さまは、それが明らかになることを望んでおられます。まずは、伯丈さまが千日墓所にて落命なされた当日、あるいはその前後、誰かが訪ねてきたのか、何かの知らせが届いたのか、伯丈さまのおふる舞い、ご様子はいかなるものであったか、お訊ねいたしたいのでございます」

「ごもっともでございます。わたしどもも、親父さまが首をくくって亡くなり、ほどなく、突然、伯丈さまが斬られたと知らされ、親父さまが自ら命を絶った一件となんぞ因縁があるのではないかと、今なお、疑わしく思っておるのでございます。ただ、思いあたる節は何もないのでございますが……」

　安元は額に手をやり、しばし考えた。それから、

「その折り、わたしはまだ江戸におり、親父さまの亡くなった知らせすら、届いておりませんでした。お袋さまが、わたしよりは多少詳しい事情を存じておりま

すので、お袋さまにお訊《たず》ねくださいませ」

と座を立ち、縁廊下《えんろうか》側を閉じた腰付障子《こしつきしょうじ》を引き開け、「としぞう、としぞうはおるかいな」と使用人を呼んだ。

「へえい……」

使用人の声がかえってきて、安元が大坂訛《なまり》の甲高《かんだか》い声をまた投げた。

「お母はんに、すぐきてもろてんか。お客さまのお訊ねなんや。わてよりお母はんが詳しいから、呼んでくれ。ほんで、新しいお茶に替えてんか」

安元が座に戻ってほどなく、縁廊下をくる人影が腰付障子に映った。

戸が引かれ、鉄色の地味な小袖を着けた年配の女が、「お越しやす」と、斎士郎と寛吉に手をついて辞儀を寄こした。

女の目元が、安元の目つきに少し似ていた。

座敷に入って、小柄でぽってりとした身体を紺羽織の安元の隣に並べ、いきなり母親の顔を安元に向けた。

「あんた、そろそろ組仲間の寄合の刻限やろ。支度《したく》はできてんのか」

「わかってる。まだ早いわ。大丈夫や。それより、こちらは彦根からお見えの室生斎士郎さまと、お供の島田寛吉さまや」

斎士郎と寛吉は母親に名乗り、頭《こうべ》を垂れた。

「安元の母親のかずでございます。彦根から遠路はるばる、ご苦労さんでございます。近江の彦根言うたら、琵琶湖《びわこ》の景色がよろしいてええとこでんな」

母親がひなびた様子で言うのを安元が止め、

「お母はん、室生さまは……」

と、斎士郎が訪ねてきた事情を伝えた。

母親は斎士郎との間の畳へ目を落とし、ふんふん、と心得たふうに首をふって見せた。そして、安元が言い終ると、しみじみとした口ぶりで言った。

「千左衛門が首を吊《つ》ったわけは、今以てわかりまへん。書き置きは何も残してまへんし、長いこと連れ添いましたけど、自分で首をくくるような、そんな人やないことは、女房のわてが一番よう知ってると、今でも思てます。けど、それがこの始末になるのやから、ほんまに、恥さらしな情けない話だす。世の中、けったいなことが起こるもんだすなあ」

おかずは、斎士郎の納得を確かめるような間をおいた。

「野呂川伯丈さまに千左衛門の相談役になっていただいたんは、三年前の文政《ぶんせい》五年（一八二二）だした。この子が、江戸店の主に就《つ》いたあとだす。堀井の貸付がどんどん増えて商いが大きなり、大店になるにつれて、貸付けたお金の返済が滞り、身上をつぶされたと逆恨みにされることもあって、腕のたつ警護役をつけたほうがよいとの、西町奉行所与力の福野武右衛門さまのお口添えで、野呂川さまに、相談役という名目の用心棒になっていただいたんだす。千左衛門は普段は表に出さへんけど、性根は気性の激しい人だした。せやから、野呂川さまとは案外に気が合いましたんやろ。野呂川さまは気位が高うて、武士の誇りというか、自尊心の塊《かたまり》みたいな人だした。それが、千左衛門の気性の激しさと、釣り合いがとれてたんやろな。千左衛門は、野呂川さまを頼りにして、わての知らん相談事をいろいろとしているふうな素ぶりが見えました。せやから、野呂川さまと千左衛門は、よっぽど相性がええのやろと思てました」

「お母はん、室生さまのお訊ねは……」

安元が口を挟んだ。

「わかってる。これから話すとこや。話す順番があんねん」

おかずは、安元を退けた。

「千左衛門が首をくったその前の日、機嫌の悪いときは使用人やわてに小言をぐずぐずと言う人が、珍しく、好きなお酒も殆《ほとん》ど呑まんとふさぎこんでました。

その翌日だす。目が覚めたら千左衛門はもう出かけていて、布団は空だした。どこへ出かけたんやろと思うてたら、蔵の中で千左衛門が首を吊ってるのを、手代が見つけたんだす」

安元が、内心の鬱屈《うつくつ》を浮きたたせるかのように、眉をいっそうひそめ、唇をへの字に結んだ。

「そら、吃驚《びっくり》しましたがな」

と、おかずは冷やかに続けた。

「野呂川さまに、千左衛門は前の日ふさぎこんでましたけど、なんかお心あたりはおまへんか、と女房のわてが聞くのも変だすが、恥を忍んでお訊ねしました。野呂川さまは、ございません、とむっつりとただひと言、不機嫌そうに言わはったんだす。けど、店中が混乱してる中、ひとり落ち着いて、番頭や手代らを指図して、千左衛門の通夜から葬儀までをとり仕きってくれはりました」

するると、安元が関心を見せた。

「親父さまが亡くなってから、野呂川さまは、どないしてはったんや」

「相変わらずや。離れの自分の部屋に閉じこもって、お籠《こも》りみたいにすごしてはった。用心棒の務めも、千左衛門が亡くなったから辞める、と言い出すわけでもなく、わてもすぐに暇を出すのも気が引けて、あんたが江戸から戻ってきたら、あんたの用心棒に雇うてもええかな、と思うてたぐらいやった」

「野呂川さまを、誰か訪ねてきたとか、こんなことをやってたとか、お母はんの気になったことはないのか」

「誰も訪ねてきてへん。いるのかおらんのかも、わからへんぐらいやったし。お籠りをして、千左衛門の冥福でも祈ってたんかいな」

安元は物足りなそうに唇を尖らせたが、それ以上は訊かなかった。

おかずは、斎士郎に向いた。

「それで、お訊ねの野呂川さまが千日墓所で斬られはったときの事情だすが、あれは先月下旬の、朝から小雨の降る肌寒い日だした。その日の夕方に近いころ、わてのところへ、今宵、人に会う用があるので出かけると、野呂川さまが言いにきやはったんだす。千左衛門が亡くなったから、女房のわてに断りを言いにきやはったんでっしゃろな。それから、つきましては自分の用はもうこちらにはないので、人と会って用を済ませ次第、お暇《いとま》いたす所存ですと言わはったんで、わても、はあ、そうでっか、お疲れさんだしたと、申しあげました」

「誰に会うと……」

斎士郎が言った。

「どこで、誰に、なんの用があって会うとも、言わはらしまへん。ただ、菅笠に紙合羽を着けて、小雨降る中を悠然と出かけていかはりました。ところが、野呂川さまは夜更けになっても、戻ってきやはらへんかった。それどころか、次の日もその次の日も、戻ってきやはらへんかったんだす。わても奉公人らも、野呂川さまがいき先も告げず出かけて、数日も戻らんことを気にかけてなかった。わては、そのうちに戻ってきやはるやろ、出かけたまま戻るのが面倒になって暇したわけやないやろかな、ぐらいにしか思うてへんかったんだす。野呂川さまの、町人風情がと見下すようなふる舞いやら普段の気性が、人とのつき合いを希薄にしてたんだすな。あの気だてでは、いたし方おまへん」

「伯丈さまが亡くなられた知らせは、いつ、こちらに届いたのですか」

「次の三日目の夜だす。あとから聞いてわかったことは、野呂川さまの亡骸《なきがら》が見つけられて、身元がわかるまでに、およそ三日かかったそうだす。野呂川さまは仕置場の手代を長い期間勤めてはったのに、検視に出役した町奉行所のお役人は、野呂川さまやと気づかへんかったんだす。仕置場で首打役の手代を長いこと務めてはったんやから、見かけてたはずやのに、つれないもんだす。三日目になり、西町奉行所与力の福野武右衛門さまに、もしや野呂川伯丈さまではという問い合わせが入り、福野さまが堀井に確かめられて、それでやっとわてらにも、野呂川さまが千日墓所で亡くなってはったと、知れたんだす」

「迂闊《うかつ》な話やな」

安元が言った。

「しゃあない。そういうこともある」

おかずは、言いかえした。

「さっき申しましたように、野呂川さまを相談役を、と申しますか、千左衛門の警護役をお願いいたしましたのは、福野さまのお口添えがあったからだす。福野さまには、長年、堀井を懇意にしていただき、本両替屋の商いにおいても、ご指導ご鞭撻《べんたつ》を賜《たまわ》っておりました。福野さまよりお聞きしたところによれば、千日墓所で見つかった野呂川さまの亡骸は、三日目になっても身元が知れず、このままにしとけんからと、墓所の火やで火葬され、灰山に捨てられたそうだす。福野さまの元に、野呂川さまではという問い合わせが入ったのは、そのあとだした。身元不明の亡骸の遺品は、火やの番人が処分するのが決まりだす。野呂川さまの遺品はどっかに消えてしまい、詮索もされておらんのもやむを得んと、これも福野さまからお聞きしたことでございます。野呂川さまが使うてた部屋に、身の廻《まわ》りの物が少々残されており、それは行李《こうり》に仕舞っておいてあります。室生さまがお望みならば、お引きとりいただいて差しつかえございません」

斎士郎は、なおも訊いた。

「野呂川伯丈さまが誰に斬られたか、のみならず、千左衛門どのが何ゆえ自ら命を絶たれたのか、お二方の死はかかり合いがあるのか、あるいは偶然にすぎぬのか、福野武右衛門さまにお訊《たず》ねになられたのですか」

「はい。けど、なんも知らん、わしにわかるわけないやないか、と言わはるのみだした。それより、千左衛門が亡くなって、堀井は大丈夫か。倅の安元はちゃんと商いを継げるかと、気にかけてくれはりまして……」

おかずは、人の縁の空虚を受け入れるかのように物憂げに言った。

三

遅い午後、大川に架かる難波橋を船場から大坂三郷の西天満へ渡った。

大川端を東方の天満堀川《てんまぼり》へゆき、太平橋を越えて、天神橋北詰手前の菅原《すがはら》町を、北の天満宮のほうへ曲がった。

斎士郎と寛吉は、夕六ツの刻限に間があるため、天満宮の参拝を思いたち、天満宮の参詣にときをすごした。境内の人影がまばらになり、西の空が夕焼けに染まるころ、天神筋町の往来を東方へとった。

西町奉行所地方の与力・福野武右衛門の屋敷は、東照権現宮《とうしようごんげんぐう》の東の、天満与力組屋敷地の一角にあった。町奉行所の与力、並びに下役の同心は、江戸から遣わされた旗本の奉行とは異なり、大坂在住の地役人である。

職禄二百石に四百八十坪の組屋敷を拝領している。

長屋門から敷石が玄関式台へ通じ、数羽の軍鶏《しやも》が、掃除《そうじ》のいき届いた敷石や木蓮《もくれん》の灌木《かんぼく》のそばを、悠然と歩き廻っていた。斎士郎と寛吉が玄関の庇下《ひさしした》に立って案内を乞うても、一羽の軍鶏が逃げもせず式台の上を歩いていた。

若党《わかとう》が玄関之間の衝立《ついたて》のわきに現れ、式台におりて軍鶏を追った。

「おいでなさいませ。お待ちいたしておりました。どうぞ、おあがりください」

斎士郎らの訪問を承知していた若党は、先に立って、広い屋敷の十数畳はある客座敷に二人を通した。

座敷は、床の間と床わきが拵《こしら》えてあり、床わきの違い棚の花活《い》けに、赤紫の花をつけた木蓮の一枝が活けてあった。床の間の花瓶にも、かわら蓬《よもぎ》が淡い葉色を見せ、老松に白鷺《しらさぎ》を描いた掛軸がかけられていた。

座敷の東側と南側を縁廊下が囲い、日が落ちたばかりの宵の気配が、庭先の灌木や石灯籠を赤茶けた薄色に染めていた。その赤茶けた庭にも、首を掲《かか》げて歩き廻る一羽の軍鶏が見えた。

斎士郎と寛吉は、床《とこ》の間に向いて端座《たんざ》した。

床の間の前に脇息《きょうそく》があって、煙草盆《たばこぼん》が脇息のわきにおいてある。

若党は行灯《あんどん》に明かりを灯《とも》し、東側と南側の黒塗り組子の腰付障子を閉じ、退《さが》っていった。しばしの静寂ののち、次の間に人の気配がして、

「旦那さまがお見えです」

と、襖《ふすま》ごしに若党の声が言った。

西町奉行所地方与力・福野武右衛門が座敷に入り、脇息のそばに着座した。

ずんぐりとした小柄な体軀に、背丈に比べて顔が不釣合いに大きかった。色黒の頬が垂れ、血走った目を見開いて太い獅子《しし》鼻が坐《すわ》り、部厚い唇を突き出した相貌は、何かのまじないの置物のようだった。

歳《とし》はまだ四十前のはずながら、脇息に肘を載《の》せて、ずんぐりした体軀を気だ

るげに寄りかからせた風貌と、片手に煙管《キセル》を玩《もてあそ》ぶ仕種は、奇異に覚えるほどふてぶてしい老成を感じさせた。

芥子《からし》色の小袖を着流し、丸い腹を支えるように締めた独鈷《とっこ》文の博多帯に差した脇差が、呼気に合わせて腹の下でゆれていた。朝にあたったに違いない髭《ひげ》が、夕刻になって口元から顎を、薄い苔《こけ》のように覆っていた。

斎士郎は、突然の訪問を許された礼を述べ、野呂川伯丈の実兄の保科柳丈の命を受け、彦根より昨日上坂した子細を語った。

福野は、若い斎士郎の張りのある声に耳を傾け、とき折り、斎士郎の言葉に合いの手を入れるような低くかすれたうなり声を、息苦しげにもらした。

斎士郎が語り終え沈黙すると、血走った目を無造作に向け、案外に高く響く声で訊ねた。

「室生さん、歳はおいくつや」

「二十九歳に相なりました」

「二十九歳か。ええ年ごろや。腕もたちそうや。保科柳丈さんは、さぞかし、若い室生さんを信頼してはるのやろな」

斎士郎はさり気なく目を伏せ、沈黙をかえした。

「野呂川伯丈は、当然、昔から知ってるのやな」

「野呂川さまがまだ彦根におられましたころ、保科さまのお屋敷で、二度ほどお目にかかったことがございます」

「どういう男やと、思うた」

「野呂川さまをどのようなお方かと、考えたことはございません。わが主筋《しゅうすじ》の保科さまのご実弟に、僭越《せんえつ》と思われますゆえ」

「彦根の侍は、みな堅苦しい。自分らは徳川さまと同じお上《かみ》やと、思うとるからかな」

福野は鼻で笑った。煙管に刻みをつめ、火をつけた煙管を二度喫《きつ》して、吸殻を灰吹きに落とした。

「野呂川伯丈は、おのれをおのれ以上の者と信じて疑《うたご》うてなかった。おのれを誰よりも侍らしい侍と思いこんどった」

福野は、夕焼けの赤みが薄く映している腰付障子のほうへ、浅黒いぼってりとした顔を向けた。

「確かに、腕は凄《すさ》まじいぐらいにたった。千日墓所の仕置場で、四年前から一年足らず、首打役の手代を務めた。あの気性で下役の町方らとの交わりを好まんかったから、町方らにもあんまり知られてなかった。けど、一部の町方らには、野呂川の腕前は凄《すご》いと言われとった。よく言えば狷介《けんかい》不屈《ふくつ》、あたり前に言うたら、傲慢《ごうまん》で偉そうで鼻持ちならん、と思われとった。大坂の町方にしたら、ちょっとぐらい腕がたってなんぼのもんじゃ、所詮《しょせん》は、仕置場の手代やないかと、名前ぐらいは聞いたことはあっても、顔はそんなに知られてなかった。野呂川の亡骸が千日墓所で見つかって、これはどこのどいつやと、身元が明らかになるまで二日三日とかかって、千日火やの灰山の灰になってしもてから、あいつかと知れた。野呂川の持って生まれた性《さが》、定め、運命と言わざるを得ん」

そこへ、若党が二人、茶菓の支度を調えて現れた。

「室生さん、宿は八軒家やな」

「八軒家の《近江屋《おうみや》》です」

「夕餉の膳の支度をさせとる。八軒家なら天満橋を渡ってすぐや。今宵《こよい》はゆっくりしていきなはれ。野呂川の亡骸は、灰山の灰になってしもた。遺品も散佚《さんいつ》してしまい、弔いの読経もないし墓もない。あの男の末路らしいと思う一方で、あれほどの男がと、後ろめたいと思わんでもないのや。野呂川の縁者が、彦根からきてくれた。ようやく、あの男を弔うことができる。そんな気分なのや。今宵は、野呂川を悼《いた》んで酒を酌《く》みたい。ええか」

「ありがたく、馳走《ちそう》に相なります」

　福野は茶を一服した。そして続けた。

「野呂川の腕を見こんで、堀井千左衛門の警固役の仲介をした。要するに、用心棒や。傲慢で偉そうで鼻持ちならんでも、二本を差してただ偉そうにしてるだけの男やないことは、わかっとった。忠義で殿さまに奉公しても、給金で商人に雇われても、自分の腕であれ才覚であれを見こまれて仕えるのに違いはないと、ちゃんと損得の判断ができると思たから、千左衛門の用心棒に、仕置場の手代よりもはるかに金になるぞ、と勧めた。およそ三年前になる」

　それから、福野は碗《わん》を茶托《ちゃたく》に戻す間をおいた。

「千左衛門は儲けることしか頭にないえげつない商人やが、野呂川を雇うのに、金さえ払うたらええのやろ、とは思うてなかった。えげつないことをして儲けた千左衛門の命と同じ値打ちの金で、野呂川の忠義を買うたと考えとった。片や野呂川は、相応の給金で侍の忠義を買われたからには、仮令《たとえ》、千左衛門が悪徳の商人であっても、忠義をつくすのが侍の本分やと微塵《みじん》も疑うてなかった。千左衛門と野呂川は、相性のええ主人と使用人やったと思う。千左衛門は、野呂川を信頼しとった。これは間違いない」

「堀井千左衛門は、悪徳の商人だったのですか」

「ものは考えようや。わしは、悪徳商人とは思うてなかった。けど、確かにえげつないことをする商人と言われても、しょうがないかもしれん。ご法度《はっと》にすれすれ触れておらんでも、これはやったらあかんでと、まともな商人やったら手を出さん商いを千左衛門は手を出して、堀井を本両替屋の大店《おおだな》にしたのは間違いない。わしは、悪は悪なりに潔いし筋が通っとると、そういう千左衛門を商人として評価しとったんや。せやから、堀井に出入りするようになって、町奉行所として配慮してやることもあったし、厳しく叱ることもあった。それでずっと上手いこと商いが続くんやったら、大したもんやないかとすら思うとった」

「それは、どのような……」

斎士郎は訊いた。

福野は、気を静めるかのように煙管に火をつけ、煙を吹かした。

大坂の梅田《うめだ》、浜《はま》ノ寺《てら》、吉原《よしわら》、蒲生《がもう》、小橋《おばせ》、鳶田《とびた》、千日の墓所は、《七墓《ななはか》》という七墓巡りが盛んで、墓参の人々が集まり、墓所の周辺には盛り場ができた。

盛り場ができれば、そこに仕事を求める男女が集まり、繁華な盛り場の裏手に路地が蜂《はち》の巣《す》のように入り組み、裏店が密集して建ち並んだ。

千左衛門は、そこに目をつけた。

七墓周辺の明地《あきち》を持つ土地持ちに話をつけ、堀井のお金持ちの得意先にではなく、中店や小店の手代《てだい》や小商人らに、七墓の明地を借り受けて裏店《うらだな》を建て、借家人を住まわせ、店賃を稼ぐ儲《もう》け話を持ちかけた。

墓所の周辺は、七墓巡りの客でもっともっと賑わい、盛り場で働く者らはさらに増えるのは間違いない。家持ちになって、店賃を稼ぎまへんかと誘った。

その際、余計な手間とお金はまったくかからない。地主に話をつけ、裏店を建てる大工の調達、店ができてからの家守の手配、そして、それらにかかる元手の融資まで、すべて堀井が代行し、客は地主と町《ちょう》役人、あるいは村役人に一度挨拶《あいさつ》をするぐらいで、ほかに面倒なことは何もない。

借地代や家主の給金やら町入用やら、堀井の借金の利息やら返済やらは、店賃でまかなえる、残りは先々の蓄えにしてもいいし、あるいは、ゆとりのある暮しに役だてればよい、という誘いだった。

その誘いに、一生、女房すらきそうにない小店の手代や小商人らの多くが、心動かされ、家持ちになった。

七、八年前ごろから、千左衛門は七墓周辺の家持ち話の貸付《かしつけ》を始め、貸付額は急激にふくらんで、中店の本両替屋だった堀井は、わずか数年で、大店の両替屋に肩を並べるまでになった。
三年前には、江戸の中店ほどの両替商に莫大《ばくだい》な融資をして手を結び、堀井の江戸店ができるほどになっていた。

だが、両替屋の堀井が大店になっていった裏では、身の丈《たけ》に合わない大きな借金をしたものの、借家人が埋まらず店賃が入らないのに、借地代に家持ちの町入用や家守への給金、元手の利息の返済に追われ、借金まみれの挙句《あげく》に、二進《にっち》も三進《さっ》ちもいかなくなって、首くくりも出ていた。

福野は、嘲《あざけ》るように薄笑いを浮かべて言った。

「ところが、そんな貸付はおかしいやないかと、堀井を訴え出る者は殆《ほとん》どなかった。そんな阿呆《あほ》みたいなうまい話が、元々あるわけないやろ、引っかかったほうが悪いんじゃ、間抜けなんじゃ、自分の所為《せい》じゃと言われかねんし、訴え出て奉公先やら得意先にも障りが出たら困ると、泣き寝入りするしかなかった。数年前やった。町奉行所に訴えを出した手代がいた。けど、町奉行所は訴えをとりあげんかった。自分で決めた所為やないか、自分で始末つけやというのが、表向きの理由や。むろん、とりあげにならんかった裏には、千左衛門が東西町奉行所の与力同心の出入りを願い、日ごろよりお指図を仰ぎ、つけ届けを欠かさず、真《まこと》に殊勝な心がけやったから、とりあげるほどの訴えやない、という判断にいたった。その判断はおかしいが、しょうがない。そらそうや。誰かて、貧乏人より金持ちのほうに贔屓《ひいき》するがな。お上もそれは変わらん」

「首くくりまで出して、町奉行所は、放っておかれたのですか」

「放っておいたわけやない。町奉行所より堀井千左衛門へ、強引に勧誘して無茶な貸付をするのは自粛せい、とお達しを出した。それぐらいはやった。しかし、ほかに何ができる。堀井の勧誘に賭けて、家持ちの店賃を稼いでいる客もおる。それは悪徳ではのうて、商人の才覚やと思う。才覚を働かせて、商人が商いをする。儲かるか損するか、伸《の》るか反《そ》るか、そんなもん、お上が余計な口出しする事柄ではないやろ。わしは、千左衛門の目のつけどころに、感心したぐらいや。千左衛門の才覚を買うとった」

沈黙が流れた。

障子に映っていた日の名残りの赤みは、すでに消えていた。行灯の明かりに照らされた白い障子が、夜の帳《とばり》をさえぎっていた。宵は静かに深まっていたが、屋敷のどこかで小さなざわめきが続いていた。

「堀井千左衛門さんは、自分の商いが客をひどい目に遭わせたことに負い目を感じておられたのですか。それゆえ、自ら命を絶たれたのですか」

斎士郎は、わけ知りふうに言う福野に真っすぐ質《ただ》した。

「まさか。千左衛門はそんな男やない……」

福野は冷やかに撥《は》ねつけた。それ以上は言わず、沈黙を続けた。

だがそれは、言うべきか言わざるべきかを迷っている沈黙に思われた。

次の間に人の気配がし、若党の声が襖ごしに言った。

「旦那さま、膳《ぜん》のお支度が調っております」

「そうか。すぐ運んでくれ。室生さん、腹が減ったやろ。続きは呑みながらくつろいでやろ」

四

膳が並べられ、徳利《とっくり》の酒が淡々《あわあわ》とした香をのぼらせた。

蓋《ふた》つきの器《うつわ》に、筍《たかんな》の煮ふくめ、醤油《しょうゆ》味醂《みりん》の合わせ汁に漬けこんだふき、いかのつけ焼き。平皿は、蒲鉾《かまぼこ》におろし大根を添え、骨ぎりした鱧《はも》の醬油と酒のつけ焼きが並び、漆塗《うるし》りの椀《わん》には、酒蒸しの鯛《たい》、甘からく煮ふくめた椎茸《しいたけ》を盛って、葛《くず》あんをかけてうすゆきが添えてあった。

それに、つまみ菜を入れた西国ふうの甘みのある味噌汁《みそしる》が、透《す》きとおった湯気をのぼらせていた。

「そろそろ、鱧の美味《うま》いころや。室生さんがくるので、雑喉場《ざこば》の魚市場に買いにいかせた。彦根は京風の上品な鱧料理に慣れてはるやろけど、浪花《なにわ》のちょっとこってり目の鱧料理もいけるで。室生さん、それから島田さんも、遠慮せんと、ゆっくり食べて呑んでいってや。今宵は、野呂川伯丈の弔い酒やからな」

「いただきます」

「畏れ入ります」

斎士郎が言い、寛吉も頭《こうべ》を垂れた。

福野は、手酌で酒を満たした杯を美味そうにあおった。箸《はし》と器を鳴らし、箸を運んで咀嚼《そしゃく》する料理のひと口ごとに、食い心地を確かめるように、ふむ、ふむ、と鼻を鳴らした。

だが、福野は膳を運んできた若党らを、「用があったら呼ぶ」と退《さが》らせた。

しばしの沈黙の宴が続き、膳の料理と酒が進んだ。屋敷のどこかで聞こえていた小さなざわめきは、途絶えていた。

福野は鱧の身を口に含み、くちゃくちゃと鳴らした。杯をすって酒を含み、膳にことんと音をたてて杯を戻した。

それから、ため息のような鼻息をもらした。

「野呂川伯丈とは、この座敷で何度か呑んだことがある。野呂川は、養子縁組を結んで継いだ野呂川家のことは、どうでもよさそうやった。兄の保科柳丈さんの話は、何度か聞いた。野呂川は、自分が保科家の血筋であることを自慢にし、兄の柳丈さんを超えたいと思い、超えられん自分を責めとった。彦根の兄上には敵《かな》わん、不甲斐《ふがい》ない、とな」

福野はそう言って、心なしか悩ましげに眉をひそめた。

斎士郎は沈黙をかえし、杯をあげた。

「野呂川がなんで斬られたのか、千左衛門の首くくりとかかり合いがあるのかないのか、それは知らん。ただ、野呂川が誰にも知られんで千日火やの、灰山の灰になってしもたと知ってから、気になってしゃあないのや。わしの所為《せい》やないが、負い目を感じるというか、後ろめたかった。それで、兄の保科柳丈さんに知らせることにした。もしも、弟の野呂川伯丈が斬られた子細《しさい》を知りたいなら、わしの知ってることを洗いざらい話してもええやろと、思うようになった。せめて、それぐらいしてやらな、野呂川が可哀想《かわいそう》に思えるのや。高々《たかだか》地役人の、こんなわしでもな」

福野は、髭《ひげ》が薄い苔《こけ》のように覆う口元を、指の短い掌《て》でぬぐった。

「室生さんは保科柳丈さんの代人やから、室生さんがこうやったと、保科さんに伝えてくれたらええ。ただし、室生さんにそれを明かすについては、心してもらわなあかんことがある。わしの知る限り、その子細は、お上の法度に触れとるというこことなのや。もう終ったことやが、今でもそれが表沙汰《おもてざた》になったら、わしかてただでは済まん、町奉行所与力の身分を失いかねん、いや、それではおそらく済まんと思われる間違いのない罪科《つみとが》や。室生さんには、それを承知したうえで聞いてもらいたい。保科柳丈さんに伝えるときも、わしがこう言うてたと、それも伝えてほしい。よろしいな」

「元より、いかなる事情であれ、その存念で大坂に参りました。ですが、もう終ったこととは、どういう意味でございますか」

「それはな、その罪科を犯した者は、すでにこの世にはおらん。千左衛門はもうおらん。千左衛門の仲間ももうおらん。そういう意味や」

「野呂川伯丈さまも、という意味でございますか」

「それは違う。わしも野呂川も、それは知らんかった。わしは迂闊《うかつ》にも巻きこまれたと思うとる。ある意味では、野呂川はわしの巻き添えを食ったと、言えるのかもしれん」

斎士郎は、束《つか》の間をおいて言った。

「どうぞ、お続けください」

「島田寛吉さん、あんたと室生さんは主従の侍や。主の結んだ約束を、侍としてあんたも守ってもらえまんな」

「御意。必ず、お守りいたします」

寛吉が簡潔にこたえた。

ふむ、と福野は頷《うなず》き、手酌で徳利を傾け、杯に酒を満たした。ひと口を含み、語り始めた。

「十五年前のことや。泉州の宿場町の佐野で、五人組の押しこみ強盗があった。佐野は宿場町というても、ひなびた旅籠《はたご》しかない田舎の宿場町とは違う。田畑の収穫も豊かやし、漁も盛んな土地柄でな。強盗に押し入られたのは、その町の

《葛城《かつらぎ》》という両替屋で、主人夫婦が殺され、金蔵のあり金が盗まれ、強盗は姿をくらました。葛城は顧客から預かっていた金をすべて失い、両替屋の商いがたちゆかんようになり、そのまま店仕舞《じま》いになってしもた。むろん、十五年前のその押しこみ強盗は、大坂の町方ならみなよう知ってる一件や。殺された主人夫婦には、十二歳のお菊と三歳の小春という二人の娘がおった。二人の娘は、押しこみに襲われたとき、竈《かまど》の中に隠れて命は助かった。それがお菊と小春にとって、幸運やったかそうでなかったかは、わからんがな」

福野はまたひと口含み、提《さ》げた杯に徳利を傾けた。

斎士郎は訊いた。

「姉妹は、どうなったのですか」

「大坂の新町の廓《くるわ》にもらわれた。要するに、いろいろあって、姉妹そろうて身売りされたわけや。十二歳のお菊は、器量のよい女郎衆になるやろと言われたし、三歳の小春も玉のように可愛《かわい》らしい童女やったらしい。ところが、姉妹が新町で暮らし始めて間もなく、たまたま熊野詣《くまのもう》でにきていた江戸の男が、新町で三歳の小春を見てその可愛さに心動かされ、小春をもらい受けて江戸へ連れて帰り、自分の娘にしようと思いたった。小春は江戸の男に手を引かれて新町をあとにし、姉妹は別れ別れになって、二度と会うことはなかった。それから年月がたち、新町の女郎衆になった姉のお菊は、器量よしで、今に太夫《たゆう》になると言われていたのが、不幸なことに胸の病に罹《かか》り、新町の廓から身売りされて、南の新地へ流れ、最後は難波の新地の色茶屋《いろぢゃや》に務める身となった」

「最後？　お菊は胸の病で難波の新地で亡くなったのですね」

「そうや。お菊は亡くなった。しかし、胸の病やない。ある客と心中しよった。それも、お菊の謀《はか》った無理心中やった」

斎士郎は沈黙した。

福野は斎士郎から目を宙へ遊ばせ、皮肉な笑みを投げた。

「お菊と小春が新町で別れてから、今年で十五年になる。小春は十八歳。姉のお菊が生きとったら、二十七歳や。無理心中は、去年の暮れにあった。心中相手の男は柳葉包丁《やなぎばぼうちょう》で喉《のど》をひと切りにされ、お菊も自ら首筋を引き切って、血まみれになって倒れとった」

福野は徳利と杯をおき、首筋を包丁で引き切る仕種《しぐさ》をして見せた。

「相手の男は、三十二か三の柳助《りゅうすけ》と言う、まあ遊び人みたいな男や。親父は、順慶町《じゅんけいまち》で仏具店を営む伝吉郎《でんきちろう》と言うてな。順慶町の夜店の店割を町代《ちょうだい》から任され、仏の伝吉郎と呼ばれとる、南船場では名の知られた顔利きや。なんで、仏の伝吉郎かは知らん。仏具屋やからとは違う。町方の間では、昔は物騒なあらくれで、気に入らんやつをすぐに仏にしてしまうから、《仏の伝吉郎》と綽名《あだな》がついたと言われとった。倅が三人いた。長男が慶太《けいた》、次男が楠吉《くすきち》、三男が無理心中の柳助や。親父と倅《せがれ》の三人とも、ごつい身体をしたいかにも恐ろしげな男らで、伝吉郎親子には、定町廻《じょうまちまわ》り役の町方《まちかた》でさえ一目をおかざるを得んかった。三人の倅の、長男の慶太と二男の楠吉は人並みやったが、三男の柳助は、少々血の廻《めぐ》りが悪かった。その血の廻りの悪い柳助が、難波新地の色茶屋のお菊を気に入ったのが事の始まりやった。西船場の新町から場末の難波新地に流れて、胸を長いこと患うて柳の細枝みたいに痩せ細ったお菊を、牛みたいなごつい身体の柳助が気に入ったのやから、皮肉な話やで」

福野は煙管をとって火をつけ、一服した。

斎士郎は微塵《みじん》も身動きせず、福野が一服し終えるのを待った。

「去年の十二月やった。柳助は色茶屋にあがって、お菊を呼んだ」

と、福野は続けた。

「馴染《なじ》みになって間もないころや。おそらく、おまえの生国はどこや、親兄弟はとか、そんな話になって、お菊は生まれが泉州の佐野やと言うたんやろ。そしたら、お菊にすっかり気を許した血の廻りの悪い柳助は、十五年前の、泉州佐野で両替屋の葛城に押しこんで主人夫婦を殺して金を強奪した子細を、お菊がそのとき生き残った娘とは思いもよらず、与太《よた》話のつもりで語って聞かせた。どうや、おもろい話やろ、ぐらいは得意げに言うたかもしれんな。さぞかしお菊は、吃驚《びっくり》したに違いない。考えのない阿呆が、葛城押し込みの子細を、何もかも喋《しゃべ》ってしまいよった。一味は、親父の伝吉郎、慶太と楠吉、柳助、それからなんと、堀井の千左衛門の五人や。葛城押しこみの話は、どうやら、千左衛門が持ちかけたらしい。千左衛門は、若いころは、佐野の葛城の手代やった。商いの用があって大坂へたびたび出かけているうちに、そのころはまだ中店やった堀井の先代に見こまれて、婿養子に入り、堀井の主人になった。千左衛門は、頭はきれるが、持って生まれた性根はならず者や。葛城の押しこみを目ろんだのは、堀井の貸付が焦げついてお店が傾いとったからや。伝吉郎のほうも、順慶町の夜店の店割やらの差配を町代から任されるかどうか、瀬戸際《せとぎわ》やった。町代に使う金が要《い》ったらしい。双方とも、まとまった金が喉から手が出るほどほしかった。千左衛門は、若いころ葛城に奉公していたから様子はわかる、必ず上手いことといく、と伝吉郎親子を誘い、よっしゃ、やろ、ということになった」

屋敷は静けさに包まれ、福野の杯をすする音が厭《いや》に大きく聞こえた。福野は杯に酒を足しながら言った。

「お菊は柳助からその話を聞かされ、これはええ加減な与太話とは違うと、すぐに知れた。自分の命は長ない、どうせ病で死ぬんやったら、柳助を道連れにして、親の仇《かたき》にせめて一矢を報いたろと決心した。それが、お菊の謀った難波新地の心中や。まさに、因果応報《いんがおうほう》、天網恢恢疎《てんもうかいかいそ》にして漏《も》らさずやな。室生さん、余計な話が長なったが、これを話さんことには事情がわかりにくいのや。もうちょっと、我慢しとくなはれ」

「どうぞ、お続けください」

福野は手を打って若党を呼び、新しい酒を言いつけた。そして、若党が、「ただ今」と、次の間を退っていく気配を確かめる間をおいた。

「ところがお菊は、親の仇の一矢を報いただけやなかった。柳助の喉をかき切って自分の喉を切る前に、柳助の話した十五年前の葛城押しこみの子細を手紙に認《したた》め、同じ色茶屋の女郎仲間あてに、この手紙を江戸の妹に送ってほしいと書置きを残してから、自ら命を絶った。お菊の女郎仲間は、おそらく、お菊の手紙を読んだやろ。けど、お菊が無理心中を謀った事情がわかっても、所詮《しょせん》、場末の新地の女郎にできることは、お菊を憐《あわ》れんで、江戸の妹にお菊の手紙を送ってやることだけやった。江戸にもらわれていった妹の小春が大坂にきたのは、年の明けたこの春の一月の末やった。三歳のとき、姉のお菊と新町で別れた妹の小春は、もう十八歳の娘になっていた」

「旦那さま、お酒をお持ちしました」

襖が引かれ、若党が新しい徳利を運んできた。斎士郎の徳利に酒はまだ残っていたが、若党はそれも新しい徳利に換え、退っていった。

福野は数杯を続けてあおり、再び語り始めた。

「伝吉郎は、倅の柳助を無理心中の巻き添えにしよったお菊の素性を調べた。そしたらなんと、十五年前に押しこんだ佐野の葛城の、生き残った娘と知って驚いた。お菊の素性を千左衛門に伝え、千左衛門も驚いたものの、それは偶然のことで、まさか、お菊の仇討とは思わんかった。江戸の妹の小春が、姉のお菊の無理心中の子細と、小春あてに書き残した手紙を受けとって大坂へきたのは、ひとつは、お菊の菩提《ぼだい》を弔うためやったのは間違いないやろ。十八歳の小娘が、親の仇討などできるわけがない。ところが、小春はひとりやなかった。連れがおった。

しかも、連れは二人か三人いて、ひとりは江戸の侍で、浪人者の、名前は確か、唐木市兵衛と聞いた。小娘ひとりでは心細いからつき添ってきただけか、それとも、なんぞ目ろみがあって小春とともに江戸からのぼってきたのか、事情は知らん。ただな、唐木市兵衛が、小春の警護とかつき添いに雇われたとか、そういうのでもないらしいのや」

唐木市兵衛……

斎士郎は腹のうちで繰りかえし、一瞬、眉をひそめた。だが、福野はそれに気づかずに言った。

「朴念《ぼくねん》と言う男がおる。大坂の町家の表裏に通じとって、町奉行所の御用の裏仕事などを請け負うてる重宝な大坂の男や。その朴念が、どういう事情でか、唐木市兵衛とかかり合いがあった。唐木市兵衛は、表だって奉行所に訴え出るのではのうて、朴念を介して、朴念が懇意にしてる西町奉行所の同心に、無理心中を謀ったお菊の書置きを見せて、十五年前の泉州の佐野で起こった葛城の押しこみ強盗の再調べを働きかけよった。表だって、堀井の千左衛門や順慶町の伝吉郎親子を奉行所へ訴え出ても、無理心中を謀った新地の女郎が残した書置きなんかが証拠になるわけがない。おとりあげにならんのは明らかや。けど、表だっての正式なお調べやのうても、ちょっと裏から調べてもらえまへんか、というような調べはようある。ましてや、十五年前の、町方やったら誰もが、あれかと知ってる佐野の押しこみを働いたのが、大店の両替屋の堀井千左衛門やら、順慶町の顔利きの伝吉郎と倅らの名前がはっきりと書かれてあったら、町方としたら、思いもよらんことや。誰かて、これを放っておいてええんか、ということになる。町方は上役に相談して、それがわしの耳に入った」

福野はそこまで言うと、話し厭《あ》いたかのような溜息《ためいき》を吐《つ》いた。

斎士郎は初めて、微妙なもどかしさを覚えた。濃い霧の向こうに人影が見え始めていた。胸のときめきが聞こえていた。

「そのとき、野呂川さまはどうしておられたのですか」

斎士郎は、もどかしさに耐えられず質《ただ》した。

「ふむ？　野呂川が最後にこの屋敷にきたのは、あの日の真夜中やった」

「あの日の真夜中とは？」

束の間、福野は考えた。

「わしが堀井に出入りするようになって、もう十年以上になる。奉行所の役人らには、わしが堀井の後ろ盾になっていて、一心同体みたいに見られとったかもしれん。千左衛門が首をくくって亡くなった今もそうや。堀井のえげつない貸付で首くくりが出るほどの事態になっても、強引な貸付は自粛するようにとお達しだけで、お咎《とが》めにまでいたらずに済んだのは、わしが裏からいろいろと働きかけて抑えたのは事実やな」

福野は苛《いら》だたしげに言い、酒をあおった。

「せやから、それがわしの耳に入ったとき、驚いたのを通りこして怯《おび》えた。町方与力が後ろ盾になってきた大店の商人が、昔、押しこみ強盗を働いたと、誰が思う。泣くに泣けん。笑うに笑えんがな。とは言え、町方が押しこみに肩入れしていたなどと、迂闊《うかつ》では片づけられん。とりかえしがつかん。済んだはずの押しこみの再調べが行われ、真相がほじくり出されたら、千左衛門と伝吉郎親子は、間違いなく千日火やの晒《さら》し首や。肩入れしてきたわしの立場は、事と次第によっては、千左衛門らの打ち首獄門に巻きこまれて、切腹では済まんかもしれん。わしはうろたえ、気が動転しとった。あの日、千左衛門をこっそり呼びつけ、聞かんかったことにする、自分で始末せいと、言うたんや。混乱して、事態を逃れることしか、考えられんかった。冷静に考えたら、由々しき事態ゆえ再調べにかかれと、配下の同心らに命じたらよかっただけや。両替商の堀井は消える。けど、出入りしているお店は堀井だけやない。お店の一軒や二軒……」

「千左衛門は、福野さまになんと言いわけしたのですか」

「必ず始末はつけます。決して迷惑はかけまへんと言いよった」

「それで、如何《いか》なる始末に……」

「あの日の真夜中、野呂川がこの屋敷にきたのが最後になったんや」

福野は再び言った。

「これは野呂川に聞いて、知ったことや。千左衛門と伝吉郎親子も、よっぽど動転しとったんやろ。高が、難波新地の安女郎の心中が、まさかこんな顚末《てんまつ》になって、自分らの正体が暴かれるとは、思いもよらんかった。千左衛門は伝吉郎親子に言うた。元はと言えば、倅の柳助がまいた種や。親父と兄らで始末をつけんかいとな。つまり、切羽《せっぱ》つまった挙句に、書置きを残して心中したお菊の妹の小春が、おらんかったらええのやろ、唐木市兵衛とか言う妙な侍がおらんかったらええのやろと、浅墓《あさはか》にも考えた。伝吉郎に長男の慶太、次男の楠吉、それに手下の腕利きが四人、それと千左衛門に遣わされた野呂川が始末に向かった。相手は、小娘と素浪人一匹。伝吉郎親子と手下だけで充分や。わしら玄人《くろうと》が、ちゃっちゃと済ませまっさ、野呂川には見とったらええと、端《はな》から相手を見くびっとった。

場所は、南堀江のこおろぎ長屋と言われとる、あばら家同然の裏店。ときは住人が寝静まる夜更け。みな、長どすで備えた玄人や。仕損なうはずがない、と思たところが、唐木市兵衛が生半可《なまはんか》な腕利きやなかった。それどころか、凄まじい手練《て》れ《だ》であったと、野呂川は言うた」

「唐木市兵衛ひとりに？」

「まあ、そうやったらしい。長男の慶太と、手下が二人、三つの亡骸を残し、次男の楠吉は手首を落とされて泣き叫ぶ中、ほうほうの体で退散の始末と相なった。貧すれば鈍するとは、まさにこのことやな」

福野は、行灯の明かりが男らの影を映す腰付障子へ目をそらせ、ふん、と自嘲の薄笑いを投げた。

「で、如何なる始末になったかというと、小春やら唐木市兵衛を消して再調べの願いをなかったことにできんのやったら、押しこみを働いたほうがいなくなったら、調べる相手が消えてしもて、お菊の書置きが、正しい子細か根も葉もないでたらめか、確かめようがのうなるのやないかとな。そらそうや。そうなったら、綺麗さっぱり片がつくがな。千左衛門と伝吉郎親子は、お縄になる前に、自ら命を絶って自業自得や。けど、堀井はどうにか残って奉公人らが路頭に迷うことはないし、やくざな伝吉郎親子が牛耳っとった順慶町も、これまでよりは綺麗な町になるのやからな。野呂川は、それをわしに言いにきたんや。千左衛門に報告する前にな。わしは野呂川に、できるんかと聞いた。野呂川は夜明け前にはとこたえよった」

五

座敷は、重く分厚い沈黙に包まれた。

屋敷の台所のほうより、数人の男女の遣《や》りとりや、器の触れる音などが聞こえた。夜の彼方で、針を茶碗に落としたような半鐘の音が鳴り始めた。

「うん？　火事か」

福野は、酒の所為《せい》で赤黒さの増した顔を格《ごう》天井へ向けた。しかしすぐに、

「まあええ。大事やったら知らせがくるやろ」

と、また大儀そうな沈黙に閉じこもった。

行灯の明かりが、福野のぼってりと垂れた頰や、坐った獅子鼻や、酒でだらしなく濡《ぬ》れた唇を、汚れた灰色の影で隈《くま》どっていた。

「すなわち、野呂川さまが千左衛門の首くくりの、手をくだされたのですね」

斎士郎は沈黙を破った。

「千左衛門が首をくくった同じ夜、順慶町の伝吉郎が、女房と二男の楠吉を道連れにして出刃包丁で喉を切り、心中しよった。千左衛門も伝吉郎親子も、それから南堀江のこおろぎ長屋で斬られた慶太も、どういう子細であれ、自分の命で押しこみの罪を償うたと、大方の町方は見たてたが、誰もそれは口にせえへん。済んでしもたことをあとから詮索しても、誰の得にもならん。わしだけやない。千左衛門や伝吉郎とかかり合いの長い町方が、東にも西にも多いからな」

福野は汁の椀を両手であげ、音をたてて吸った。

それから、「美味い」と呟《つぶや》いた。

「室生さん、誤解したらあかんで。野呂川はわしのところにきた理由を、こうも言うた。切羽つまった千左衛門が、ただ狼狽《うろた》えるのみにて、なんの手だてもないことは明らかだと。野呂川は野呂川なりに、先のことを考え、ある意味では、千左衛門のために堀井を残すことを考え、わしの指図を受けにきよったとも言えなくもない。むろん、千左衛門に雇われていることは、自分の身を危うくすることも、判断してたやろけどな」

「野呂川さまを斬ったのは、唐木市兵衛なのですか。野呂川さまが斬られた子細を、お訊ねいたします」

「そうや。わしの知っていることを伝えたいがために、保科柳丈さんに知らせを送った。野呂川は、罪深い定めを背負って生まれたのかもしれん。だとしても、あれほど腕のある侍が、名もなき者として、千日火やの灰山に捨てられた無念を思うと、後ろめたい」

「朝から小雨が降る肌寒い日だったと、安土町の堀井で聞きました。その日の夕方に近いころ、野呂川さまは、人に会う用があるとのみ断り、誰に会うかも告げず、出かけられたそうです」

「見た者は誰もおらん。それは、野呂川本人と、野呂川を斬った者しか知らん」

福野は言った。

「堀井に田助《たすけ》と言う下男がおった。じつは、田助がその雨の日の昼、野呂川に手紙を届けるようにと命じられた。相手に会うて、手紙を直《じか》に手渡すようにと。誰からとも言わんでもええ。ただ、手紙をすぐに読んで、承知か不承知かの返事をもろてくるように、という使いやった。田助は相手に会うて、承知した、の返事をもろて堀井に戻り、野呂川に告げた。田助は野呂川に、手紙を届けた相手の名を他人に絶対に言うてはならんと、固く口止めされた。田助は手紙の内容も、相手が何を承知したのかも知らんかった。野呂川が、夕方、雨の中をひとりで出かけたことも気づかんかった」

　斎士郎の脳裡《のうり》に、人影がよぎった。

「手紙を届けた相手は……室生さんの推量の通り、唐木市兵衛や。南堀江のこおろぎ長屋へ届けに言って、承知した、の返事を聞いて戻ってきたんや」

　承知した、と人影の声が斎士郎に聞こえた。

「野呂川は、その日の夕方、ひとりでどこかへ出かけていき、二度と戻ってこんかった。三日目になって、千日墓所で斬られた侍が、野呂川伯丈ではないかという問い合わせが入った。侍は前頭をただ一刀に割られて、息絶えていた。刃《やいば》には打ち合った跡があったが、一対一の戦いに違いない、と検視の役人が言うていたそうや。もうすでに、火葬されたあとやった。わしは、にわかには信じられんかった。あの野呂川が、と思うた。堀井を訪ねて、どうやら野呂川に間違いないと思われたが、はっきりとそうやとは言えんかった。その折りに、下男の田助がわしにこっそりと、斯《か》く斯《か》く云々《しかじか》と打ち明けた。そのとき、あの雨の日、野呂川が唐木市兵衛と千日墓所で会うたらしいと知れた。野呂川は唐木市兵衛と、宵の千日墓所で一対一で斬り合い、敗れた。間違いない」

福野は、虚《むな》しげな薄笑いを空へ投げた。

「野呂川はなんのために、唐木市兵衛を千日墓所に呼び出して、斬り合うたんやろな。千左衛門も伝吉郎親子も消えて、始末はついたのにな。野呂川の腹の中では、まだ終っとらんかったのかな。それとも、武士の意地かな」

「唐木市兵衛とは如何なる侍か、ご存じのことだけでもけっこうでございます。何とぞ、お教え願いたい」

「野呂川を弔うためにも、兄の保科柳丈さんにできる限りのことを伝えられるように、唐木市兵衛の身元を調べた。いくつか、わかったことがある……」

斎士郎は、思わず身を乗り出した。

「歳は、四十か四十一。田助は三十前後の年ごろに見えたと、言うておった。色が白うて、優しげな目元が涼しい、風貌のええ男やったともな。ただ、背丈は田助よりだいぶあって、痩せて見えたが、近くにきたら肩幅のある、案外に屈強な身体つきやったそうや。室生さんも、ええ身体しとるな。背丈がだいぶありそうやが、どれぐらいや」

「六尺（約一・八メートル）少々、ございます」

「ほう、六尺以上あるのか。大男やな。腕に覚えがあるのやろな」

「未だ、修行の身でございます」

「人を斬ったことはあるのか」

「やむを得ず、一度、ございました」

「この太平の世に、そういう侍もおるのやな。室生さんから、漲《みなぎ》りあふれるものを感じる。歳も若い。ほんまに強そうや。室生さんやったら、唐木市兵衛と戦うても遅れはとらん。勝てるで」

　福野は、戯《たわむ》れて言った。

「唐木市兵衛の身元について、今少し、わかっていることを」

「唐木市兵衛の生まれは、江戸の旗本の名門の家柄や。家督は兄が継ぎ、部屋住みの身やが、ゆえあって旗本の家を出て、名を唐木市兵衛と変え、浪人になったそうや。唐木は、母親の里の姓らしい。母親の父親、すなわち唐木市兵衛の祖父は、唐木市兵衛の父親に奉公していた家臣や。母親は歳の離れた父親の後添えに入り、唐木市兵衛が生まれた。母親の里の唐木を継いで、しかも浪人になったのは、人には知れん謂《いわ》れがあったのかもしれん」

「わたしは保科さまより扶持《ふち》をいただいておりますが、身分は浪人者です。浪人者と言えども、暮らしていかねばなりません。唐木市兵衛は何を生業《なりわい》にして、暮らしているのでしょうか」

「渡り用人と、聞いたで」

「渡り用人？」

「ふむ。大坂にも江戸から遣わされる武家に、一季居《いっきすわり》で仕える奉公人がおる。江戸にも旗本などの台所の遣《や》り繰《く》り勘定を、期限を決めて請け負う奉公人がおって、それを生業にして暮らしておるらしい。あの男は、そろばん勘定ができる。唐木市兵衛の始まりは、十三歳のときや。十三歳で元服し、名を唐木市兵衛と変えて、ひとりで上方《かみがた》に上った。奈良《なら》へ向かい、興福寺《こうふくじ》の門を叩いた。興福寺の大乗院で法相《ほっそう》を学び、また剣の修行を積んだ」

あ、と斎士郎は声が出た。斎士郎は静かな感動を覚えた。そういう男なのか、唐木市兵衛とは、と思った。

「これは《松井《まつい》》という堂島の米問屋でそれとなく訊きこんだ、もう二十数年前の話や。唐木市兵衛は、何年かがたって興福寺の法相やら剣術やらの修行を途中でやめ、奈良から大坂へ出よった。堂島の米問屋の松井に、三年かそこら寄寓《きぐう》して、今度はそろばんと商いを学んだ。なんで法相やら剣術やらの修行をそろばんと商いに替えたのか、本人なりの事情はあったんやろ。そろばんと商いの修業ばかりか、河内《かわち》で米作りをやり、灘《なだ》では酒造り、二十代の半ばには京へ上って公家屋敷に奉公したりと、上方で年月を送った。それから諸国を廻って、江戸へ戻ったときは、もう三十代の半ばやった。十三歳の小僧が、江戸を出て二十年以上、あっちへふらふらこっちへふらふら、あてのない風来坊暮らしを送ってきた。案外、珍しがりの気の多い男かもな。それのいき着いた先が渡り用人なのやから、名門の旗本の血筋というても、大したことはない」

福野の淡々とした口ぶりに、微妙な揶揄《やゆ》が感じられた。

「唐木市兵衛についてはわかったことは、大体、それぐらいや。室生さん、こんなもんで、なんかの足しになるか」

「わたしは、鈴鹿山中の奥深い山里で生まれ育った名もなき浪人者の倅です。南都興福寺は、王朝の昔より、多くの学僧が諸国より集まり、日々、真理を学び、修行に身をおいた聖地と聞き、若きころのわたしはその門を敲《たた》いてみたいと、憧れておりました。唐木市兵衛が、興福寺に入門し、何を学び修行し、何を得たのか、訊ねてみたい」

斎士郎は言った。杯の酒に映る行灯の明かりを見つめた。

「何を得たのか、か……そうそう、これも聞いたところによると、興福寺で学んでいたころの唐木市兵衛は、抜群に頭がよかったとかで、得度《とくど》をして僧になったら、間違いのうえらい坊さんになるやろと、言われていたらしい。のみならず、剣術においては、あの小僧には天賦《てんぷ》の才が具《そな》わっておると、全山に知られておったとも聞いた。奥深い奈良の山谷を廻る廻峰行《かいほうぎょう》で心身を鍛え、たゆまぬ剣術修行の末に、《風《かぜ》の剣《けん》》をあみ出した、とかな。風の剣やと？　ほんまかいな、風の剣てなんやねん、と思うてしまうけどな」

福野は自分の言ったことがいかにもおかしそうに笑い、手にした杯の酒がこぼれた。

しかし、斎士郎は固く沈黙し、行灯の明かりを映した杯の酒を、ただ静かに杯をあげて呑み乾《ほ》した。

東天満の船番所から天満橋に差しかかった。

暗くぬめる大川がはるか彼方《かなた》まで広がり、高々と反《そ》った天満橋の影が、暗闇の奥へ溶けるように没していた。淀川に浮かぶ船の明かりはひとつとして見えず、川向こうの京橋《きょうばし》二丁目の町明かりもすでに消えていた。

広大な星空が覆う川向うに、天を突く大坂城の、暗闇を集めて閉ざしたような影が、魔物めいた威容を見せていた。

深編笠をかぶった斎士郎が前をゆき、提灯《ちょうちん》を持っていた。

菅笠をつけた寛吉は、荷物の柳行李を肩に担ぎ、斎士郎に従っていた。

「旦那さま、如何《いかが》なされました。お具合が悪いのでござるか」

斎士郎の歩みが、天満橋の天辺《てっぺん》に近づくにつれ遅くなっていた。

斎士郎は歩みを止めることなく、背後の寛吉へ深編笠をかしげて訊ねた。

「寛吉は、唐木市兵衛をどのような武士だと思う」

「どのような？　さて」

寛吉はこたえに窮《きゅう》した。だが、斎士郎のゆるやかな歩みに促された。

「福野さまが唐木市兵衛について話された、どれが、何が、というのではありません。ただ、ふと感じたのでござる。唐木市兵衛には無理がないと……」

「無理がない？　欲を捨てていると感じたのか」

「そうではありません。上手い言葉が見つかりません。唐木市兵衛は、野呂川さまの手紙に、承知した、と申したのですな。喜びも悲しみも怒りも、おそらく、生も死も、あの男にはあるがままなのだなと、思えるのです」

斎士郎は沈黙した。

天満橋の天辺へきて、斎士郎は歩みを止めた。斎士郎が提げる提灯の明かりのほかは暗闇に閉ざされ、一切が静寂《しじま》に沈んでいた。

「風の剣、か……」

斎士郎の呟きが、静寂へこぼれ落ちるように聞こえた。

「旦那さま」

寛吉は、主の背中へ再び呼びかけた。

すると、主の背中が言った。

「保科柳丈さまは言われた。野呂川伯丈さまはおのれを映す鏡《かがみ》だと。伯丈さまの姿に自分の姿が映っていると。ゆえに、伯丈の無念がわかると」

「はい。それが如何いたしましたか」

「わたしも、ふと、感じたのだ。自分が見えたのだ。唐木市兵衛に、自分を見ている気がしたのだ」

寛吉は唖然《あぜん》として、主の後ろ姿から目を離せなかった。

「寛吉、わたしは唐木市兵衛に勝てるか」

斎士郎が言った。

「か、勝てますとも。勝たねばなりません」

思わず言った途端、凍りつくような戦慄《せんりつ》が寛吉の背中に走った。

第三章　権現松《ごんげんまつ》

一

中津川の海老江村の川原で、水草の間に浮いていた又左の骸《むくろ》が見つけられたその朝、市兵衛は東横堀川に架かる農人橋を渡り、農人町二丁目の小路へ折れた朴念の店を訪ねた。

朴念の稼業は、読売屋《よみうりや》とは違う。

読売屋は、世間の噂《うわさ》、評判、聞いたり、探り出したり、あったかのごとくに作り出した話を、虚実にかかわりなく、人が面白がりさえすれば、人の気をそそりさえすればよしと、読売にして売り出す稼業である。

朴念は、世間の噂話や評判、少しでも小耳に挟《はさ》んだ人の遣《や》りとりなどを、できるだけ多く集め、真《まこと》の噂と嘘《うそ》の噂、似《に》た評判と違う評判、良く言われる評判と悪く言われる評判、要《い》る話と要らない話を選《よ》り分け、それを知りたい聞きたいと求める特定の客に、相応の値で売る稼業だった。

拾い集め、聞き出し、探り出した噂や評判や人の話の中から、そこにある事情や出来事の、あたり前にしか見えていない表の背後にひそむ、あたり前ではない真の、あるいは別の仕組や狙いや正体を、朴念が読みとり、見つけ出し、選り分け、それを売っていた。

すなわち、朴念の頭の中で読みとった考えを商っているのであって、朴念の考えが的外《まとはず》れならば、たちまち《商売あがったり》になる稼業でもあった。

客には、読売屋もいれば様々な商人、堂島の米問屋に米仲買商、そして、町奉行所の町方もいた。

島之内の職人の倅《せがれ》で、貧しい裏店の長屋で生まれ育ち、幼いころに寺の小僧に出されて、朴念と名をつけられた。寺を逃げ出して親元には戻らず、いろいろと裏稼業やら、命を的にきわどい仕事などに手を染めたのち、朴念の名で今の生業《なりわい》を始め、朴念が本名になった。

四十代の半ばで、十五歳年下の女房との二人に、下女をひとり雇って、農人町の閑静《かんせい》な町家の、山茶花《さざんか》の垣根に囲われた瀟洒《しょうしゃ》な二階家に暮らしている。

朴念の店の、北東の空に大坂城がそびえ、近所には、裕福な隠居夫婦や、代々続く土地持ちや、俳人や絵描き、戯作者《げさくしゃ》などが住んでいた。

市兵衛は朴念の助けを借りて、欠け落ち同然に江戸を出て、若くひたすら真っすぐな純情な使命のために大坂へやってきた良一郎と小春が身をひそめていた、南堀江のこおろぎ長屋にたどり着くことができた。

十八歳の若き日、奈良から大坂へ出て商いの修業のために世話になった堂島の米問屋・《松井》の、今は隠居となっている卓之助《たくのすけ》の仲介だった。

大坂の表の町にも裏の町にも通じている朴念なら、小春と良一郎の行方を捜す助けに間違いなくなる。

「一遍《いっぺん》、会うてみなはれ」

と、卓之助に勧められた。

あれから、わずか二月《ふたつき》ほどである。だが、市兵衛と朴念は、もう数十年来の古い友のように打ちとけた仲だった。

「わての聞いていたのは、四日前の昼ごろ、島崎藩の蔵屋敷で取り付け騒ぎがあって、そのどさくさのさ中、《大串屋》の手代の豊一が蔵屋敷の蔵の中で、背中を三回刺されて殺されたという話や。大串屋は島崎藩蔵屋敷の蔵元で、殺された豊一は大串屋から遣わされて、蔵屋敷に住みこみで御蔵方の下役に就いていた。ほかにも大串屋から遣わされた手代やら番頭が、御勘定方、御銀所、御吟味役とかの実務や下役を任《まか》されていたが、御蔵方の下役は豊一ひとりやった」

朴念が、ひとつひとつを頭の中でたどるように言った。

市兵衛と朴念は、二階の東向きの窓から、町家の瓦屋根《かわら》が波のようにつらなる向こうに、上本町《うえほんまち》の武家屋敷地が見える朴念の居室に対座していた。

窓の北東へ目を転ずれば、青空を突く巨大な大坂城が、手が届きそうに感じるほど近くに望めた。

うららかな春の日が続いていた。

「胡坐《あぐら》にさせてもらうで」

と、窓ぎわの文机《ふづくえ》を背に坐《すわ》った朴念は、痩《や》せた細い身体《からだ》つきで、色白の額《ひたい》や口元に年月を感じさせる皺《しわ》に刻まれ、市兵衛と同じ総髪に小さな髷《まげ》を結った頭にも白い物がだいぶまじっていた。しかし、ひと重の鋭く射抜く目は、むしろ、童子のように無邪気な好奇心に耀《かがや》いていた。

市兵衛も遠慮せずに胡坐をかいていた。

二人の前においた碗《わん》が、朴念の淹《い》れた茶の香りを燻《くゆ》らせていた。

「又左という男は出仲仕《でなかし》で、蔵屋敷に雇われてまだ半月かそこらやった。豊一と妙な因縁になるようなかかり合いがあるとは思えんのやがと、掛《かかり》の町方から聞いた。まあ、又左が豊一を殺《あや》めたところを見た者はおらんので、又左が豊一殺しの下手人とは決めつけられん。けど、取り付け騒ぎのあったあの刻限に蔵屋敷から姿をくらまして、未だ行方が知れんのやから、豊一をぶすりぶすりと殺《や》って逃げたと見て間違いないやろ」

「朴念さん、詳しいね。又左がどういう男なのか、朴念さんなら少しでもわかるのではないかと、知恵を借りにきたのだが、すでにわたしより又左をよく知っているので驚いた」

市兵衛が言うと、朴念は破顔し、

「まあ、一服しや」

と、市兵衛に勧め、自分も茶を含んでから言った。

「じつはな、わても驚いてんねん。島崎藩の蔵屋敷で起こった四日前の手代殺しは、わてのような稼業の者には、表には見えてへん裏の子細が微妙にからまっとって、金になりそうな臭いがぷんぷんしとるのや。その殺された手代の豊一が、まさか、あのこおろぎ長屋のお恒ばあちゃんの倅やったとは、なんたるいきがかりや。世間は狭いな。市兵衛さんがひょっこり現れて、いきなり豊一のことを話し始めたから、ええっ？　と思ったよ」

「まったくだ。世間は狭《せま》い」

　市兵衛は首肯した。

「豊一は、お恒さんの亭主の連れ子なのだ。豊一が五歳のときに亭主が流行《はやり》病《やまい》で亡くなって、お恒さんは豊一と、亭主との間に生まれた娘を連れて、南堀江の少しでも店賃の安いこおろぎ長屋に引っ越した。裁縫仕事のわずかな手間代を得て、かつかつの暮らしながら、幼い豊一と娘を懸命に育てた。豊一は、仕事が忙しいお恒さんの代わりに、小さな妹の面倒をよく見てくれ、豊一のお陰でどんなに助けられたかと、お恒さんは涙ぐんで言っていた。できのよい親孝行な子で、血はつながっていなかったが、お恒さんの自慢の倅だった。十三歳で大串屋の小僧奉公を始め、有能な手代になった」

「そうやったんか。わても貧乏職人の倅の貧乏育ちやから、お恒ばあちゃんの大変さがようわかる」

「お恒さんは五十二歳だ。長い間、厳しい暮らしを送ってきた所為《せい》で老けては見えるが、ばあちゃんと呼ばれる歳《とし》でもない」

「ふんふん。お恒ばあちゃんやのうて、お恒さんやな」

「四日前の夕方近くになって、島崎藩の蔵屋敷より豊一が亡くなったので亡骸《なきがら》を引きとるようにと知らせがきた。わたしと富平と良一郎がお恒さんにつき添い、亡骸を引きとりに、船で蔵屋敷へいったのだ」

「中之島の土佐堀川に、表門と舟入りの水門があるあの蔵屋敷か。お恒さんはさぞかし、つらかったやろ」

「お恒さんは、泣くまいと懸命に堪《こら》えていた。わたしもつらかった」

市兵衛は茶を一服した。

「蔵屋敷の平松馬之助と言う蔵方の役人に、事情を聞かされた。又左という出仲仕が、どうやら豊一になんらかの遺恨を抱き、取り付け騒ぎが起こって屋敷中がそちらに気をとられている隙《すき》に、豊一を襲って刺したと思われると言っていた。豊一の亡骸は、昼ごろ、東蔵の土間で見つかったが、その前に、又左が東蔵にひとりで入るのを見た者がいたが、それからは屋敷内で又左を見かけた者はおらず、おそらく、豊一を始末して屋敷から姿を消したのだろうとだ。調べに入った町方が又左の行方を追っているところだともな」

「御蔵方の平松馬之助か。名前は聞いたことがある。又左の住まいは下福島の裏店やが、そこにもどっとるわけはないしな」

「朴念さん、それだけなら、わたしは又左の行方を探ったりはしない。いずれ、又左は町方に捕まり、事情は明らかになるに違いないと思っていたから、ここへこなかった」

「なんかあったんか」

「お恒さんは、生まれも育ちも東天満で、両親は梅田墓所に葬られている。亡くなった亭主は身寄りがなかったので、お恒さんの両親の墓所に葬った。自分もいずれ、そこへ豊一に葬られるつもりでいたので、まさか、母親の自分が豊一を葬ることになるとは、思ってもいなかった。昨日、わたしと、富平と良一郎と小春も、お恒さんと一緒に梅田墓所にいき、豊一の納骨を済ませたのだ」

今度は、朴念が茶を一服した。

「午後遅く、こおろぎ長屋に戻ったら、お恒さんの店と路地を挟んだ向かいのわれらの寝起きしている店も、家探しされていたのだ」

「家探し？　空き巣やのうて、家探しかいな」

「そうだ。明らかに家探しだ。空き巣ではない」

「そらそうやな。あのこおろぎ長屋に、金目の物を狙うて、空き巣が入るとは思えんわな」

「昨日の朝、お恒さんとわれら四人が梅田へ出かけてしばらくして、無頼《ぶらい》な風体《ふうてい》の男らが十人ばかり、こおろぎ長屋に現れた。男らは、住人らが驚いて路地に出てきたのもかまわず、まるで町方《まちかた》の御用のように、いきなりお恒さんの店へ押し入った。畳《たたみ》をめくって床下を探り、棚《たな》や箪笥《たんす》を倒し、米櫃《こめびつ》を引っくりかえし、屋根裏まで店中を荒し、探し廻った挙句《あげく》に、お恒さんの店から出てくると、続いて向かいのわれらが寝起きしている店に押し入って、同じように家探ししていったのだ。だが、あの小さな店を隅々まで家探ししても、どれほどのときもかかりはしない。住人の知らせを受けて家守がくる前に、男らは雪駄《せった》を鳴らして引きあげていったのだがな」

「なんか、盗《と》られた物はあるんか」

「盗られた物はない。畳がめくられたり、棚が倒されて割れた器が散乱して、行李《こうり》の荷物が土間にぶちまけられたり、米櫃を引っくりかえされて、ひと粒ひと粒米を拾うのに、大変な苦労をさせられた以外はな」

ぷっ、と朴念は噴き出し、済まん済まん、と口元を引き締めて言った。

「そいつらは、何が目あてや」

「お恒さんは、心あたりがないと言っていた。それに、お恒さんの店を家探ししたあと、われらの店まで家探しした狙いがわからない。われらは、江戸からきて仮住まいをしているにすぎない。にもかかわらず、われらの店を家探しして、われらの何を狙っているのだ」

「そうか。そういうことか、市兵衛さん」

ふむ、と市兵衛は朴念に頷《うなず》きかえした。

「男らは、お恒さんとわれら四人が、豊一の納骨のために出かけて店にいないことを知っていた。われら四人が、こおろぎ長屋に仮住まいを始めて以来、何くれとお恒さんの世話になり、殊に小春がお恒さんの店に、縁者の娘のように寝起きしていることも、たぶん知っていたのだ」

「つまり、お恒さんの店を家探しして、狙っていた物が見つからんかったから、縁者の市兵衛さんらの店にあるかもしれんと、ついでに家探ししたのやな」

「そう考えれば、辻褄《つじつま》が合う。四日前、豊一の亡骸を引きとりにお恒さんにつき添って蔵屋敷へいった折り、平松馬之助が、豊一は休みの日などに顔を見せに里帰りをしていたかと、お恒さんに聞いた。お恒さんが、この前は一月の半ばごろに顔を見せたと話したら、平松は、その折りに豊一は蔵屋敷の物を何か残していかなかったか、もしかして、そういう物があれば、用済みでも蔵屋敷の物は念のため確かめるゆえ、戻すようにとだ」

「戻す？　それは蔵屋敷の役目にかかり合いのある物かいな」

「それはわからない。お恒さんが、豊一は子供のときから気が廻って、きっちりとしていなければ気の済まない子だったから、蔵屋敷にかかり合いのある物を預かったとか、忘れていった物はないと返事をした。平松は、何もなければそれでよい、ただ、このの ち何か見つかれば、どんなにつまらぬ物でも一応は知らせてくれと、妙に念を入れたのが気にかかった」

「そうやな。腹になんぞ一物を隠してそうな言いようやな」

「そのときは、わたしが気にしても仕方がないと思い、捨てておいた。しかし、昨日、お恒さんの店のみならず、われらの店まで家探しに遭《あ》って、ふと、平松の言葉を思い出した。もしかしたらあれか、という気がした。勝手な推量にすぎぬが、取り付け騒ぎのどさくさまぎれに、又左が豊一を殺害したのは、ただの恨《うら》みや諍《いさか》いやもめ事がもとではなく、もしかしたらあれの所為なのかとだ。倅を喪ったお恒さんの受けた悲しみが、他人事《ひとごと》には思えない。豊一に会ったことはない。

知らない男だ。けれど、豊一の無念や悔しさが、悲しんでいるお恒さんを見ていると、感じられてならない。豊一殺しが平松の言ったあれの所為なら、あれが何か知りたくなった。お節介だが」

「お節介でもええやないか。それが人の情や。市兵衛さんの思うようにやったらええ。そのお節介はわての商売にもなりそうや。手を貸そやないか」

市兵衛と朴念は顔を見合わせ、相好《そうごう》をくずした。

「ありがたい」

市兵衛は言った。

二

階下におかみさんと下女ののどかな遣りとりが聞こえ、窓の外にも鳥の声が飛び交っていた。閑静《かんせい》な町の息吹が、ゆるやかな気配を醸《かも》している。

「又左は、半月かそこら前、島崎藩の蔵屋敷の仲仕に雇われたばかりなのだ。蔵方下役の豊一とさしたる因縁があるとは思えない。にもかかわらず、豊一を刺して忽然《こつぜん》と姿を消したのは、豊一の刺殺には、表からは見えていない理由があるのでは、朴念さんは睨《にら》んでいるのだな」

「そうや。市兵衛さんの話を聞いて、その睨みが間違いないと確信した。又左は元々、豊一を殺るために雇われたんや」

「どういう者が又左を雇ったと、朴念さんは思うのだ」

「まだ、はっきりせんことが多い。しかし、お恒さんと市兵衛さんらの店の家探しをした柄の悪いやつらを、指図したやつがおる。そいつが又左を雇ったんや。豊一を邪魔に思うやつや」

「蔵屋敷の仲仕は、誰が雇うのだ。蔵役人か。蔵元の大串屋なのか」

「大坂には百五十以上の蔵屋敷がある。殆《ほとん》どが大名の蔵屋敷やが、中には大身《たいしん》の旗本や大名の家臣の蔵屋敷もあって、主に蔵米の搬入や搬出に多くの仲仕働きがなくてはならん。蔵物の運搬は船になるので、どこの蔵屋敷も大抵は堀川沿いか近いところにかまえてるのが普通や。土佐堀川と堂島川に挟まれた中之島が一番多い。堂島にも蜆川《しじみがわ》を越えた曽根崎新地側にも、それから、土佐堀川の南の船場側にも、東横堀川や西横堀川沿いにも蔵物を運び入れる屋敷はある。仲仕は仲《なか》衆《しゅ》ともいうて、蔵屋敷の長屋に住みこんどるのもおるし、堀川沿いに住んどる出仲仕も大勢いて、仲仕働きをしとるわけや」

「もしかしたら、仲仕に利権はあるのか」

市兵衛が訊《たず》ねると、朴念はむっつりとした顔つきを見せた。

「ある」

朴念は腕組みをして、ぼそりと言った。

「千五百石積、二千石積の大船で運ばれてきた米俵が、安治川あたりの川口で四十石積から百石積ぐらいの瀬越船《せごしぶね》に積み替えられて、蔵屋敷に運び入れられるのや。米俵は、瀬越船から降ろして蔵へ入れる前に、船輸送の湿気を飛ばすため、《はえ》と言う山積にしてしばらく屋外においといて、それから《廻し俵》、つまり、抜きとりで目方を量る《軽俵》とか、開俵して《濡俵》になり米が腐ってはないか、石や砂がまじってないか調べて、それらが済んでようやく蔵入りになる。仲仕が運ぶ米俵は、一俵が十三貫三百匁《もんめ》から四百匁ぐらいの重さで、それを二俵、中には三俵四表と肩に載せて運ぶ力持ちがおる。そら、気性も荒いがな。そういう仲仕らは、《刺米》が役得なんや」

「蔵入れや蔵出しの折りの、米俵の検査だな」

「そうや。刺米ごとにこぼれたわずかな米でも、何百俵何千俵何万俵と積もり積もれば、相当な役得になる。そっちが仲仕の給金より、はるかに大きな稼ぎになって、どこそこの蔵屋敷は誰それ率いる仲衆に任せてもらうで、勝手に手え出したら承知せんで、というわけや。そういう仲衆の中から、自分らも米入札に参加するぐらいの上仲仕まで出てくる」

「上仲仕と言うのか」

「もしもや、もしもやで。豊一が仲仕らの役得に目をつけて、それは許されんとか、許されたかったら分け前を寄こせとか言い出したら、仲仕らは豊一を邪魔に思うかもしれへんな」

「豊一は、大串屋の小僧奉公から手代になってまだ間もない、二十五歳の若い衆だ。上役から命じられて蔵方の下役を勤めているにすぎない。何代にもわたって受け継いできた仲仕らの役得は、みな知って暗に許してきたことだし、豊一ごとき若い衆が、急に役得に文句をつけたところで、仲仕らがまともに相手にするとは思えない。ひと言ぐらい、兄ちゃん、ほどほどにしときや、と脅しぐらいはかけるかもしれないがな」

朴念は、市兵衛の大坂弁を笑った。

「そや。相手になるはずがない。となると……」

「豊一を邪魔に思い、消してしまわなければならないほどの、大きな役得があった。あるいは、今もあるのだ。豊一はその鍵《かぎ》をにぎったのかもな」

朴念がうなった。

そのとき、階下の縦格子《たてごうし》の表戸が引き開けられた。

「ごめんやっしゃ。沢吉《さわきち》だす。親方、いやはりまっか」

男の声が呼びかけ、「はあい」と下女の声がかえった。

下女が寄付きに出て応対した。

「沢吉さん、おいでやす」

「親方はいやはりまっか」

「へえ。今、お客さんがきたはります」

「そうか、ちょっと急なんやけどな」

と、階下の遣りとりが聞こえた。

「なんや。市兵衛さん、ちょっと待っててや」

朴念が座を立って、階段を鳴らして階下へおりた。

「沢吉、どうした」

「あ、親方。さっき、上福島《かみふくしま》の太五作《たごさく》さんから知らせが入りましてな」

「おう、上福島の太五作さんか」

「どうやら、又左が……」

「ほんまかいな」

朴念と沢吉が、ひそめた声を交わした。

しばらくひそひそ話が続き、やがて、二人の足音が階段をあがってきた。

朴念のあとから、細縞《ほそじま》の着流しに角帯を締めた、痩せがたちの中年男が居室に入ってきた。

「市兵衛さん、意外な知らせが入ったで」

朴念が市兵衛に深刻そうに寄こした。「まあ、お坐り」と、沢吉に自分の座の隣を指した。

「沢吉、こちらが唐木市兵衛さんや」

「へい。沢吉だす。親方の下で、長いこと働かせてもろてます。唐木市兵衛さんのお名前は、親方から何度かうかがっておりました。何とぞよろしゅう、お見知りおきを願います」

沢吉は骨張った肩をすくめて、畳に手を突いた。

「唐木市兵衛です。こちらこそ、お初にお目にかかります。沢吉さん、手をあげてください」

「沢吉は、噂や評判を集めたり、なんかがあったときに、事情を探ったり訊《き》きこみをしたり、わての稼業の仲間のひとりだす。大坂の天満組を中心に、東天満の町方やら、曽根崎より北のほうの村々にかけて、案外、顔の広い男だしてな。島崎藩の蔵屋敷の豊一の件でも、又左の行方は沢吉が探っとりましたんや。沢吉、おまえから言い」

「へい。どうやら、今朝早《はよ》う、中津川の海老江村の川原で、又左の亡骸が見つかったそうだす」

「あ、又左の……」

市兵衛は、かすかな落胆を覚えた。

「上福島に田んぼを耕す傍ら、花の栽培にも手を出して、花の行商をやってる太五作という男が、行商で耳新しいことを聞くたびに、わてに知らせてくれまんねん。その太五作さんが、今朝、野田《のだ》村で聞きつけた話だす。太五作さんも又聞きなんで、間違いないかどうかはわかりまへんけど、又左は殺されてから中津川へ捨てられたと、聞いたそうだす。それを確かめる前に、まずは親方に知らせてからと、思いましてな」

「又左は、殺されたのだな」

市兵衛が朴念に向いて、虚《むな》しく念を押した。

「あり得るこっちゃ。市兵衛さん、わてら、これから太五作さんに会うて、中津川の川原までいってみるつもりやけど、市兵衛さんもいかへんか」

「もちろんいくとも」

市兵衛は早速、わきに寝かせた黒鞘《くろざや》の刀と菅笠《すげがさ》をつかみ、立ちあがった。

と、そこへおかみさんが二階へあがってきて、「あんた、昼はどないしやはります」と朴念に聞いた。

「そや。昼飯を食うてからにしよ。堂島までは船でいって、そっから先は上福島の太五作さんの話を聞いて、中津川まで遠い野道になる。腹が減ってはつらい。簡単でええから、早めの昼飯にしてくれるか」

朴念がおかみさんに、童子のように目を耀かせて言った。

農人橋の浜で伝馬船を頼み、東横堀川をさかのぼった。

淀川へ出て難波橋をくぐり、堂島川に入ってすぐの大江橋《おおえばし》の浜にあがった。

沢吉の案内で、朴念と市兵衛の三人は曽根崎新地へ渡り、梅田の墓所にも近い上福島の太五作を訪ねた。

太五作は昼前に花の行商から戻り、田んぼに出ていたが、中津川の川原までの野道の案内を引き受けてくれた。

上福島から浦江村の野道をへて、海老江村の中津川の川原へと向かった。手拭で頰かむりをした太五作が前をゆき、朴念、市兵衛、沢吉の順に続いた。

晩春の午後の青空は高く、黒い土肌を見せる田地や草むらや木々の若葉が香《かぐわ》しく、瑞々《みずみず》しい息吹にあふれていた。野面の彼方《かなた》に、茅葺《かやぶき》屋根の集落や寺院や鎮守の森が散在し、北の空の果てには摂津の青い山並が望めた。

うずらやほおじろが、林や草むらのどこかで鳴いている。

中津川は、淀川上流の毛馬《けま》村や友淵《ともぶち》村あたりより流れを分け、昔は中島郷と呼ばれた一帯の北西部を迂回《うかい》するように貫いて大坂の海へいたる。

淀川から分かれ一旦南流する中津川は、九条島田地、四貫島田地へいたってゆるやかに弧を描いて、流れを西へ換える。その数町手前に、西岸の野里《のざと》村へ渡す船渡しがあった。

又左の亡骸は、その船渡しの二町ほど下流の、川縁《かわべり》に繁《しげ》る水草にからまって浮かんでいたのだった。

四人は中津川の土手道に立った。

「聞いた話では、ここら辺やと思います」

太五作が、深い葦《あし》の覆《おお》う川原の先を指した。又左の亡骸が浮かんでいたかもしれない川縁の水草の間を、鴨《かも》が鳴き騒ぎ浮遊していた。

中津川は、紺色の水面を日の下に耀かせ、ゆったりと流れていた。流れの所どころに中洲《なかす》があって、そこにも葦が繁っていた。

上流のほうに船渡しが見え、野里村の船寄せに渡し船が近づいていた。

ずっと下流のほうでは、青空の下の流れが、堀川と流れを分かちつつ、ゆるやかに弧を描く様子が、雄大に見えていた。

四人は川原へくだり、葦を分けて川縁へ出て、中津川の冷たそうな紺色の水面を見わたした。水草の間では、数羽の鴨が人を恐れるふうもなく、ぐえ、ぐえ、と鳴き騒いでいた。

向こう岸の川原を、青々とした繁る葦が覆い、田野が坦々《たんたん》と続いていた。

「聞いた話では、海老江村の百姓がまだ薄暗い明け方、田んぼへゆく途中、川鳥がえらい騒いどるので、なんやと思うて見たら、骸が浮いとるのを見つけたそうだす。知らせを聞いて、奉行所の検視のお役人さんらが大勢きたのは、六ツ半(午前七時頃)ごろやったとかで、お役人さんらは一刻ほど亡骸を調べたり周辺を探ったりして、それで終りだす。仏さんの身体は刺し疵《きず》だらけで、殺されてから中津川に捨てられたと聞きました。亡骸は村役人が運んでいったそうで」

太五作が言った。

「又左やと、身元はすぐにわかったんか」

と、朴念が訊いた。

「なんでも、お役人の御用聞が仏さんと顔見知りとかで、身元はすぐにわかったようだす」

「沢吉、又左の店は中之島から舟津橋を下福島へ渡った町家やったな」

「へい。下福島の柿次郎《かきじろう》店だす。島崎藩の蔵屋敷から姿をくらまして、柿次郎店にも戻っとりまへん」

「そらそやろ。ところで、太五作さんは下福島の又左をご存じだしたか」

「いや。又左と言う人は、沢吉さんから聞くまで知りまへんでした。花の行商で曽根崎新地から天満のほうへはよういきますけど、下福島やら安治川町のほうへは、お客さんも少ないので、あんまりいきまへん」

朴念は吐息をもらし、市兵衛に向いた。

「市兵衛さん、なんか思うことあるか」

「又左は、いつ殺されたのだろう。昨夜なのだろうか。それとも、蔵屋敷から姿を消した四日前なのだろうか」

市兵衛は、中津川を見やりつつ、朴念にかえした。

「四日前ということはないやろ。四日前に始末されて中津川に捨てられ、ここら辺に引っかかってたら、今朝までわからんはずはない。昼間は船も仰山《ぎょうさん》通るし、川漁師もおるからな」

「ならば、又左は四日前に蔵屋敷を出て仏さんにされるまで、どこかに身を隠していたか、匿《かくま》われていたのだな。おそらく、昨夜ぐらいまでは。朴念さん、又左が身を隠していたか、匿われていたのは、案外、この近くだったのではないか」

「わてもそう思う。又左は仏さんにされて、夜の中津川に捨てられた。夜、中津川にこられるこの近くに、又左はひそんどったんや」

「あの、そのことだすが……」

と、太五作が言いかけた。

「たぶん、仏さんは昨日まで、野田新地のお茶屋におったと思います。町方のお役人さんらと村役人さんらが、野田新地の《つつじ屋》がどうのこうのと、だいぶ言うてたのが聞こえたそうでっせ」

「野田新地？　沢吉、野田新地てどこや」

「安治川二丁目の、安治川やのうて、堀川端に広い材木置場がおますやろ。あの材木置場の北側というか、こっち側に……」

「ああ、南徳寺門前のあそこか」

「そうそう。十軒もない、七、八軒ぐらい、ひなびた茶屋が並んでるだけだす。けど、景色がええと言うて、昼間から茶汲《ちゃく》み女相手に酒を呑《の》みにくる定客が、案外に多いと聞きますで」

「野田新地のつつじ屋やな。よっしゃ、いってみよ。太五作さん、仕事の邪魔して済まんかったな。これ、少ないけど、とっといて」

朴念は、着流しの袖からひとにぎりの紙包みをとり出し、遠慮する太五作の手に、「ええから、一杯やってや」と無理やりにぎらせた。

三

野田新地からは、葦が茂る中洲の向こうに九条島田地と四貫島田地、その北西側の中津川を越えた広々とした野が見わたせ、なかなかの景色だった。

昼下がりの刻限、新地の狭い通りに客の姿は見えず、三人が通りかかると、店頭で暇そうにしていた客引きの茶汲み女が、「お入りやす」と、気だるそうに声をかけてきた。

つつじ屋は南徳寺の門前をすぎたところの、軒下に《つつじ屋》と標した柱行灯《はしらあんどん》がかけられ、通り側の部屋にいる化粧の濃い茶汲み女らが、連子格子ごしにねっとりとした声を寄こした。

つつじ屋の亭主は、垂れ目と顔の大きいのが目だつ初老の男だった。麻の古びた羽織を着けて現れ、朴念が「ちょっと、話を聞かせてもらえまっか」と、先に差し出した心づけに気をよくして、

「朝の忙《せわ》しないときに、町方のお役人さんらがどやどやと、いきなり御用の筋やと乗りこんできやはって、その又左とか言うお客さんのことを、根掘り葉掘り訊ねられました。そら、往生《おうじょう》しましたわ」

と、少し白髪のまじった鬢《びん》を指先でほじるようにかきながら話し出した。

「そのお客がうちへあがったんは、四日前の夕刻だす。小行李の荷をふり分けに肩にからげて、手甲脚絆《てっこうきゃはん》に菅笠の旅姿で、人と落ち合うことになってるから、待ち人がくるまで、呑ましてもらうで、女も若いのを頼むわと言うて、見た目は三

十前後の、あんまり冴えてそうにない博奕打《ばくちう》ちみたいやったけど、こういう遊び場には慣れた様子だした。待ち人はすぐに見えるんかいなと思てたら、一向にくる気配はないし、ついた女が気に入ったんか、その晩はどんちゃん騒ぎをやって、それからそのまま朝までというわけだす」

亭主はそんな調子で、又左が同じ茶汲み女を相手に、次の日もその次の日も居続けをして、冴えてそうにない博奕打ちみたいな男にしては、金払いがよかったと話した。

「そしたら、昨日の夜更けになって、待ち人がようやくきたみたいで、すぐいかなあかんからと、急に勘定を済ませて、待ち人と一緒に発《た》たはったんだす。待ち人がどんな人か、わては見てまへんが、同じ博奕打ちふうの男らが三人やったそうだす。勘定のとき、お客はいややなあという様子に見えたけど、今にして思たら、待ち人のその三人に中津川の川原でこれでっしゃろ」

と、亭主は得物《えもの》で斬りつける仕種《しぐさ》をして見せた。

「物騒な話だすわ。確かに、おかしな話や。そんな夜更けに、どこへいきまんねん。いややったらいやや言うたらええのに。つまりは、殺《や》られるために待ち人をしてたようなもんだすな。お役人さんにいろいろ訊かれてるうちに、わても可哀《かわい》想《そう》になってきて、ほんま、寝ざめの悪い」

ひとしきり話すと、亭主は居続けをした又左に務めた茶汲み女と、又左を連れにきた三人の男に応対した若い者を呼んだ。

茶汲み女は、それほど裕福そうに見えない又左の金遣いが荒く、又左の名前以外、自分のことは何も話さないので、怪しいと思った。

だが、本人が屈託なく呑んで食って女と戯《たわむ》れて、茶屋の勘定も一日ごとにきちんと済ませていた金払いのいいお客だったし、見てくれは悪く、あまり知恵が廻《まわ》りそうになかったから、あれこれ詮索しなかった。

そのため、茶汲み女からは役にたちそうな話は聞けなかったが、三人の男に応対した若い者が、意外なことを言った。

「わてが、その三人に声かけられたとき、あれ、と思たんだす。中のひとりが、どっかで見たような気がしましてな。三人とも、尻端折《しりはしょ》りの着物に半纏《はんてん》をちょっと引っかけてきたみたいで、くつろげた襟《えり》の間から胴に巻いた晒《さらし》が見えました。百姓衆には見えまへん。曽根崎新地か堂島新地あたりにいそうな、柄の悪そうな遊び人風体だした。前にどっかで見たような、恐そうな兄さんがおるな、と思たんだす。ここへくる前、曽根崎新地で働いてたことがおますねん。すぐには思い出さへんので、見かけたような気がするだけかなと思て……」

若い者は、又左に来客を知らせた。又左が眠そうにぐずぐずしていたのを、

「わけありの兄さん方とちゃいまっか。はよいったほうがよろしいで」

と、どっかで見たような気が引っかかって、諭《さと》したくらいだった。

夜更けにもかかわらず、又左は待ち人だったらしいその三人とすぐ発つことになって、勘定を済ませ、大急ぎで旅の支度を整え、つつじ屋を出た。

若い者は、野田新地の往来をゆく三人と又左を、つつじ屋の店頭に出て見送った。一灯の提灯《ちょうちん》の小さな明かりが、三人に囲まれた恰好の又左の様子を、いかにも心細そうに照らしていた。

「そのときだす。ああ、あの人やないかと、思い出しました。三年か四年前やった。曽根崎新地と東天満の天神さんで、見かけたことがあったんだす。名前は知りまへん。けど、間違いなくあの人やったと思います。天満のお役人さんの目明しを務めてる、三勢吉と言う親分がいやはります。天満や曽根崎新地では、三勢吉親分を知らん人はおりまへん。三勢吉親分が引き連れてた手下の中に、三人のうちのひとりがいたんだす」

「天満の三勢吉か。腕利きの目明しやないか。三勢吉の手下が、又左の待ち人や

ったんかいな。間違いないか」

朴念が念を押した。

「間違いおまへん。と思いまっけどな」

若い者は朴念に念を押され、少々自信なげに首をかしげた。

「それは、訊きこみにきた町方には話したんやろ」

「話しました」

「町方はどない言うとった」

「ふうん、そうかって言わはっただけで、それ以上は何も訊《き》かはりまへん。ということは、目明しの三勢吉親分の手下が又左さんを、つまり、その何したんでっかと聞いたら、そんなもんわかるわけないやろ、とお役人さんに恐い顔で睨まれました」

目明しの三勢吉がどういう男か、朴念に聞かされた。

三勢吉は、元は北野領を縄張りにする博徒の親分だった。気が荒くて腕っ節が滅法強く、十年ほど前、西天満の盛り場を縄張りにする親分と縄張り争いの末に、腕ずくで西天満へ縄張りを広げ、それを機に、大坂南の盛り場の顔役らにも、天満の三勢吉の名前は知れわたった。

朴念が天満の三勢吉の名を聞いたのも、そのころである。

それからしばらくして、三勢吉は縄張りの賭場の胴取《どうとり》を代貸《だいがし》にやらせ、自分は町方の目明しになった。町方の御用聞を務める目明しになって、三勢吉の顔と名前は、盛り場や裏町ばかりでなく、町家の普通の住人らにまで、広く知られるようになった。

「三勢吉の性根は、おのれの野心をほしいままにする強欲なならず者や。御用聞を務める目明しになったのは、自分の縄張りの賭場やら女郎屋に手入れが入らんようにするのに都合がよかったからと、町方はみな知っとる。町方にもよるが、中には役目の陰で、表沙汰にはあんまりできん役得を手にする者もおる。その手助けというか、まあ、汚れ仕事を引き受けて、代わりに自分の縄張りは安泰にできる。少々手荒なこととか、強引な商売をやっても、三勢吉の縄張りだけは、町方も目をつぶる。町方と天満の三勢吉は、持ちつ持たれつの間柄というわけや。かく言うわての稼業も、似たようなもんやけどな」

だが、朴念はこうも言った。

「とは言え、もしも、又左殺しが三勢吉の差金で手下にやらせたとしたら、町方も目をつぶってるわけにはいかんで。のみならず、手代の豊一を消すために誰ぞが又左を蔵屋敷の仲仕に雇うたとして、又左にやらせたらええと決めたのが、もしも、三勢吉やったとしたら、又左は野田新地のつつじ屋に身をひそめ、三勢吉の指図を待ってたか、豊一殺しの手間代を受けとるために、待ってたのかもしれん。待ち人はやっときた。ただし、待ち人は手間代を届けにきたのではなく、三勢吉の指図を果たしにきた地獄の獄卒やった」

市兵衛と朴念、沢吉の三人は野田新地をあとにして、野田村の田んぼ道を安治川二丁目へ向かった。

安治川二丁目に出ると、安治川沿いの往来を曽根崎新地へとった。曽根崎新地から西天満の西寺町《にしてらまち》へ出て、堀川に架かる寺町橋を東寺町へ渡り、さらに女夫池《めおといけ》のある北方へと折れたとき、刻限ははや夕方の七ツ（午後四時）を廻って、東天満の町家を赤茶けた夕方の日が染め始めていた。

三人は、女夫池に架かる橋に差しかかった。

「これは女夫池だす。女夫池から淀川《よどがわ》までの東側と、南の寺町までの一帯は、天満与力天満同心と呼ばれる東西町奉行所役人の組屋敷地だす。市兵衛さん、だいぶ歩いて腹が減ったやろ。もう夕方の七ツをすぎるころや。ちょっと、腹に入れまひょ。ここら辺は天満組の町家というても、北の場末の田舎や。手のこんだ料理ではないけど、美味いうどんを食わせる店がある。酒も呑めるで」

と、朴念が先に立って橋を渡った。

女夫町をとってほどなく、茅葺屋根のひなびた一軒の低い軒下の柱行灯に、めおと屋、の文字が読めた。

表戸をくぐった途端に、出汁《だし》の効いた汁の香が市兵衛をくるんだ。

「おいでやす」

丸髷《まるまげ》の年配の女将《おかみ》が、寄付きの腰付障子を引いて言い、前土間におりた。

前土間は片側に縁台が三台並び、片側が小あがりになっていた。前土間奥の寄付きの片側が折れ曲がりの土間になっていて、竈《かまど》とかすかに湯気をのぼらせるお釜が見えた。

「女将、力うどんを三つ頼むで」

女将が「へえ」とかえし、紺縞の小袖に襷《たすき》をかけて、鶯色《うぐいすいろ》の前垂《まえだ》れを着けた。

朴念は小あがりに座を占め、朴念の隣に沢吉が坐り、市兵衛は朴念と向き合って、胡坐をかいた。刀と菅笠を壁ぎわに寝かせた。

「ここはわての勝手に任せてや、市兵衛さん。ここにきたら、焼餅の入ったうどんを肴《さかな》に冷やをちびちびやると決めてるのや。若いころの金のないときは、力うどんに酒やった。なあ、沢吉」

沢吉はくすくす笑いをして、

「今もそうでんな」

と言った。

「美味そうだ。朴念さんに任せる」

「おおきに。で、沢吉はな、うどんを食うたら、栗野《くりの》はんを呼んできてくれ。そろそろ組屋敷に戻ってるころや。《めおと屋》で、待っとりますとな」

栗野敏助《びんすけ》が、定服の黒羽織ではなく、芥子色《からしいろ》の着流しに二本差しのくつろいだ姿でめおと屋に現れたのは、四半刻《しはんとき》（約三〇分）後だった。

栗野は、東町奉行《ひがしまちぶぎよう》の定町廻《じようまちまわ》り役の同心で、朴念と同じ年ごろの、大きな目を剝《む》いた厳《いか》つい顔つきながら、笑うと不敵な愛嬌《あいきよう》を感じさせた。中背だが、骨太の分厚い体軀《たいく》に、力が漲《みなぎ》っていた。

仕事柄、朴念は東西町方に顔が広かった。殊《こと》に実務を任されている下役の町方同心と交流する機会が多く、町方のほうから朴念に話を訊きにくることも、朴念が訊きにいくこともあった。

そのときは互いに相応の謝礼をするのが決まりながら、町方のほうの謝礼は、大抵、貸しで済まされた。

これで貸し三つでっせ、と貸しを作り、町方しか知らないお上の新しい施策などを朴念が聞き出すのに、貸しはそれなりに役にたった。

朴念と東町奉行所定町廻り役の栗野敏助とは、そういう長いつき合いだった。

島崎藩蔵屋敷で取り付け騒ぎのあった四日前、手代の豊一が仲仕の又左に刺されて命を失った一件で話を聞かせてもらえまへんかと、朴念は栗野に一件が起ってすぐに声をかけていた。

栗野は勿体《もったい》をつけて曖昧《あいまい》な返事しか寄こさなかった。だが昨日、明日、すなわち今日の夕刻ちょっとだけなら、と知らせがあった。

「女将、わしはうどんはええ。酒をくれ」

栗野は女将へ、腰の刀をはずしながら言いつけた。

「まあ、坐っとくなはれ」

朴念が小あがりの座を譲るのを、栗野は慣れた様子で無造作に胡坐をかき、刀を傍らに寝かせた。

「失礼させてもろて」

と、朴念が栗野の隣へつき、市兵衛に言った。

「市兵衛さん、こちらが東町の栗野敏助はんだす」

「唐木市兵衛と申します」

市兵衛は膝をなおし、栗野へ深々と辞儀をした。

「唐木さんは、堂島で大店の米問屋を営む《松井》のご隠居の卓之助さんのご紹介で……」

と、朴念が言うのを、栗野は市兵衛を値踏みするかのように、大きく剝いた目をまじまじと向けて、市兵衛から離さなかった。

四

《めおと屋》の客は、小あがりの四人のほかになかった。

表の障子戸に赤い西日が軒庇《のきびさし》の影を映して、店はまだ充分明るかったが、女将は八間に火を入れて、天上に吊《つ》るした。

栗野の隣に朴念、市兵衛の隣に沢吉が坐って、向き合った四人の前の盆には、しめじ茸《たけ》の酢の物の角鉢とたたき牛蒡《ごぼう》の小鉢が、碗酒とともに並んでいた。

「ほう。お恒の店が家探しまでされたんか。それはただ事やない。豊一が持ってるなんかを探してる誰かがおる、と見るのが普通やな。唐木さん、家探しした一味の手がかりは、なんかないのか」

栗野が掌《て》で顎《あご》をさすりながら、ないやろな、という素ぶりを見せた。

「無頼な風体の男らが十人ほどと聞いた以外、ありません。男らは、長屋の住人が周りにいるのもかまわず、店を荒し廻って家探ししたのです。わたしのほうの店まで家探しされたのは、探していた物がお恒さんの店に見つからなかったからだと思われます」

市兵衛のあとに、朴念が続けた。

「せやから、島崎藩の蔵屋敷で豊一が又左に刺された一件は、二人の間のいざこざやごたごたがもととは思えまへん。ほかに豊一の命が狙われるわけがあって、又左はむしろ、豊一が持ってるなんかを探してる誰かに、豊一を始末するようにと雇われたんだす」

「そうかもしれん。しかし、豊一を刺した又左も中津川に浮いとったんやから、今となってはそれを確かめることはできん。昨日の夜更け、又左を野田新地の茶屋から連れ出した男らを見つけるしかないが、探索はまた一から出なおしや。又左殺しはわしの掛やないから、別にかまへんけどな」

「又左を連れ出した三人の中のひとりが、目明しの三勢吉の手下やった。野田新地の《つつじ屋》の若い者が、見覚えがあったんだす。あたり前に考えたら、訊きこみをしたお役人は、三勢吉の手下が誰かもうわかって、捕まえてるはずだす。栗野はん、聞いてまへんか」

「その話は聞いた。三勢吉は、お上の御用聞を務める自分の手下に、わしの顔を潰《つぶ》すようなそんな大それた罪を犯すやつは絶対おらん、つつじ屋の若い者は、人相の似た男を見ただけで、人違いに違いない、万が一、そんなやつがわしの手下におったら、わしがこの手で八つ裂きにしたる、絶対容赦《ようしゃ》せんと、相当息巻いて言うとったそうや。昨日の夜は、手下らと宵の口から真夜中まで酒盛りをしとった、手下はみんなおったと、それで終りや」

「そんな、子供だましみたいな言い逃れを真に受けるんだすか。又左殺しは、豊一を始末させるために雇うた又左が、町方に捕まって、何が狙いで豊一を始末したのか、誰の差金か、それがばれるのを恐れたやつが、今となっては邪魔な又左を消した。子供でも思いつく筋書きでんがな。ましてや、町方の御用聞を務める目明しの三勢吉が、それをやったかやらせたか、又左殺しのみならず、手代の豊一殺しにからんでるかもしれんと、つつじ屋の若い者の訊きこみで、疑いが出てきた。ひょっとして、三勢吉が御用聞を務める旦那のお尻に、火がついてんのと違いまっか。そんなことになったら、大坂の町奉行所は上を下への大騒ぎ、面目丸潰れだっせ」

「阿呆を言うな。そんなわけないやろ」

「三勢吉の御用聞を務める旦那は、どなただすか」

「三勢吉の旦那も知らんのか。案外抜けとるな。西町の地方《じかた》与力の福野さまや」

「あ、西町の福野さままで……」

「女将、酒や」

栗野が女将を呼んだ。「へえ」と、片口《かたくち》丼を手にした女将が小あがりへきて、栗野の碗へ酒をついだ。

「こっちも頼む」

「わてもや」

朴念と沢吉が、残り少なくなった碗酒を呑み乾《ほ》した。

「つぎまひょか」

女将が朴念と沢吉の碗に酒を満たし、市兵衛にも片口丼を差し向けた。

「いえ、まだ」

市兵衛は女将を制し、しばし考えていた。

碗酒を美味そうにひと口あおってから、栗野が朴念に言った。

「福野さまには、掛の町方が、三勢吉の手下が又左殺しの下手人のひとりらしいとの訊きこみがあったので三勢吉に事情を訊きたいと申し入れた。福野さまは、そういうことなら、自分への気遣いは無用やと。もしもそれが真《まこと》なら、町奉行所の面目にかかわる由々しき事態やから、厳格に対処するように、目明しやから、その手下やからと遠慮はいらんと言うたはったくらいやで。自分の尻に火がつきそうな事態やったら、言うわけないことや」

「朴念さん、西町奉行所の福野さまとは、地方の与力の福野武右衛門さんのことなのか。安土町の堀井に出入りしていると、先だって聞いた……」

市兵衛が朴念に質《ただ》した。

「そうや。地方には、商家の株仲間の取り締まりの役目もあるから、出入りしている商家はほかにもあるけどな。市兵衛さん、気になることがあるのか。あるのやったら、栗野はんに訊いてもええのやで」

市兵衛は頷き、碗酒をあおっている栗野に言った。

「おうかがいします。福野さまが商家にお出入りなさっていることで思ったのですが、諸藩の御蔵屋敷にも、館入りの町奉行所与力がおられるはずです。取り付け騒ぎのときなどもそうなのでしょうが、例えば、商家への支払いが滞り銀になり、町奉行所へ訴えが出されたときなど、相手との対応を館入り与力に委任していると、聞いております。もしかして、福野さまは、島崎藩の御蔵屋敷の館入り与力ではありませんか」

「そや。そういうことや」

朴念が言った。

「福野さまが島崎藩の御蔵屋敷の館入り与力なら、御用聞の三勢吉も福野さまに従い、御蔵屋敷に出入りが許されていたのではありませんか」

「そやから言うて、三勢吉が豊一殺しにかかり合いがあると考えるのは、飛躍しすぎやで」

「栗野はん、今は飛躍とは違いますやろ。三勢吉の手下らしいのが、又左を野田新地から連れ出して滅多刺しにして、中津川へ亡骸を捨てた疑いがかかってまんねんで。充分に考えられるやおまへんか」

栗野は、ふん、と鼻先で笑い、碗酒を盆へ戻した。

「手下て誰やねん。つつじ屋の若い者が夜更けに三人組を見た中のひとりが、三勢吉の手下に似てるというだけで、三勢吉の手下をひとりずつ、つつじ屋の若い者に首実検をやらせるんか」

「やらせまひょ」

「簡単に言うな。もし間違いやったら、ちょっと似てただけです、みたいなことになったら、福野さまはさぞかしへそを曲げはるやろな。それにゃ、仮に三勢吉の手下が又左を手にかけた、又左に豊一を殺させた一味のひとりやったとしても、三勢吉がそれを指図したとは限らんやろ。そいつが三勢吉以外の誰かに手なずけられて、三勢吉には隠れてやったとも考えられる。三勢吉は、そんな手下はおらん、つつじ屋の若い者は人相の似た男を見ただけで人違いに違いない、昨日の夜は手下らみんなと、宵の口から真夜中まで酒盛りをしとったと言うとる。それが嘘やとも、一概には言えんやないか」

「手代の豊一を殺害するために、又左を雇った者が、又左をこのまま生かしておけば、豊一を消さなければならなかった事情が明るみに出る恐れがあった。そのため、又左も始末したのです。しかし、実際に手を下し又左を消した者らや、お恒さんの店やわれらの店まで家探しした不逞《ふてい》の者らが、豊一が持っていた物を必要としていたとは思えません。仮に、その者らを指図したのが目明しの三勢吉だったとしても、三勢吉が、豊一が持っていた何かを、そこまでして必要としていたとも思えません」

市兵衛は栗野に言った。

「そうや、思えん」

朴念が相槌《あいづち》を打った。

「三勢吉を指図している者がおると、言いたいんか」

栗野は、朴念を咎《とが》めるような口ぶりになった。

「自分の手は汚さず、三勢吉に指図している者がおる。三勢吉の差金で、又左に豊一を殺らせ、手下らにお恒さんと市兵衛さんらの店の家探しをさせ、又左を消させた。それが、辻褄の合う筋書きやと、思いまへんか」

「自分の手は汚さず？　それは誰やねん。福野さまか。地方与力の福野さまの尻に火がついたら、値がつくのは間違いない話の種になって、朴念はさぞかし儲《もう》かってしゃあないいな」

「そんなことは、言うてまへんがな。ただ、なんか不審やった。島崎藩の蔵屋敷で、取り付け騒ぎが起こった。その取り付け騒ぎのさ中、蔵屋敷に勤める手代の豊一が、蔵の中で殺されとった。下手人は出仲仕の又左や。けど、又左は蔵働きを始めて、まだ半月かそこらやった。恨みかいざこざか、蔵屋敷の手代と出仲仕にどんなかかり合いがあったんやと、解《げ》せんかった。沢吉に、島崎藩の蔵屋敷で起こった取り付け騒ぎの子細を、調べさせたんだす。沢吉、おまえが言うてくれ」

「へい」

沢吉は碗酒を盆に戻し、指先で口元をぬぐった。

「島崎藩の蔵屋敷は、米仲買商らの間では、筑後蔵と言われてます。その筑後蔵の取り付け騒ぎを訊き廻ったところ、筑後蔵の在庫米が、ただ今、落札してる米切手の、一分二厘に足らん割合しかない。細かい数をあげますと、四斗俵八万五千八百三十俵の米切手分の、一分二厘に足らずの四斗俵の数量しかないということだした。ということは、これはもう在庫米がない、筑後蔵は空も同然ということだす。四日前の昼前、堂島の米会所にその噂が走って、筑後蔵の米切手を買持ちしている米仲買商ら五十人以上が、筑後蔵に押しかけたわけだす」

「八万何千俵の米切手がなんやねん。それが空米切手《くうまいきって》やったら、取り付け騒ぎも起こるがな。空米切手は御公儀のご禁制やが、実状はどこの蔵屋敷でもやってることや。珍しいわけやない。もっとも、八万何千俵の米切手分の在庫米の割合が一分二厘足らずというのは、わしもやりすぎやとは思うけどな。そら、米仲買商も動揺して、取り付け騒ぎも起こるやろ。と言うてや、それと、筑後蔵の手代の豊一殺しやら、家探しやら又左殺しやらとつながる証拠は見つかってへん。だいたい、豊一が持ってる何かも、ほんまにそんな物があるのか疑わしい」

「仰《おっしゃ》るとおり、疑わしく不審に思う以外、明らかな証拠はありません。豊一が持っていた何かが出てくれれば、明らかな証拠になるのかもしれませんが、本途《ほんと》にそのような物があるのかも、定かではありません」

市兵衛が言った。

栗野は、角鉢のしめじ茸を口に運んで、くちゃくちゃ、と鳴らした。

「しかしながら、島崎藩の蔵屋敷で豊一は又左に殺され、身を隠していた又左も殺され、豊一の母親のお恒さんの店に家探しが入り、探し物が見つからず、われらの店まで家探しされたことは事実です」

「だから？」

「豊一殺しの一件とかかわりがなくとも、島崎藩の蔵屋敷において、こんなことが行われている、あるいは行われているらしいと、町方の栗野さんならばこそ聞くことのできた裏話がある。けれども、それは裏話にすぎず、表沙汰になっては拙《まず》い、あくまで島崎藩の家中の事情で、大坂町奉行所の役人が口出しすることではない、出る幕ではない、だから、見逃しているとかの……」

「そういうことはある。杓子定規《しやくしじようぎ》に融通《ゆうずう》の利《き》かんことをやっても、世の中は息苦しなるだけや。町方が出る幕やないし、表沙汰にせんほうがええのやったら、唐木さんにも朴念にも、言うわけにはいかんやろ。仮令《たとえ》、そういう裏話を聞いてたとしてもな」

「大坂の町家に生まれ育った母親の自慢の倅が、突然、島崎藩の蔵屋敷で理由もわからず殺され、亡骸を引きとりにくるようにと、伝えられました。母親は、蔵屋敷へ倅の亡骸を引きとりにいきましたが、倅がなぜ殺されたのか、わけはわからないままなのです。ですが、島崎藩の蔵屋敷の中で何かがあったことは確かです。倅に何があったのか、母親は本途の事情を知りたがっています。栗野さん、何もないのなら仕方ありません。しかし、何かご存じであれば、大坂の母親を哀れんで、その事情を聞かせていただけませんか。栗野さんがご存じの裏話を、お聞かせ願えませんか」

「なんや、泣き落としかいな」

苦笑をかえした栗野に、朴念が言った。

「わては、栗野はんに貸したこれまでの分をかえしてもらえるもんやと思て、今日は楽しみにしてきましたんやで」

「ちゃうわい。朴念がうるさく言うてくるし、これまでの借りもあるから、会うぐらいはかまへんやろと思て知らせただけや」

「よう言うわ。わかりました。栗野はんが会うてもええと、わざわざ知らせてくれたんやから、とっておきの話があると睨んだ。それを話してくれたら、これまでの貸しの分のほかに、色をつけまひょ。これは手つけだす」

朴念が袖から白紙の小さな包みを出し、栗野の盆の片隅においた。栗野はそれを睨み、ふん、と苦笑を宙へ泳がせた。それから朴念をひと睨みし、

「手つけか。よっしゃ。なんや、そんな話やったら知ってまんがなと思ても、あとの祭やぞ」

と、紙包みをにぎって袖に入れた。

五

まだ、六ツにはなっていなかった。

だが、表戸の腰高障子に映っていた赤茶けた西日はすでに消え、宵の薄闇が次第に迫っていた。天井の八間の明かりが、小あがりに四人の客しかいない店を、物足りなそうに照らしていた。

鳴き渡る烏《からす》の声が、聞こえていた。

そこへ、月代《さかやき》がうっすらとのびた職人風体の父親が、幼い男の子と女の子を連れて、《めおと屋》に入ってきた。親子は四人の先客から離れた小あがりの座についで、女将に素うどんを三つ頼んだ。

ほどなく、湯気をのぼらせる素うどんの丼が運ばれてきた。

「熱いで。ふうふうしながら、ゆっくりお食べ」

女将が盆を並べながら、子供らに優しい声をかけた。

うどんをすする気配と、父親と子供らの途ぎれ途ぎれの遣りとりが、宵の迫りつつあるときを果敢《はか》なく刻んでいた。

栗野は、女将に新しい碗酒とうどんを頼んだ。

「ちょっと腹が減った。素うどんでええ。素うどんを食うて、この一杯を呑んだら、気持ちようご帰還や」

女将が片口丼の酒を碗につぐのを見ながら、栗野は愉快そうに言った。

うどんの丼が運ばれてくると、栗野はけたたましい音をまき散らしてたちまち平らげ、歯をしいしいと鳴らしつつ、声をひそめて言い始めた。

「堂島の米仲買から聞いた話や。名前は伏せとく。自分から聞いたと、絶対言わんといてやと、用心して念をおされた。どこそこの藩の蔵屋敷と聞いたわけやないが、島崎藩の蔵屋敷に間違いない。筑後蔵や。米仲買の株を持ってたら、誰でもどこの蔵屋敷でも米の入札に参加できる、というわけやない。それぞれの蔵屋敷の蔵名前がないと、入札に参加できん。その米仲買は、筑後蔵の蔵名前の上顔やから、筑後蔵の蔵役人はみな顔見知りやし、長いつき合いや。せやから、蔵役人の中でも、実状をほんの数人しか知らんようなことが、ときには耳に入ることもある」

「島崎藩の蔵屋敷で、蔵役人でも実状はほんの数人しか知らんような何かが、あったんだすな」

「そうや。何があったかと言うと、蔵屋敷の御留守居役と御蔵方と御勘定方、それともうひとり、蔵屋敷を任されている蔵元の番頭の、たぶん、その四人で帳《ちょう》合米《あいまい》取引に手を出しとった。四人で帳合米取引に手を出したのは、三年半前の極《ごく》月限市《げつきりいち》やった、と聞いた」

「三年半前から、帳合米取引でっか。蔵屋敷を預かる蔵役人でも、帳合米商いの株を持つ米仲買に敷銀《しきぎん》を収め、注文ごとに口銭《こうせん》を支払うたら、帳合米取引で大儲けをすることが、できんわけではない。帳合米取引は博奕や。運不運で、大儲けもするし、大損もする。わては、よう手を出さん。けど、腕のええ米仲買に裁量させて帳合米取引に手を出しとる蔵役人を、わても知ってます。珍しい話では、おまへんけどな」

「もう遅い。あとの祭やぞと言うたやろ」

栗野は薄笑いを朴念に投げ、それを市兵衛へも向けた。

「唐木さんは帳合米取引がどういうもんか、わかりまっか」

「堂島の米問屋の世話になっていたころ、堂島市場の正米《しょうまい》商いと帳合米商いの決まり事は教えられました」

「ああ、堂島の米問屋の《松井》やったな。隠居の松井卓之助は、一流の商人や。それなら、この話はわかりまんな。朴念が言うたとおり、蔵役人が帳合米取引に手を出すこと自体は、珍しい話やない。わしが米仲買から聞いた筑後蔵の話は、そのあとがある。蔵役人にしてみれば、帳合米取引で大儲けをして、借金まみれの藩の台所事情をたて直そうと思うたのかもしれん。もしかしたら、儲け分を自分らの物にして、私腹を肥やそうとしたのかもしれん。帳合米取引で儲けた分を自分らの懐に入れても、藩に損害をかけるわけやないからな。ただし、損をしたときにどうなるかや」

「帳合米取引の石高は、百石以上と決まっています。腕のいい米仲買なら、損が出ても、顧客が大きな損をなるべくこうむらないように損益の帳尻を合わせていくでしょうが、それでも、個々の蔵役人では損を埋めることはむずかしいと思われます。そうなると、なんらかの名目で藩の勘定で決済せざるを得なくなるのではありませんか」

「そういうことや。米仲買から聞いた話は、じつは筑後蔵の帳合米取引の損が続いて、米仲買らは、表だっては筑後蔵の蔵役人に遠慮して口には出さんが、このままやったら拙《まず》いことになるでというのが、話の本筋なんや」

「そういうことやて、どういうことなんだすか」

朴念が、隣の栗野の顔をのぞきこんだ。

栗野は、太短い首が折れ曲がりそうなほど首肯して見せた。

「三年半前の極月限市から帳合米取引に手を出し、年が明けて四月限市、古米限市、また極月限市とすぎて、取引は儲かるときもあれば損するときもある、そういう取引が続いた。そんなもんやったら、名にし負う堂島米市場の帳合米取引に手を出して大儲けを企てたものの、大したことない、とじれったかったのかもしれん。けど、それでええのや。帳合米取引は博奕や。ごくまれに莫大《ばくだい》な富を得る運のええ者もおるが、丸裸になって物乞い同然の地獄を見る者もおる。地獄と極楽の間を彷徨《さまよ》うて、夢を食うて生きるのが帳合米取引や。恰好《かっこう》ええがな」

「わては、手を出しまへん」

「わしもようやらん。ところが、筑後蔵のお役人らは、夢を食うて生きるのではおもろなかったんや。米仲買に口銭を支払うて取引をするんやから、米仲買に裁量させるのではのうて、さし値でやらせよやないか、わしがやったら絶対儲けて見せる、ということになった」

「取引の価格を、蔵役人が米仲買に指図するのですね」

「そうや。こういう素人《しろうと》の妙な自信が恐いことになる。素人の蔵役人らは、その日その日の堂島米市場の相場が決まるたびに、今が売りや、今が買いやのにと、いっこうに儲けが出ん米仲買に、何をやっとんのや、とじりじりして、わしがやったら絶対儲けたる、わしがやるしかないやろと、細かい《さし値》を米仲買商らに指定した」

「激しく上がり下がりする相場の値を指定して、米仲買に売り買いの取引をさせるんだすな」

朴念が、くどく繰りかえした。

「そうやと言うてるやろ。売りが《遣る》で買いが《取る》や。帳合米取引は、冬市、春市、夏市のそれぞれの満期日までに、売り買いは必ず同じにするのが決まりや。つまり、百石を売ったら満期日までに百石分を買い戻さなあかん。買った場合も売らなあかん。高く売って安く買い戻す、あるいは、安く買うて高く売り埋めて、手仕舞いにするのや。その差額分が儲けになる。逆になったら、差額分の損をこうむる。その見きわめ、判断、相場の読み、が仲買商の腕の見せどころになる。損得の帳尻を合わせながら、短い取引を繰りかえして、相場を読んでここぞというときに、地獄に落ちるか極楽を見るかの大勝負に出る。それが帳合米取引やと米仲買らは言うが、わしなら足が震える。考えるだけでも小便をちびりそうやで」

栗野が面白くもない戯れを言って、ひとりで笑った。

「帳合米取引の冬市は、十月十七日から十二月二十三日、春市が一月八日から四月二十七日で、夏市は五月七日から十月八日までだすな」

沢吉がさり気なく口を挟んだ。

「それがどないした」

と、朴念が聞きかえした。

「春市の満期日があとひと月ほどやなと思たんだす。帳合米取引は、損とわかってても、満期日には決済して、売りと買いを相殺《そうさい》しなあきまへん。売り買いを急いで、儲けを確保しとかなと、米仲買らがそろそろ焦り出すころでんな」

「そうですね。帳合米取引で損を出している米仲買は、満期日が近くなると、夜もおちおち眠れなくなるでしょう。筑後蔵の豊一が殺されたのは、そのころだったのですね」

「会所の役人が三寸《すん》（約九センチ）の火縄に火をつけて、拍子木《ひょうしぎ》を打って取引が始まり、火縄が消えたときにまた拍子木を打って、終値《おわりね》の火縄値段が決まるが、米仲買らは熱なってしもて誰も退かへんから、水方《みずかた》が打ち水をして退散させる。

けど、取引終了の八ツをすぎても、《こそ》と言うて、こそこそと取引は続く。取引終了になっても、米仲買らはやめるわけにはいかん」

「ところがや。筑後蔵の蔵役人らがさし値で帳合米取引を始めたものの、それからえらいことが起こり始めた」

と、栗野が続けた。

「さし値を指定して、損を出したんだすな」

「損やない。大損や。それまでは、損が出ても大したことはなかった。敷銀でまかなえる程度やった。米仲買らは、顧客になるべく損をさせんように、博奕みたいな取引をさけるからな」

「そらそうや。米仲買らには、取引ごとに百石あたり銀二匁五分の口銭が入りますし」

「米仲買らは売買の約定がたつたびに、取引内容を記した差紙《さしがみ》を米方両替に提出する決まりや。米方両替は、十日に一度の消合日《けしあい》に、米仲買らひとりひとりの売りと買いを相殺して損銀か益銀を出すのやが、蔵役人らは、相殺した額を見ても、自分らのさし値が大損を招いている事態に懲《こ》りんかった。話を聞いた米仲買が言うことには、四人の中でさし値を決めるのは御留守居役で、あとの三人は意見を述べるだけやった。素人四人がひそかに鳩首凝議《きゅうしゅぎょうぎ》をこらし、このたびはたまたま損銀を出したが、斯《か》く斯《か》く云々《しかじか》の事情があってやむを得んかった、次は間違いなく益銀を出せる、このままでは終らせんと、十日ごとの消合日の算出のたびに、さし値を変えたりして、どんどん深みにはまっていった」

「そういうことか。わかりましたで、栗野はん。帳合米取引で蔵役人らのこうむった損銀は、御蔵屋敷の空米切手入札で、穴埋めされたんだすな」

「そうするしか、手はない。自分らの出した損銀分を、国元から蔵米が運びこまれたときの入札で、蔵入りした米以上の米切手を落札させ、どれだけの量が空米切手か、御蔵方と御勘定方が事前の打ち合わせどおり、帳簿に記す総数を入れ替えてわからんようにくらました。そのうえ、国元へは、何かと理由を拵《こしら》え、米を運ばせた。けど、それで間に合うわけはない。これも恐い話やが、筑後蔵の落札した米切手に引きあての蔵米の割合が、一昨年から、さし値の帳合米取引を始めて、六割、五割、三割と、春市夏市冬市ごとに減っていった。秋の年貢米の搬入で少々改善したものの、それもすぐに蔵出しになって、去年一年を通して、蔵米の割合はだいたい二割から一割をきるぐらいやったそうや」

「なんとまあ。それやったら、落札された米切手は、殆《ほとん》どが空米切手も同然やおまへんか。空米切手は、幕府の御停止でっせ。それで、よう取り付け騒ぎが起こらんかったな。蔵米の管理期間は一年から一年半だす。米切手の交換にきたら、蔵屋敷では、どないしてましたんや」

「米切手を、相場の値段にちょっと色をつけて買い戻すのや。余所《よそ》の蔵屋敷でもやってる。珍しいことやない。米切手の買い戻しをどこの蔵屋敷でもやるようになって、米俵の総数の違いはあっても、空米切手の入札と落札は、幕府が停止令を出そうと実状は多くの蔵屋敷でやってるし、それが今の世や。島崎藩は石高二十万石を超える大藩で、毎年、中之島の蔵屋敷に搬入される蔵米は、十万石を超える。多少のごたごたはあっても、米切手の買持ちをしてる米仲買商やら米業者らは、筑後蔵は大丈夫やろと内心は思てる。しかも、訴訟になりそうなもめ事が起こったときは、館入り与力の福野さまが双方の思惑を上手いこととり持って、もめ事が長引いて表沙汰《おもてざた》にならんように抑えてきた。福野さまは、そういうとり持ちに長《た》けてるしな。ただ、去年の秋の年貢米が国元より搬送される時期になり、本来なら、蔵米は満たされているはずが、年が明けて堂島の春市が始まるころには空も同然、という事態に追いつめられていた」

「蔵米は、年貢米が納められた秋に、国元から一度に搬送されるわけではおまへん。秋から春にかけて、分けて運ばれてくるはずだすが」

「一年か一年半前に落札された米切手が、どんどん交換に持ちこまれ、搬入された蔵米は、蔵屋敷に保管される間もなくどんどん搬出されていくのや。その米切手には、帳合米取引で出した損銀の穴埋めに落札させた空米切手が、当然、まぎれこんどる。筑後蔵は、年の初めから蔵米がずっと空の事態が続いてる、今に大きな取り付け騒ぎが起こりまっせ、それだけやのうて、実状が明らかになるにつれて、今に死人が出まっせ、と米仲買は言うとった。そら、実状が明らかになったら、家臣の分際で帳合米取引に手を染め、お家に損失をかけたふる舞い以《もっ》ての外《ほか》、切腹を申しつける、という事態になりかねんわな」

ううむ……

と、朴念がうなった。

「先日の筑後蔵の取り付け騒ぎは、あれは始まりや。朴念が取り付け騒ぎと手代の豊一殺しを、怪しい事情がからんでそうや、裏になんかあるのやおまへんかと睨んで、声をかけてきた。事情は不明ながら、米仲買が言うてたとおり、死人がでた。どないしょうかなと迷たけど、朴念やったらしゃあない、遅かれ早かれ明るみに出んはずがないし、と思た」

「手代の豊一は、なんで殺されたんでっしゃろな」

「唐木さん、大坂生まれの母親が悲しんでる、倅が殺されたわけを知りたがってると、言いましたな」

　市兵衛は首肯した。

「もしかして、の推量でっせ。蔵方の下役を勤めてた豊一は、帳合米取引の裏仕事を、命じられるままに手伝わされてたのかもしれまへん。仮にや、豊一がこれは拙い、これは放っとけん、なんとかせんとあかんと思て、帳合米取引の実情を明らかにする、例えばの話、裏帳簿とかそれらしいもんを持ち出したとしたら、どこに隠しまっしゃろな。豊一はなんとかする前に、相手に気づかれて消された。持ち出したそれは、母親の店を家探ししても見つからんかった。もしかして、家探ししても見つけられへんようなところに隠されてたのが出てきたら、証拠になるかもしれまへん。そうなったら、大坂の町方は大坂の母親を悲しませた者を、仮令《たとえ》どこの蔵屋敷のお偉方であろうが、この大坂にのさばらしときまへん。それは約束しまっさ」

　四人のひそひそ話が続いているうちに、外はすっかり暗くなって、もう烏の声も聞こえなかった。

小あがりの父親と幼い子供らは、うどんを食べ終えて、めおと屋をとっくに出ていて、新しい客は入ってこなかった。

「よっしゃ、いこか」

栗野は刀をつかみ、芥子色の着流しが似合う骨太な体軀を持ちあげた。土間におり、刀を腰に帯びながら女将に言った。

「女将、暇やな」

「へえ、めおと屋はこないなもんだすわ。わてひとりやし、これでええんだす」

女将はにっこりと頰笑んだ。

「女将の拵えるうどんは美味い。ご馳走《ちそう》さん。またくるわ」

「おおきに。またおいでやす」

勘定は朴念が済ました。

女夫町の狭い通りに出た。空には月も星もなく、胸苦しい宵闇がおりていた。

栗野の芥子色の着流しは、たちまち闇の彼方へまぎれ、地面を鳴らす雪駄の音だけが、いつまでも聞こえた。

「市兵衛さん、今夜はうちへ泊っていきまへんか。もうちょっと、呑みたい気分や」

朴念が、女夫町の通りをいきながら言った。

「わたしも同じ気分です。ですが、今夜は戻ります。お恒さんの身が案じられたので、若い三人に一緒に居るようにと、残してきたのです。みな、わたしの戻りを待っているでしょう。戻ってやらねば……」

市兵衛は菅笠をあげ、彼方の夜空へ目をやった。

市兵衛と朴念と沢吉の三人は、東天満の町家を抜けて、菅原町から天神橋を京《きょう》橋《ばし》六丁目へと渡った。

六

こおろぎ長屋の夜は更《ふ》けていた。

土間から三畳ほどの狭い板間にあがって、板間続きの四畳半に、市兵衛とお恒、小春、良一郎、富平の四人が、一灯の角行灯《あんどん》を車座に囲んでいた。長屋の住人はそろそろ寝床についている刻限だった。

遠くの町家で、按摩《あんま》の呼び笛が寂しげに鳴っていた。

市兵衛の話が続く間、お恒は眉をひそめ、小首をかしげていた。行灯の火が、魚油の臭う黄ばんだ明かりで、物思わしげなお恒の様子をくるんでいた。

富平が目を丸くして、市兵衛に訊いた。

「市兵衛さん、中津川って、どこを流れているんですか」

「昨日いった梅田の墓所の、ずっと西の田んぼの先だ。中島郷《なかじまごう》と言われた天満の北方で淀川と分かれて、中島の北側と西側を流れる大きな川だ。淀川は、中島の東側と南側を流れている」

「ふうん、梅田の先か。遠いんでしょうね」

「梅田墓所からは、十七、八町《ちょう》ぐらいだろう。半里《り》（約二キロ）ほどだな」

「梅田の墓所からでしょう。ここからだと、気が遠くなるほど遠いな。日本橋《にっぽんばし》からだと、どこら辺かな」

富平はしみじみと言った。

「お恒さん、中津川の野里村の船渡しの下流に、又左の亡骸が浮いていたのです。野田新地に隠れていた又左を、三人の男らが連れ出し、夜更けの中津川の川原でなき者にし、亡骸を中津川に捨てました。亡骸はさほど流されず、少し下流の川縁に浮いていたそうです。又左が豊一さんを刺した事情をばらさないように、口封じに始末されたのです。三人の男らは、又左が豊一さんを島崎藩の蔵屋敷で刺したあと、野田新地に身を隠していたことを知っていた。豊一さんをなき者にさせた一味に違いありません。野田新地に隠れて、指図を待てと言われていたと思われます。又左は、自分が始末されると思っていなかったでしょう」

「ひどい。人の命をそんなに扱って……」

小春が頰を赤らめて呟《つぶや》いた。

「市兵衛さん、目明しの三勢吉と言う人が一味のお頭なんですね。又左に豊一さんに手をかけさせておいて、今度は又左を、口封じになき者にするように命じるなんて、町方のお役人さまの御用を務めていて、裏ではそんなことをしているんですか」

「朴念さんに、三勢吉の性根は、おのれの野心をほしいままにする強欲ならず者だと聞いた。自分の縄張りの賭場やら女郎屋に、町方の手入れが入らないようにするため、御用を務める目明しになった。しかし、三勢吉が又左に指図したのは間違いないが、それを明かす証拠はないのだ」

「なんてあくどいやつだ。御用聞の風上におけねえ。そんな野郎が町方の御用聞を務めるなんて、大坂の町方はどうかしてるんじゃねえんですか。文六《ぶんろく》親分が聞いたら、頭から湯気を出しやすぜ」

「本途《ほんと》にそうよ。又左は許せないけど、三勢吉はもっと許せないわ」

「なあ、良一郎。おめえもそう思うだろう」

「うん、思うさ。だけど、市兵衛さん。目明しの三勢吉を雇ったのが、島崎藩の蔵屋敷の御留守居役に、御勘定方とか御蔵方とか、蔵元の大串屋の番頭らなんでしょう。みんなお偉方じゃねえですか。お偉方同士が仲間を作り、こっそり堂島米市場の帳合米取引とかの博奕みてえな取引に手を出し、大損を出した分を、空米切手を落札させて蔵屋敷の損につけ替えた。その挙句に、豊一さんが蔵の中であんな目に遭わされ、下手人の又左も消された。悪巧みを廻《めぐ》らした張本人が、そのお偉方らだと、そこまでわかっていて、なんで放っておかれるんですか」

「わかってはいても、三勢吉の場合と同じく、蔵役人らが悪巧みを廻らせた張本人だと明かす証拠がないのです」

市兵衛は良一郎より、お恒に向いて言った。

お恒はため息を吐《つ》いただけで、物思いに耽《ふけ》っているかのようだった。

「市兵衛さん、昨日、お恒さんの店と、おれたちの店まで家探しして見つからなかった物が、豊一さんが蔵屋敷から持ち出した、やつらの悪巧みを明かす証拠なんですよね」

良一郎が言った。

「見てみないとわからないが、そうだと思う。栗野さんは、豊一さんが持ち出したのは、帳簿ではないかと言っていた。裏帳簿のような……」

「裏帳簿か」

若い三人は、思案に暮れて沈黙した。

「お恒さん、証拠があれば、東町奉行所の栗野さんは、仮令《たとえ》、どこの蔵屋敷のお偉方であろうと、この大坂にのさばらしてはおかないと言いました。証拠さえあれば、豊一さんの無念は晴らせます」

すると、お恒は眉をひそめていた表情を穏やかにして、市兵衛に頷きかけた。

「市兵衛さん、たった一日でそこまで調べてもろて、おおきに。豊一の災難が、誰かの恨みを買ってとか、他人と諍《いさか》いになってとかではないとわかって、せめてもやと、気持ちがうんと楽になりました。お母ちゃん、わかってくれたかと、あの子が言うてるような気がします。これがあの子の定めやったと、やっと受け入れられる気分だす」

お恒の目が潤んでいた。行灯の明かりが、それを光の粒のように映した。

市兵衛は、さり気なく聞いた。

「お恒さん、豊一さんは親孝行な倅だったのですね」

「ひとり暮らしのわての身を気遣うて、大串屋さんのお許しが出たら、お母ちゃんの部屋もある広い裏店を借りて、一緒に住むんやで、と言うてくれました。豊一が所帯を持ち、子ができて、孫の世話をしたり遊んだり、とあれこれ考えて楽しみに思えて……」

「親孝行な豊一さんは、お恒さんを心配させないようにと、気遣っていたでしょうね。蔵屋敷の仕事は、何も聞かされていなかったのでしたね」

お恒は、目を潤ませつつも、笑みを浮かべた。

「仕事の話は、聞いてまへん。この店が家探しされて、豊一が蔵屋敷のお勤めにかかり合いのある、大事な物を持ってたんかいな、どこの誰かも知らんあの男らが、こんな粗末な狭い店に押しかけて滅茶滅茶《めちゃめちゃ》にして、市兵衛さんらの店まで荒し廻って探してた余ほど大事な物を、あの子はきっと、わけがあって誰にも知られん場所に隠したんかいなと、やっと気づかされました」

「豊一さんの幼馴染《なじ》みとか、気がおけない古い友とか、そういう親しい交わりを結んでいる人はいませんか」

お恒は、首を少しかしげて考える間をおいた。それから座を立ち、部屋の一角の小簞笥の抽斗《ひきだし》から、桐油紙《とうゆがみ》でくるんだ物をとり出した。

そうだったのか……

咄嗟《とっさ》に、市兵衛は察した。

若い三人に声はなく、お恒から目を離さなかった。

お恒は車座に戻り、市兵衛の膝の前に桐油紙の小さな包みをおいた。

「これが、豊一の持ってた大事な物かどうか、知りまへん。もしもこれが、自分の命にかかわるほど大事な物で、隠しておかなあかんのやったら、豊一なら、親の住む店のどこかに隠してるはずやと、思いました」

桐油紙のくるみを解き、ひと綴《つづ》りの帳面を出した。表紙の、《手仕舞帳》と記した文字が読めた。

「てし……ち……」

富平が帳面の字を読んで、首をひねった。

「てじまいちょう、と読むんだ。手仕舞い、たぶん、帳合米取引の決済の事情が記されているのだろう」

帳面をめくると、最初の紙面は《文政六年一月八日　四月限市》と始まっていた。栗野が言っていた、一昨年の堂島米市場の春市に違いなかった。さし値の帳合米取引を、筑後蔵の蔵役人が始めた。

「市兵衛さん、これなんですか、物騒なやつらが家探しして探し廻った物は」

富平が、また目を丸くして言った。

小春と良一郎が、市兵衛を凝《じ》っと見守っている。

そのようだ、と市兵衛は呟き、やおら、お恒へ向いた。

「お恒さん、これはどこにあったのですか」

「そこの壁に、隙間があるんだす」

お恒は、店の裏手の引き違いの障子戸と濡《ぬ》れ縁《えん》のある壁を指した。

市兵衛は昨日、夕方のほの暗い濡れ縁のそばに、お恒が小首をかしげて坐りこみ、途方に暮れていたのを思い出した。

昨日お恒は、指差したあたりの壁に、肩を凭《もた》せかけていた。

「豊一がまだ子供のころに地震があって、ぼろ家やから、ちょっと傾いてできた隙間だす。雨が入らんように、普段は板で蓋をしてますから、外から見ても、わてと豊一と娘の、住んでるもんしか隙間ができてるとは知りまへん。豊一と娘が子供のとき、自分らだけの宝物を隠すときに、そこに隠してました。夕べ夜中に、ふと、それを思い出して、ひょっとしてと思ったんだす。行灯をつけて、板をとって見たら、隙間の間に差し入れた桐油紙のくるみが見えました。豊一が隠した物と思います」

「じゃあ、小春、おめえも知ってたのかい」

良一郎が小春に言った。

えっ、と小春は良一郎を見て、ちょっと決まり悪げに首を左右にふった。

市兵衛と富平が、こおろぎ長屋の店で一緒に暮らすようになってから、市兵衛ら男三人は、路地を挟んだ向かいの店に寝起きし、小春はお恒の店で、お恒の娘のように寝起きしていた。

「小春は、気持ちよさそうに寝てたよ。音をたてんように気をつけたけど、ちょっとやそっとでは、目を覚ましそうになかったから」

富平がにやにやして、良一郎の脇を肘で小突いた。

「わてには、何が書いてあるのか、ちんぷんかんだす。今朝、市兵衛さんに見てもらおうかと思いましたけど、これのために家探しまでされたんやったら、市兵衛さんや小春らをもっと恐い目に遭わせてしまうかもしれまへん。それで、自分で何ができるか、考えてたんだす」

「そうでしたか。お恒さん、これを、借りてもかまいませんか。読ませてください。これがもし、豊一さんをなき者にした者らの巧《たくら》みを暴く証拠になるなら、町奉行所へ訴えが出せます」

「市兵衛さん、お願いしてもかまいまへんか」

「お恒さん、大丈夫よ。市兵衛さんにお任せしてれば、きっと上手くいく」

小春が言って、そうだそうだ、と富平と良一郎が相槌を打った。

「有耶無耶《うやむや》には、させません」

「おおきに、市兵衛さん。あんたらも、おおきに。これで豊一の無念やら心残りが晴らせるのやったら、あの子も迷わず、成仏してくれます」

お恒は合掌《がっしょう》し、豊一の冥福を祈るように言った。


夜が更《ふ》けるにつれ、北西からの冷たい風が吹き出し、細かい雨になり、雨はおろぎ長屋の粗末な板葺屋根に降りかかって、風は屋根裏の梁《はり》を軋《きし》ませた。夜が更けて、春の終りとは思えないような冷えこみがおりた。

その夜、七ツ（午前四時頃）前の一番鶏《どり》の鳴き声が遠くの町家の静寂を破るころまで、市兵衛は板間の竈《かまど》のそばで、《手仕舞帳》の紙面を繰った。竈には小さくゆれる火を絶やさず、土瓶をかけて湯気をゆるゆるとのぼらせ、暖をとった。

富平と良一郎は、市兵衛さんひとりに押しつけるわけにはいかねえ、あっしらだって眠っていられませんよ、と四ツ半（午後十一時頃）ごろまでは起きていた。

しかし、九ツ（午前零時《れい》頃）前には、二人は四畳半の布団《ふとん》にもぐりこみ、たちまち調子をとり合うように、健《すこ》やかな寝息をたて始めたのだった。

市兵衛は、《手仕舞帳》を読み始めてすぐに、これが堂島米市場で帳合米取引を行った米仲買の成立した約定を、米方両替が集計算出する十日ごとの詳細な経過だとわかった。

帳合米取引では、米仲買は十日ごとの消合日《けしあいび》に、成立した取引の相殺《そうさい》を米方両替の消合場で集計し、損益を算出する決まりになっていた。

帳面には、市場の始まった当日から次の消合日までの十日間で、米仲買の《摂《せっ》津屋河七《つやかわしち》》が、立物米《たてものまい》と記したひとつの銘柄の売りと買いを繰りかえして、相殺して手仕舞いになった取引や、次の消合日までの十日、また次の十日と続く、取引の成立している子細が記されていた。

摂津屋河七は、島崎藩の蔵役人らの帳合米取引を請け負った米仲買人に違いなかった。堂島米市場の仲買人仲間の株がなければ、正米であれ帳合米であれ、堂島米市場の取引はできなかった。

帳合米取引は、限市の満期日までには、売りと買いを必ず同量にしなければならない。安く買って高く売る、高く売って安く買う、その取引を期間内に繰りかえせば、価格差の益銀を手にでき、読みがはずれて逆の取引になれば、損銀を満期日までに清算しなければならない。

それが手仕舞いである。

取引の総石数、立物米に選ばれた銘柄の肥後《ひご》米、取引の成立日、額面、摂津屋河七と取引相手の米仲買の名、算出した米方両替の名、消合日から消合日までの十日間の取引ごとに、右上の頭に通し番号が、壱、弐、参……と読める。

春夏冬の三期の限市ごとに、帳合米取引の立物米に選ばれる銘柄は、ほぼ決まっていて、筑前《ちくぜん》、肥後《ひご》、中国《ちゆうごく》、広島《ひろしま》の四銘柄で、《四蔵》とよばれている。ただ、古米限市の夏市には、加賀《かが》米や米子《よなご》米が選ばれることもあった。

いずれも、大坂の蔵屋敷に安定して一定量の蔵米が廻送され、廻し俵（内容検査）が厳格な銘柄で評判だった。

米相場は、正米取引と帳合米取引が連動しており、大きな価格差になることはない。大よそ、一石銀六十匁《もんめ》（公定レート金一両）あたりを挟《はさ》んで、値下がり値上がりを繰りかえしていた。ただし、取引された米が町家の米屋で売られるときは、二倍以上の値段になる。米一升の値段は、八十数文から九十文ほどである。

一石六十匁の米を買い、六十匁五分に値上がりしたときに売り抜けば、五分が益銀になる。しかし、帳合米取引は百石以上と決まっていた。一石六十匁を百石で六千匁が、五分の値上がりなら五十匁ほどの差益になる。

米仲買の口銭は売りであれ買いであれ、取引ごとに百石につき銀二匁五分である。

百石の買いと売りの二回で、口銭は五匁。つまり、差益は四十五匁である。

銀六千匁の取引で、口銭を引いた銀四十五匁の儲けでは、大した儲けではない。公定の銀の相場は、六十匁が一両である。

最小の百石か、せいぜい二、三百石の少量の取引を繰りかえし、わずかな差益を重ねていく安定した取引もできなくはないが、実際は、《毎日数十万俵の売り買い》と言われるほど、帳合米取引は行われていた。四斗俵が十万俵で四万石、一万石以上が大名である。

消合日までの十日の取引の終りに、帳面には指定の《さし値》が記してあり、取引は売りから始まっていた。辛抱強く売りを千石まで続けたが、値がさし値の額に下がらず、買い戻しの手仕舞いは次の消合日に持ち越された。

売りの総額と買いの手仕舞いにいたらなかった経緯が明記され、三つの印が捺《お》してあった。おそらく、承認印と思われた。

同じ売りが一月から二月中旬の消合日まで続き、いく人かの米仲買相手への売りの約定成立が九回で、二千五百石に達し、口銭は百二十五匁だった。

相場は買い戻しの指定のさし値に下がるどころか、わずかな上がり下がりを繰りかえしつつ、米子米の廻送船《かいそう》が一部、海難に遭った報せ《しら》などが入って、むしろ上がりぎみで、買い戻しの集計額はふくらむ一方だった。

帳面には、損銀を承知でこれまでの分を一旦買い戻して手仕舞いにし、満期日までの二月下旬と三月四月の取引で、さし値を変えて損銀の回復を図る米仲買・摂津屋河七の提言も記されていた。

しかし、売りから始まった取引は、さし値が高めに修正されただけで、手仕舞いにならず、四月二十七日の四月満期日を迎え、三千石の買い戻しの損銀が、一石につき七分の損と、摂津屋河七の三十八回の取引の口銭を合わせて、二千百九十五匁になっていた。

米方両替の手数料は、摂津屋河七の負担になっていた。

その損銀が、島崎藩蔵屋敷の館入り与力、名代、蔵元、医師、島崎藩と由緒を持つ寺僧の応接の経費につけ替えられている実状も、余さず記されていた。

損銀を埋めるために、明らかに空米切手をふり出したのは、夏の古米限市の満期日が近づいた十月初旬だった。夏市の立物米は加賀米だった。

さし値は、収穫の前の米の値上がりを読んで高値を指定し、取引は買いから入った。春市の損銀をとり戻し、一気に益銀を狙った。

だが、加賀米の廻送が続き、また米子米の廻送も順調なうえに、諸国の米の収穫も豊作の報せが入り、夏市には珍しく相場は大幅に下落した。

満期日までに、手仕舞帳に記された損銀は数十貫に達していた。

帳合米取引は正米が取引されるのではなく、思惑だけが取引されるのだが、正米の相場がその思惑を左右した。

米の入札は四斗俵五千俵で、落札額は値下がりした相場の一石五十六匁前後になり、銀百十二貫であった。

落札された米切手と照合する勘定方の、割印や落札者名や俵数の内わけや個々の金額を記した正式の帳簿ではなく、総額のみを記しているにもかかわらず、そこにもやはり、三つの印が捺してあった。

殆どが、帳合米取引の損銀の穴埋めとそれぞれの蔵役人の懐に消えた、と思われた。

それから、手仕舞帳は文政六年（一八二三）の冬市、明けて文政七年（一八二四）の春市、閏《うるう》八月を入れた夏市、そしてまた冬市まで、詳細に記されていた。

帳合米取引は損銀をふくらませる一方で、満期日の前後に行われた空米切手の入札のほかに、国元より蔵米が廻送されて入札が行われた折りに、正米の米切手分に空米切手分を上乗せしてまぎれこませた手口も、手仕舞帳を丹念に調べればわかった。

市兵衛は、十日間の消合日ごと、春夏冬、三期の限市の満期日ごとの損益、のみならず、損銀を埋めるための空米切手の落札額を、懐中そろばんをおいてすべて確かめていった。

雨まじりの風が、こおろぎ長屋の路地にうなっていた。長屋の梁が軋み、竈の小さな火が慄《おのの》くかのようにゆれ、雨垂れの音はつきなかった。

四畳半の富平と良一郎の寝息は、だいぶ静かになって、それでも心地よげにまだ続いていた。彼方の町の、一番鶏の急を報せるようなけたたましい鳴き声が、雨風の中に聞こえた。市兵衛はそろばんの手を止め、もうそんな刻限か……

と、雨風の鳴る屋根裏へ目を泳がせた。

豊一は、知ってか知らずか、栗野がお偉方と言っていた蔵役人の、帳合米取引に加担させられていた。

おそらく、十日に一度の消合日に堂島会所の消合場に赴き、摂津屋河七の取引の詳細を記述しておくようにと、蔵役人から命じられていたのだろう。

豊一は、命じられるままに、続けてよいのだろうか、今に大きな取り付け騒ぎが起こって、これが表沙汰になって、蔵役人のみならず、自分も咎めを受けるかもしれないと、恐れたのだろう。

そうなったら、大串屋の勤めも失うかもしれなかった。

この手仕舞帳を隠したのは、蔵役人らの不正の証拠を残しておくためだったとも考えられた。

市兵衛は、そろばんを懐へ差し入れ、手仕舞帳を閉じた。

竈の火がゆれ、行灯の明かりが届かない暗い屋根裏の梁が軋み、まるで夜の吐息のように、雨風のうなりが続いていた。

七

風の音で、市兵衛は目が覚めた。

風に打たれて震えている白い障子戸から、隙間風が吹きこんでいた。富平と良一郎はとっくに起きているらしく、部屋の一角の枕屏風《びょうぶ》の陰に、二人の布団が重ねてあった。

枕元に二刀を寝かせ、手仕舞帳を二刀に並べていた。

起きて布団を畳み、土間へ降りて、桶《おけ》に水瓶《みずがめ》の水を汲《く》んだ。諸肌脱《もろはだぬ》ぎになって、顔を洗い、濡れた手拭で身体をぬぐい、寝足りない気分をさっぱりさせた。

明かりとりの格子窓を、路地を吹き抜ける風が叩《たた》いていた。昨夜の雨は、止んでいた。しかし、灰色の高曇りの空に、風だけがまだうなっていた。

板間に薄布を覆った朝飯の膳とお櫃《ひつ》が、並べてあった。

小春が支度をしてくれたのだろう。小春は働き者だった。お恒の店で寝起きしながら、お恒に裁縫を習いつつ、お恒の家事を手伝い、市兵衛ら三人の朝夕の飯の支度もやった。

竈の火は、薪《まき》が白い灰になって、灰の中のわずかな燃え残りが、赤い小さな炎をのぞかせていた。

富平と良一郎はどこかへ出かけているのか、姿が見えなかった。路地を隔てた向かいのお恒の店も、腰高障子を閉じて、小春やお恒の姿は見えなかった。

ただ、近所で遊ぶ幼い子供たちの声が、風の中に聞こえていた。

「みな、出かけたか」

市兵衛は呟き、少し物足りなく感じた。

総髪の髷を結い直し、着物を着替えた。遅い朝飯を済ませ、膳を片づけると、四畳半に端座し、豊一の残した手仕舞帳を開いた。

これからどのように事を運ぶか、お恒と打ち合わせねば、と考えた。

お恒は、殺害された豊一の一件のお調べ願いを、改めて町奉行所に出すことになるだろう。まずは、朴念の力をまた借りて町方の栗野敏助にこれを見せ……

と、思案を廻らしたときだった。

路地に向いた腰高障子を、一尺《しゃく》（約三〇センチ）少々、明けたままにしていた。そこへ佇《たたず》んだ人の気配が、市兵衛の視界の片隅にあるかないかの影を差したのだった。

路地のどぶ板の音は、聞こえなかった。戸口に人影が差すまで気づかなかったことを、迂闊《うかつ》な、と市兵衛は思った。

一尺少々の隙間に、人の顔が見えた。大きく見開いた目が、まばたきもせず、四畳半の市兵衛へ凝っとそそがれていた。両刀を帯びた、侍の扮装《ふんそう》だった。背が高く、痩軀《そうく》の上体を低い軒下に折り曲げるようにかがめていた。

色白の、冷たく整った顔だちはわかった。若い、見知らぬ侍だった。

誰だ。

市兵衛は、戸口の侍を凝っと見つめかえした。侍も市兵衛も動かなかった。異様に張りつめた気配が伝わってきた。

やおら、市兵衛は刀を腰に帯びた。帳面を行李《こうり》に仕舞《しま》い、再び戸口へ向いたとき、侍の姿は消えていた。

板間から土間へおりた。

腰高障子を引き開け、路地へ出た。昨夜の雨で路地はぬかるみ、どぶ板が泥で汚れていた。束ねた総髪の後れ毛に、湿った風が吹きつけた。

こおろぎ長屋の路地へ入る手前に、一間《けん》（約一・八メートル）幅ほどのどぶ川がよどんで、手摺《てすり》もない板橋が架けられていた。

深編笠をかぶった長身痩軀の侍が、板橋を渡りかけたところで立ち止まり、路地に出た市兵衛へふりかえった。侍は、搗色《かちいろ》の着衣へ袖なしの革羽織って、柴色《ふしいろ》の細袴《ほそばかま》を黒の脛巾《はばき》で絞った黒足袋草鞋《くろたびわらじ》に拵《こしら》えていた。

吹きつける風に搗色の袖が震えて、腰に帯びた黒鞘の、長身に見合った長い大小が、高曇りの空の下にも艶やかに光っていた。

板橋の向こうに、これは菅笠をかぶり、脛巾で絞った青鼠《あおねず》の袴に黒鞘の二刀を差した供らしき侍が、背に小行李の荷をかついで、板橋に佇んだ主《あるじ》へ向き直り、見守っていた。

しかし、侍は長くは佇んでいなかった。

吹きつける風に舞うように踵《きびす》をかえし、板橋を渡った。深編笠の主に従う供侍は、こおろぎ長屋の路地に立った市兵衛へ一瞥を寄こし、悠然と主に従い、町家の先へ主ともども姿を消した。

市兵衛は緊張を解き、吐息をもらした。

ふと、そうか、人違いではない、と市兵衛は気づいた。

用があって訪ねてきたのでもない。見にきたのだ。唐木市兵衛がどのような者か、どれほどの者かを確かめにきたのだ。

主従が消えた道の向こうから、ずんぐりした小兵の富平と、若竹のように痩せっぽちで背の高い良一郎が、わいわい言い交し、屈託のない笑い声をたてて、ぬかるみ道を戻ってくるのが見えた。

着物を尻端折《しりはしょ》りにして、膝下の素足《すあし》を剝《む》き出しにしていた。

こおろぎ長屋の路地に立つ市兵衛を見つけ、二人は元気に手をふった。

ぬかるみ道を気にせず小走りになって、板橋を渡り路地のどぶ板を鳴らした。

「市兵衛さん、お目覚めでしたか。珍しく、市兵衛さんがあっしらにも気づかずぐっすりと寝てたんで、起こしませんでした」

「市兵衛さん、あっしらいつの間にか寝ちまったけど、昨日の夜は遅くまで起きてたんですね」

「だって、眠くてさ」

「そうだよな。我慢できなくて、つい、な」

富平と良一郎は言い合い、ばつの悪そうな苦笑いを投げ合った。

「外が白み始めるころまで、起きていた。途中でやめられなかった。不覚にも、富平と良一郎が起きたのも気づかず、寝入っていたんだな」

市兵衛は、にっこりとした。

「小春が、朝飯の支度ができても市兵衛さんが起きてこないんで、へえっ、て妙に感心してました」

「で、市兵衛さん。あの、なんとか帳ってえのは、役にたちそうですかい。お恒さんは、豊一さんの仇《かたき》を討てますかね」

「事情が明らかになって、お恒さんは、豊一さんの菩提《ぼだい》を心安らかに弔えるだろう。それがお恒さんの仇討になるかどうかは、わからないが」

「よし、やった。これで豊一さんも浮かばれやすね」

「お恒さんと小春は、出かけたのか」

市兵衛は、表戸を閉じたお恒の店へ向いた。

「橘 通り《たちばなどお》の五丁目のお店へ、縫いあげた着物を届けにいったんです。一昨日のことがあるんで、用心に五丁目のお店までついていったんですけどね。届け先のおかみさんとお恒さんと小春が、長話になっちまったんです。小春が、昼までに帰るから先に帰っていいよって言うもんだから、二人一緒だし、真っ昼間だし、まあいいかって帰ってきました」

なあ、というふうに富平が良一郎に頷きかけた。そうだね、と風に吹かれたように良一郎は頷いた。

「市兵衛さんは、路地に突っ立って、何をしてたんですか」

「なんでもない。たまたま外へ出たら、おまえたちが楽しそうな様子で戻ってくるのが見えたのでな」

市兵衛は店に入り、富平と良一郎が市兵衛に続いた。

「雨は上がったけど、妙に冷ゃっこい風が吹いて、すっきりしねえぜ」

「しねえな。もう春が終るのに、じとじとして、変なお天気だ」

「なんだか、江戸の春が懐かしいな。市兵衛さん、いつ江戸へ帰るんですか」

富平が、ちくりと江戸を懐かしがった。

四畳半に戻り、手仕舞帳をとり出して、紙面をめくり始めた。

「小春次第だな。無理やり引き摺《ず》ってでも、というわけにはいかない。富平は江戸が恋しくなってきたかい」

「大坂は面白いんですけどね。文六親分が、富平と良一郎は何をしていやがるんだと、おかんむりでしょうね。良一郎、おめえ、小春に訊けよ。小春お嬢さま、いつごろ江戸にお戻りでっかってよ」

「やめろよ、兄き。小春はあんな顔して、案外頑固《がんこ》なんだから。まだよって、ひと言、言われて終りさ」

三人は顔を見合わせて、高笑いをあげた。

ところが、昼前に戻ってくると言っていた小春とお恒は、昼をすぎても戻ってこなかった。

富平と良一郎は、市兵衛が手仕舞帳をめくるのを傍らからのぞいて、あれこれ訊ねていたが、そのうち二人とも寝転がって、寝息をたて始めた。

じつは、市兵衛も少しうたた寝をした。

目覚めたときは、昼を廻っていた。相変わらず外は風で、向かいのお恒の店の腰高障子を空《むな》しく叩いていた。

小春とお恒は、まだ戻ってきていないようだった。

「市兵衛さん、小春たちはまだもどってきていねえんですか」

良一郎が起き出し、欠伸をひとつして言った。

「まだのようだ。昼はわたしがうどんを作ろう。昨日、天満の夫婦町でうどんを食った。とても美味かった。うどんが食いたくなった」

「そいつは楽しみですね」

言いながら、良一郎は小春とお恒がまだ戻っていないことを気にして、向かいのお恒の店をのぞきにいった。やはり、小春とお恒は戻っていなかった。

「戻ってきてねえな。向こうで、昼飯をよばれてんのかな」

市兵衛も気になった。

「良一郎、ひとっ走り、橘通りの店へいって、確かめてきてくれ。小春とお恒さんが、向こうで昼をよばれてまだ話しこんでるなら、そのまま戻ってくればいい。その間にうどんを作っておく」

「そうですね。ひとっ走り、いってきやす」

そこへ富平も目覚めて、小春とお恒が戻っていない事情を聞き、「おれもいくぜ」と、良一郎と一緒に飛び出していった。

二人がどぶ板を鳴らして駆け去り、再びどぶ板を鳴らして駆け戻ってくるまでに、四半刻もかからなかった。良一郎が勢いよく飛びこんできて、

「市兵衛さん、た、大変だ」

と、大声で言った。

さっきまで炎をゆらしていた竈の火は、薪が灰になって、余熱を残すだけで消えていた。竈にかけた鍋が、出汁《だし》の効いた香しい匂いを、ゆるゆるとたちのぼら

せていた。

　市兵衛は、板間に坐って腕組みをし、富平と良一郎は、板間のあがり框《かまち》に腰かけては、凝っと坐っていられず立ちあがり、土間をうろついたり、路地に出たりと落ち着かない様子だった。

　長屋の住人が路地を通りかかるたびに、二人は慌てて飛び出したが、小春とお恒ではないので肩を落とした。

「い、市兵衛さん、どうしたんでしょうね」

　良一郎がそわそわして言った。

　市兵衛は、ふむ、としかこたえられなかった。

「おれの所為《せい》だ。小春の身になんかあったら、どうしよう。小春が先に帰ってと言ったとき、じゃあそうしようかって、おれが言ったばっかりに……」

　あがり框に浅く腰かけた富平が、頭を抱えた。

「誰の所為なんて、そんなことどうでもいいよ」

　良一郎は土間にかがみこんで、折り曲げるように頭《こうべ》を垂れた。

　小春とお恒は橋通り五丁目の店を、昼のずっと前に出ていた。五丁目の店のおかみさんは、

「二人して呉服屋へでも寄ってはるのと、違いまっか。生地の話をずっとしてはったから。そのうちに戻ってきやはるよ」

と、のどかに言ったのだった。

その足音は、三つだった。風の中に、どぶ川に架けた板橋からこおろぎ長屋の路地に入ってきたときから、三つの足音は聞こえていた。

市兵衛は立ちあがり、刀を腰に帯びて路地におりた。富平と良一郎が市兵衛を見あげた。

表戸の腰高障子を引いたのは、市兵衛だった。

戸口に立った三人は、自分らが引き開けようとした表戸を先に勢いよく引かれ、吃驚《びっくり》した顔つきをそろえた。

「お、おどれ、かか、唐木市兵衛け」

三人の真ん中の、頬骨の高い大柄な男が言った。左右の男たちが、怯《ひる》みながらも市兵衛を睨みつけた。富平と良一郎が市兵衛の後ろから並びかけると、三人は訝《いぶか》しむような険しい目つきを、富平と良一郎に投げつけた。

「な、なんやねん、おどれら」

「てめえこそ、何もんでい」

富平が、威勢よく江戸言葉で言いかえした。

「引っこんどれ。さんぴんの手下に用はないんじゃ」

「間抜け。ここはあっしらの店だぜ。引っこんでほしいなら、てめえがさっさと引っこみやがれ」

富平は負けていなかった。

大柄な男が小柄な富平を見おろし、ちっ、ちっ、と舌を鳴らした。

「用件を聞こう」

市兵衛が言った。

「さんぴん、おどれは豊一の隠してた大事な帳面を持っとるそうやな。手仕舞帳と言うんじゃ」

「持っている。それがどうした」

「あれは他人《ひと》のもんじゃ。豊一が他人をちょろまかして、勝手に持っていきよった。そやから、かえしてもらうで」

「他人の物？　他人とは誰だ。天満の三勢吉か。それとも島崎藩蔵屋敷の蔵役人らか。おまえは誰だ。おまえが天満の三勢吉か。いや、違うな。おまえは三勢吉の手下だな。手仕舞帳に何が書いてあるかも知らぬ、ただの使いだな」

「舐《な》めたことを抜かしやがって、おどれ……」

「用はそれだけか」

市兵衛がはぐらかすように言うと、男の目が酷薄そうな怒りに燃えた。

「ばばあと小娘を預かっとんのや。無事にかえしてほしかったら、さんぴんが手仕舞帳を持ってこい。ばばあと小娘の交換じゃ。ええか」

「てめえっ」

良一郎がいきりたって言ったが、

「さんぴんに話しとるんじゃ。がきは口出すな」

と、男のどすのきいた声が、良一郎を頭ごなしに押さえつけた。

「場所は」

市兵衛は言った。

「曽根崎村に露天神《つゆのてんじん》がある。そこから北野村へ野道を道なりにいったら、村はずれの野中に権現松《ごんげんまつ》が見える。見たら、あれやとじきにわかる。権現松が見えるとこに、茅葺《かやぶき》屋根の鶯垣《うぐいすがき》に囲われた店がある。そこじゃ。一軒家やから、そこら辺まできたら、阿呆《あほ》でも間違わへん。今日の六ツまでに持ってこい。ちゃっちゃと交換を済ます。けど、言うとくぞ。必ず、さんぴんがひとりで持ってこい。

夕六ツやぞ。ちょっとでも遅れたら、交換はなしじゃ。ばばあと小娘は仕舞いじゃ。そう思え」

「使いの者。おまえは何もわかっていないのだな。豊一が隠した手仕舞帳は、おまえたちを雇っている島崎藩の蔵役人の、不正を明かす証拠だ。手仕舞帳が表沙汰になれば、蔵役人らは必ず厳しい咎めを受けることになるだろう。咎めはおまえの親分の三勢吉ばかりか、おまえたちにも及ぶ。すなわち、この交換が成らなければ、破滅するのはおまえらなのだ。こちらが言うておく。手仕舞帳は必ず持っていく。ただし、お恒と小春にかすり疵《きず》ひとつでもつけたら、この交換はなしだ。わたしはおまえたちを斬り捨てる。権現松の見える一軒家は、おまえたちの墓場になるだろう。誰ひとり容赦せん。覚悟しておけ」

市兵衛の激しい言葉に、三人は一瞬、ぎょっとした。たじろぎを見せ、こおろぎ長屋に吹きつける風が、三人ののびた月代を震わせた。

長屋の住人の姿は、路地になかった。風のうなりのほかに、ささやかな日々の暮らしの物音も人の声も、路地には聞こえなかった。

八

夕方になり、風が止んだ。

高曇りの雲がきれ、昼の名残りの青空が見えた。西の空に残った雲間から、茜《あかね》色の夕日が射し、北野村の野を耀《かがや》かし始めた。

巣から出てきた鳥たちが夕空を飛翔し、歌い騒ぐ声が聞こえた。

ゆるやかな起伏を重ねた野面《のづら》の彼方に、夕空へのびあがった権現松が、すでに見えていた。

市兵衛が前をいき、富平と良一郎は、顔をこわばらせて続いていた。

市兵衛は紺の引廻し合羽に菅笠をかぶり、薄茶色の無地に桑色《くわいろ》の細袴、黒足袋に草鞋の旅姿だった。富平は、千筋縞《ちすじしま》の袷《あわせ》を尻端折りに黒股引の黒足袋草鞋、良一郎も苔《こけ》色の無地を尻端折りにやはり黒股引に黒足袋草鞋で、ともに菅笠をかぶり、縞の合羽をまとって、市兵衛と同じ旅姿に拵えていた。

市兵衛は二刀を帯び、富平と良一郎は道中差で備えていた。

野面の彼方に集落や、土塀を廻らせた寺院も散在していたが、権現松の近くの農家らしき店は、一軒だけだった。道やなぎや蓼《たで》の野草が、道端ににおうずっと先に、一軒家の茅葺の切妻屋根と庭を囲う鶯垣が見えていた。

風が収まったばかりの夕方の野には、農民らの通りかかりもなかった。

「富平、良一郎、あれだ」

と、市兵衛は一軒家へいたる分かれ道へ折れた。

富平と良一郎は、自分たちもいくと言って譲らなかった。

「こんなことになったのは、あっしらの所為なんです。ここで、ただ市兵衛さんたちが無事に戻ってくるのを待ってなんか、いられませんよ。あっしらもいきやす。連れていってくだせえ」

「あっしらにも、手伝わせてくだせえ」

市兵衛がどんなに止めても、二人は勝手についてくるのに違いなかった。どうせついてくるなら、二人と力を合わせたほうがいい。旅姿に拵えたのは、富平と良一郎が道中差を帯びていても、見咎められないためだった。

途中の《御刀屋　御道具屋》で、二人の道中差を手に入れた。

「斬るためではない。斬り合いになるとは限らないが、何があるかわからない。何があっても、二人で助け合って、身を護《まも》るために使うのだ。わたしがいくまで自分の身を護り、ときを稼げ」

「ま、任せてくだせえ。市兵衛さんの指図どおりにやって見せやす」

富平と良一郎は、血気盛んな様子を見せた。

三人の菅笠が鶯垣に沿って、細道をたどった。やがて、鶯垣の途ぎれたところに出た。門や木戸はなく、三段ほどの石段をあがって庭へ入ることができた。

庭の隅に、朽ちかけた土蔵が傾いていた。傾いた土蔵のずっと先に、権現松が見えていた。

農家は、今は使われていない空家のような荒廃した気配で、草生《くさむ》した庭を赤い夕陽の残り日が照らしていた。主屋は、庭側の板戸がすべて閉じられていて、庇《ひさし》下の腰高障子だけが半開きになって、屋内の暗みが口を開けていた。

市兵衛ら三人が庇下へとゆくと、障子の破れた表戸が乱暴に引かれ、長どすを帯に差し、尻端折りの膝頭から下の毛深い臑《すね》を剝き出した男が、前かがみの卑屈な恰好《かっこう》を戸前に表わした。

「なんやねん。さんぴんひとりやなかったんけ」

男がぞんざいに投げつけた。

「ひとりと言ったのはそちらだ。手仕舞帳は必ず持っていくと言ったのだ。約束した通り、手仕舞帳を持ってきた。そちらが勝手にどう思おうと、知ったことではない。それとも、こちらが三人なら都合が悪いか」

　市兵衛は、男が目に入らぬかのように、歩みを止めなかった。

　男は市兵衛に気おされ、後退《あとずさ》りした。咄嗟に身をひるがえし、表戸が開いたままの屋内へ逃げこんだ。

「きよった。きよったで」

　男の喚《わめ》き声が、開いた暗みから聞こえた。

　市兵衛は表戸をくぐり、富平と良一郎が続いた。

　薄暗い内庭へ入ると、数人の男が、市兵衛ら三人を威嚇するように、険しい目つきを向けて待ちかまえていた。

　みな着物を尻端折りにして、腰に長どすを帯びている。

「さんぴん、ひとりでこいと言うたんが、聞こえへんかったんかい」

　こおろぎ長屋にきた、頰骨の高い大柄な兄き分だった。

　富平と良一郎が、紺縞の合羽を払い、道中差の柄《つか》に震える手をかけた。

「まだだ。慌てるな」

　市兵衛は兄き分を見つめたまま、声を低くして後ろの富平と良一郎を制した。

れてある。
「三勢吉を呼べ」
引廻し合羽を、さり気なく開いた。薄茶色の着物の前襟《えり》に、手仕舞帳が差し入
兄き分は、市兵衛の腰に帯びた二刀の、黒撚糸《くろねんし》の柄《つか》を見て顔をしかめた。
左右の男らへ、「油断すなよ」と低い声を投げた。左右の男らは、土間に草履《ぞうり》
を引き摺り、一、二歩退《ひ》いた。
そのとき、内庭に面した上手の寄付きに足音が乱れ、すぐに寄付きの戸がけ
たましく両開きに引き開けられた。
寄付きには八人の男がいた。
みな、長どすを手に下げたり腰に帯びていて、刺々《とげとげ》しい顔つきを内庭の市兵衛
と富平、良一郎に向けていた。
その男は、黒染めの着物に子持縞の羽織を着け、顎のいやに長い大柄だった。
片手に肩にかついだ長どすをつかみ、片手を着物の角帯のわきに差し入れた恰好
で、体重を片足にかけ、一方の足は怠《だる》そうに横へ差し出していた。
三勢吉だと、すぐにわかった。
三勢吉は、部厚い瞼《まぶた》の垂れた目を、市兵衛に凝っと向けてそらさず、尖《とが》った響

くような声を出した。

「われが、唐木市兵衛か。江戸の貧乏浪人が、えらそうやのう。しょうむないことに首を突っこみやがって」

「おまえが三勢吉か。おまえの噂を聞いていた。噂どおりの男だな」

市兵衛は平然と言いかえした。

「わいの噂を、聞いたんか。ふん、どんな噂じゃ」

「聞かないほうがいい。おまえのほしい物を持ってきた。二人をまず出せ」

三勢吉は突き出た唇をだらしなく歪《ゆが》め、しばしの沈黙をおいた。

「わいは別にどうでもええ。とり戻せというお偉方に頼まれたんじゃ。お偉方に頼まれたら、やらなしゃあないやろ。おまえなんかどうでもええのやけどな。女を見せたる。今のところは無事じゃ。あがれ。そっちのがきもこい」

三勢吉は市兵衛の返事も待たず、男らに囲まれて踵《きびす》をかえした。

「われら、いけいけ」

土間の兄き分が、荒々しく投げつけた。

「富平、良一郎、いくぞ」

「へい」

富平と良一郎が、甲高《かんだか》い引きつるような声をあげた。

寄付きの上の部屋から、三勢吉と男らが退《さが》っていった下の部屋へ通った。土間の男らが、三人の逃げ道をふさぐように寄付きの畳を軋ませた。

下の部屋は、三間取の横長の広間になっていた。

板戸はすべて閉ざされ、夜更けのような暗がりを、広間の一角に灯した、ただ一灯の行灯の火が、男たちのたむろする広間を、薄ぼんやりとした白みにくるんでいた。

三勢吉と周りを固めた七人の影が、行灯の明かりを背に壁のように横隊《おうたい》になって、市兵衛らへ向いていた。

男らの横隊の隙間から、広間の一角の行灯に照らされたお恒と小春が見えた。

お恒と小春は、荒縄で縛《いまし》められ、行灯の傍らにうな垂れて坐っていた。これも尻端折りの三人の男らが、二人を囲むように立ちはだかって見張っていた。

「小春っ」

良一郎が叫び、お恒と小春が顔をあげた。小春は良一郎を見つけ、白い顔を耀かせた。

「良一郎さん」

小春が呼びかえし、

「助けにきたぜ」

と、良一郎が再び叫んだ。

「お恒さん、市兵衛さんとあっしらがついてやすぜ。安心してくだせえ」

富平が続くと、広間の男らがどっと哄笑《こうしよう》した。

くそっ、と良一郎は合羽を肩へ跳ねあげ、道中差の柄をにぎった。

富平は、「てやんでい」と、寄付きにあがった四人へ向かって道中差の柄に手をかけ、身を低くして備えた。

「なんじゃ。がきは小娘の馴染みけ。この小娘やったら、よう稼ぎよるで。ばばあも、ばばあ好みの客がおるから、ちょっとは稼ぎよるがな」

三勢吉が戯言《ざれごと》を吐き捨て、左右の男らはにやにや笑いを垂れ流した。

市兵衛は、合羽をそよがせ、菅笠をわずかに持ちあげた。

「三勢吉、二人を解き放て。これがほしいのだろう」

市兵衛は、前襟に差し入れた手仕舞帳を抜いた。

「解き放て」

と、また言って差し出した。

「気やすう呼ぶな、呆《ぼ》け。解き放つかどうかは、中身を確かめてからじゃ。そこへおけや。おまえが持っとったら、中身がわからんやないけ」

三勢吉が肩にかついだ刀の鐺《こじり》で、男らの影が落ちている畳を差した。

「これは本物だ。だが、おまえが読んでも、何が書かれているのか、確かめられはしない。われらは、おまえのような平気で嘘をつき、人を侮《あなど》り、嘲《あざけ》り、愚弄《ぐろう》し、踏みにじるならず者とは違う。おまえたちを疵つけるつもりはない。だが、おまえたちの都合のよいようにはさせない。二度とは言わぬ。解き放つのが先だ。二人を解き放つ前にこれに触れた手は、斬り落とす。よいか」

三勢吉は顔を歪め、市兵衛を睨んだ。

「おどれ、承知せんぞ」

周りの男らが怒声を投げつけ、踏み出す気配を見せた。

市兵衛は手仕舞帳を差し出したまま、動かなかった。

しばしの沈黙が流れ、店の外を夥《おびただ》しい鳥の声が鳴きわたっていった。

「よっしゃ。おまえがそこへおいたら、二人を放したる。それでええやろ。おう、わかったな」

三勢吉は市兵衛から目を離さず、背後の見張りの男らへ喚いた。

「へい。おら立て。ぐずぐずすな」

男らがお恒と小春を、縛めたまま強引に立ちあがらせた。

「唐木、そこへおけ。早よおけ」

三勢吉が鐺で、広間の畳を苛だたしげに突いた。

市兵衛は、やおら、片膝づきになって、三勢吉との中ほどへ手仕舞帳を軽く投げた。三勢吉は、顔中を皺《しわ》だらけにしかめて笑った。

「それでええ」

三勢吉は刀をかつぎなおし、無造作に手仕舞帳へ近づき手をのばした。

「解き放て」

「中を見てからじゃ。そっちが先じゃ、阿呆んだら」

三勢吉は手仕舞帳をつかみ、また見張りの男らへ喚いた。

「ええか。女を放すな」

お恒と小春を縛めた縄尻を、見張りの男らが荒々しく引いた。

小春が小さな悲鳴をあげてよろける。

そのとき、市兵衛の手がわずかにそよいだかのように見えた。

三勢吉は気にしなかった。むしろにやにやした。

ただ、手仕舞帳をつかんだ三勢吉の腕を、冷たい隙間風がなでた。

うん？　隙間風か、と思った。

三勢吉は、眼前へ目を投げ、片膝立ちの市兵衛の抜刀した刀がわきへ静かに流れていき、合羽が隙間風にふわりと羽ばたいたのを見ただけだった。

三勢吉が、自分の身に起こった事態に気づいたのは、畳に落ちている手仕舞帳をつかんだ手首より先を見たときだった。

三勢吉は絶叫をあげた。

それから、恐ろしい痛苦《つうく》に貫かれた。しいしい、と音をたてて鮮血の噴き出る腕を抱え、けたたましい悲鳴を甲走らせた。

身体が勝手に歪んでいき、俵のように丸まり、上手の後ろ部屋の間仕切へ頭から突っこんだ。鴨居《かもい》からはずれた間仕切が、後ろ部屋に埃《ほこり》を舞いあげ倒れ、そこへ、三勢吉の身体が転がった。

痛い痛い、とのた打ち廻った。

「親分っ」

と、叫んだ男らが長どすを抜き放つ間を、市兵衛は与えなかった。

片膝立ちより身を躍らせ、真っ先に肉薄したひとりを左へ斬りあげた。

間髪《かんはつ》容《い》れず、右のひとりを袈裟懸《けさがけ》にして、瞬時の間に悲鳴をあげた二人を左右へ蹴散らした。

続いて、蹴散らした二人の後ろから打ちかかってきた男を、身体を畳んで菅笠をすれすれに胴抜きにきり抜けると、たちまち前方が開けた。

市兵衛は、一瞬もためらわず、行灯のそばのお恒と小春を見張っている三人へ突進した。

見張りの三人は、突進してくる市兵衛を長どすを抜いて待ちかまえ、背後からは四人が束になって市兵衛に迫った。

だが、数歩突進したところで、市兵衛は素早く身をかえし、後ろから束になって迫る四人へふりかえり様、先頭の月代から顎までを叩き斬った。

頭蓋《ずがい》が割れ、肉片と血飛沫《ちしぶき》が散った。

男が断末魔のうめきを発し、追いかける男らを巻きこみ吹き飛んだとき、市兵衛はすでに再び反転し、三人の見張りへ大きく踏みこんでいた。

「わああ」

三人が雄叫《おたけ》びを発し打ちかかってくるのを、最初の男の長どすにひるがえる合羽を裂かれるのもかまわず、ぎりぎりに空を打たせた瞬間に袈裟懸を浴びせた。

市兵衛の一撃は、肩から下腹へかけて着物と帯の布地を跳ね散らしつつ、男を真っ二つにした。

さらに、一方の一撃を血糊《ちのり》を飛び散らしてははじきかえし、かえす刀でもうひとりが遮二無二ふり廻した長どすを受け止めると、受け止めた長どすごと一気に押しこんで刃《やいば》を首筋へ咬《か》みつかせた。

そして、男が叫んだところを撫《な》で斬りに引き斬った。

悲鳴と噴きあげた血が、行灯へ飛び散って、行灯のそばにうずくまっていたお恒と小春にも降りかかった。

それは、まさにひと息の間の出来事だった。

市兵衛はそこで、ようやく息を継いだ。

お恒と小春を背にして、残りの男らへ正眼《せいがん》に身がまえた。

凄《すさ》まじい斬撃《ざんげき》の束の間のときがすぎて、残った男らは圧倒され、しばし呆然と逡巡《しゅんじゅん》し、戸惑っていた。男のひとりは、刀をはじきかえされた衝撃の激しさに畳へ転がり、怖気《おじけ》づいて後退りになっていた。

長どすをにぎっていても、男らの手足は震えていた。

男らに取り憑《つ》いた怯えを、周りに転がる血まみれの仲間らと、上手の後ろ部屋で身悶える三勢吉の泣き声が、いっそうかきたてた。

親分の三勢吉の指図に従っていた手下に、親分はすでにいないも同然のこの様に、これ以上、得体の知れない化物のような侍と斬り合って、命を無駄にする理由はなかった。

手下らの戦意はとうに萎《な》え、市兵衛に斬りかかっていく者はいなかった。

市兵衛は、天井に切先が触れぬよう、身体を低くして踏み出した。

「こい」

市兵衛が、声を投げつけた。

しかし、それがきっかけになった。

残りの手下らは悲鳴を引きつらせ、われ先に内庭の土間へ飛び降りた。

手下らが折り重なって表戸を逃げ出したとき、寄付きから斬りかかってきた四人と、富平と良一郎の戦いはまだ終っていなかった。

富平と良一郎は四人に囲まれ、双方、威嚇と罵声《ばせい》を投げ合いながら、相手を倒すどころか、互いに長どすと道中差をふり廻して防ぐのが精一杯だった。

だが、小柄な富平は大柄の兄き分に打ちかかられ、懸命に防ぐものの、蹴り飛ばされ、尻餅《しりもち》をついたところを、執拗《しつよう》に斬りつけられ、畳を転げ廻って逃げ、逃げながらも富平は罵声を浴びせていた。

良一郎は富平を助けにいきたかったが、自分も三人を相手にし、かすり疵ながらいくつも疵を受け、助けるどころではなかった。

そのとき、市兵衛と戦っていた手下らが悲鳴をあげて土間から走り逃げていったのだった。

良一郎と斬り合っていた手下らは、途端に怯み始めた。しかも三勢吉の泣き声が聞こえて、さらに市兵衛が血まみれの刀を提げている姿を見て、

「どういうこっちゃ」

と、たじろぎ、怖気《おじけ》づき、もう堪えられなかった。

「こ、こらあかん」

ひとりが叫び、三人はふりかえりもせず寄付きから土間へ飛び降り、表戸を転げ出て、先に逃げた仲間を追って走り去っていった。

兄き分も、転げ廻る富平を追いつめ、いよいよ手にかけようとしたとき、それに気づいた。

なんでや、と兄き分が富平から目を離した一瞬だった。

道中差の柄を脇へ溜《た》めるように両手でにぎり締め、一直線に突っこんでくる良一郎と目が合った。

「あかんっ」

と叫んだだけで、応戦する間はなかった。

良一郎の若竹のような細い身体が、大柄な兄き分の身体と衝突した。ぶつかってからんだ二つの身体が畳を震わせて後退し、良一郎の突き刺した道中差は、兄き分の腹を貫き、切先が背中から飛び出した。

からみついた二つの身体は、庭側を閉じた板戸に激しく突きあたり、軒からはずれて突き飛ばした板戸ごと、喚声と悲鳴をあげて庭へ転落した。

日は沈んでいたが、夕焼けの残り日が空の端をまだ赤く染め、権現松の黒い影が夕空にそびえていた。

庭の破れ土蔵の屋根に止まっていた烏が、二人の男の喚声や悲鳴に驚き、羽ばたつかせて慌てて飛びたった。

やったのか。

良一郎は思ったが。よくはわからなかった。

やがて、兄き分の腹に道中差を突き入れたまま、兄き分の身体の上から尻餅をついた恰好で後退った。仰《あお》のけの兄き分は、身体を震わせて道中差の刃をにぎり、もう虫の息だった。

良一郎は、肩を大きく上下させて喘ぐような呼吸を繰りかえし、兄き分が大人しくなるのを見守った。そのとき、

「良一郎さん……」

と、小春の声が呼びかけた。

良一郎は膝立ちになって、声のほうへ見かえった。はずれた板戸のわきまで、小春がきていた。

「小春、無事だったかい」

と言った。

「うん、無事よ。良一郎さん、ありがとう。助けにきてくれたのね」

小春は、かえり血を浴びたり傷だらけの良一郎の頭を、膝の上に愛《いと》おしむように抱きかかえた。島田は乱れ、白い顔や着物に模様のようにかえり血がついて汚れていても、小春の姿は可憐《かれん》だった。

富平は、太短い臑《すね》を投げ出して広間に坐りこみ、かろうじて生きのび、ほっと息をついていた。お恒も若い三人のそばまできて、夕暮れが迫る野の息吹にふ

れ、ようやく安心した様子だった。

市兵衛は、血糊のついた刀を下げたまま手仕舞帳を拾い、お恒に近づいた。

「お恒さん、これを……」

お恒に差し出した。お恒は手仕舞帳を手にとって言った。

「こんなもんのために、仰山人が死んで、阿呆みたいや」

夕焼けはまだ消えず、小さな鳥影が空の果てをいくつもかすめた。

第四章　梅田墓所《うめだぼしょ》

一

目明し・三勢吉の逃げ出した手下のひとりが、曽根崎村に潜伏していたところを、東町奉行所定町廻り役同心・栗野敏助に乗りこまれ捕えられたのは、それから数日がたった夏の四月の初旬だった。

その手下の白状により、北野村の権現松の見える空家であった斬り合いが、天満の目明しの三勢吉が謀った南堀江のお恒と、お恒の同居人・小春のかどわかしによる子細《しさい》が裏づけられた。

元々、その斬り合いの事情は、こおろぎ長屋の住人・お恒並びに小春、こおろぎ長屋に仮住まいをしていた江戸の浪人・唐木市兵衛と、二人の同居人の富平、良一郎の証言によりほぼ明らかになってはいた。

また、お恒の殺害された倅の豊一が持っていた《手仕舞帳《てじまい》》が、かどわかしを裏付ける証拠として提出されたことにより、お恒と小春のかどわかしが、中之島の島崎藩蔵屋敷の帳合米取引にかかり合いのあるらしいこと、のみならず、豊一を殺害した下手人の又左が、殺害されて中津川に捨てられていたこととつながりがあるらしい事情も、ほぼわかってはいた。

ただし、かどわかしを手下らに指図した天満の三勢吉こと目明しの三勢吉が、片手を落とされる重傷を負いながらも姿をくらませ、未だに、どこかで生きのびているのかどうかも不明のままだった。

いずれにせよ、島崎藩蔵屋敷の蔵役人が堂島米市場の帳合米《ちょうあいまい》取引を行い、取引で生じた損害の穴埋めに大量の空米切手《くうまいきって》の入札が行われていた事実を、島崎藩蔵屋敷の蔵方の下役を勤めていた、手代の豊一の隠し持っていた《手仕舞帳》が明かしているのは間違いなかった。

それが明らかであれば、手代の豊一殺しから始まったこのたびの一件が、遠からず落着するのに、さほどのときはかからぬものと思われていた。

ところが、四月になってから、一件の調べは遅々として進まなくなった。

三勢吉の手下が捕えられたにもかかわらず、調べはむしろ有耶無耶《うやむや》にされて、なんとなく放っておかれた。

あれはもうええ。そのうちにみんな忘れる。放っておけ。お上の意向や。

と、詮議の役人へ上役から内々に伝えられていた。


その密談が行われたのは、北野村の権現松が見える空家で、凄惨な斬り合いがあった翌日の夕刻だった。

中之島塩や六左衛門町の島崎藩蔵屋敷に、館入り与力の西町奉行所地方与力・福野武右衛門が、土佐堀川沿いの往来から表脇門をひっそりとくぐった。

福野は、供侍の家人を御殿庇下の式台の前に待たせ、蔵屋敷御殿の八畳ほどの部屋に通り、留守居役・笠置貞次、勘定方・生方広右衛門、蔵方・平松馬之助の三人と対座していた。

その部屋は、福野が普段通される十数畳はある客を迎える座敷ではなく、留守居役の笠置が使っている居室だった。床の間と床わきが設《しつら》えてあり、花鳥を描いた掛軸がかけられ、床わきの棚の花活《い》けにのげしが飾られていた。

ただ、掛軸の絵や花活けの花に心をなごませる余裕は、誰にもなかった。

空はまだ明るかった。座敷は、少し蒸し暑いくらいだった。にもかかわらず、庭側の腰付障子も次の間の襖《ふすま》も、秘密めかして閉じられて、部屋は重苦しい沈黙に少々むせていた。

蔵役人の三人は黒羽織《くろばおり》を着け、一様に眉《まゆ》をひそめ、福野と目が合うのをさけるように顔を伏せていた。

一方の、町奉行所勤めの裃《かみしも》をずんぐりとした小柄な体躯《たいく》に着けた福野は、冷めた眼差《まなざ》しを、三人のいじけた素ぶりへそそいでいた。

福野は、茶托《ちゃたく》の碗《わん》をとりあげ、音をたてて一服した。碗を茶托に戻し、今度は煙草盆《たばこぼん》を引き寄せた。莨入《たばこい》れの銀煙管《ギセル》を、可憐《かれん》な花を摘《つ》むようにつまみ出し、刻みをつめて火をつけた。煙管をひと息に吸って、白々《しらじら》とした気分と一緒に煙を吹き出した。

背丈に比べて不釣合いに大きな顔の、色黒の頰《ほお》が垂《た》れ、血走った目の下に太い獅子鼻《ししばな》が坐《すわ》って、部厚い唇を突き出した福野の相貌は、無様で、滑稽《こっけい》で、愚鈍《ぐどん》に見えた。

しかし、仮面の下に隠した大坂の町家を管掌《かんしょう》する地役人のしたたかさを、三人の蔵役人は知らなかった。

福野は、吸殻を落とした銀煙管を指先でつまみ、裃の膝の上で可憐な花を童女が玩《もてあそ》ぶようにくるくると廻した。

「で、如何《いかが》なさるのですか。このまま、何もなかった、知らなかったで、済ますわけにはいきません。町方としても……」

福野が痺《しび》れをきらし、改まった言葉つきできり出した。

留守居役の笠置貞次が、大儀そうなゆるいため息を吐《つ》いた。そして、顔をあげて言った。

「福野さま、如何すればよろしいのですか。お知恵を拝借したいのですよ」

福野は銀煙管を玩んだ。

「お知恵を？　そう言われましても、わたしは町方です。貸せる場合と貸せない場合があります。お出入り業者の代金の支払いを廻《めぐ》って、もめ事が起こったり訴えが出されたりとか、米仲買の取り付け騒ぎのごたごたに手を焼いてるとか、そういうことでしたら、いくらでも手を貸しますよ。わたしが間に入って相手と交渉もするし、とり持ちもする。だが、笠置さん、手代の豊一殺しは、そういう類とは全然別の話ですぞ。大坂の大店の手代が殺されて、しかもその手代が、母親が女手ひとつで育てた孝行息子なのに、町方が手を束《つか》ねて、何もせんというわけには、いきません」

　すると、普段は福野に譲る笠置が、珍しく、くどくどとかえした。

「しかし、豊一の一件は、こう申してはなんでござるが、福野さまはお察しになっておられたのでは、ござらぬか？　大きな声では申せませんが、三勢吉の差金で、又左が豊一を手にかけた。なぜなら、又左に豊一をなき者にしろと指図した三勢吉は、福野さまの御用聞を務める目明しで、豊一に手を焼いたわれらに手を貸すために、差し遣わされたのですからな」

　福野は、したたかに嘲笑《あざわら》った。

「今さら、何を言われる。確かに、三勢吉はわたしの目明しで、御用聞を務めております。裏の汚れ仕事をやらせるのに都合のよい男です。笠置さんらの抱えたもめ事を、間に入って仲裁するのに、もめ事相手の弱みをにぎるために、ちょっとは汚い手を使うこともありますよ。三勢吉がその汚れ仕事を引き受ける。それも仲裁のための方便のひとつです。それは島崎藩蔵屋敷の館入り与力として、笠置さんら、みなさん方のお力になるためではありませんか」

　そこで福野は真顔になり、いっそう声をひそめた。

「と言って、いくら汚い手でも、普通のお店の奉公人を、手にかけるようなことを、三勢吉にやらせたりはしません。三勢吉に汚れ仕事をやらせるにしても、せいぜい、相手を脅したり、ちょっとは痛めつけたりとか、そういうことぐらいですよ。それぐらいなら、ないとは申しません。それも、相手が相当悪どいやつと見きわめたうえのことです。町方が、町家の住人を、それも方便と言って始末するなどと、そんな無謀な手が使えるわけがないではありませんか。違いますか」

笠置は顔をそむけ、沈黙した。生方も平松も、黙っていた。

「笠置さん、わたしは笠置さんらが帳合米取引に手を出して、だいぶ損をこうむって、空米切手を米仲買らに入札させ、落札した代銀を穴埋めに使っていたのはわかっていましたよ。ですがね、それは島崎藩蔵屋敷の中で始末をつければよいことで、館入り与力のわたしのとやかく申すことではないと思っていました。つまり、みなさん方の不正を、静観してたわけです」

福野は、笠置から生方と平松へ目を移した。

生方と平松は、目をそむけてこたえなかった。

「ですから、今月の初めに、笠置さんらがちょっと手を焼いてる者がいる、その者を放っとくわけにはいかぬ、なんとかしなければ、と手を貸してくれる者を引き合わせてほしいと頼まれたとき、これは拙《まず》いことにならなければよいのにな、と気にはなった。なりましたものの、笠置さんらとは長いつき合いであるし、たぶん、表沙汰にできない帳合米取引の事情で米仲買ともめてるのだろう、ぐらいに考えて、三勢吉を引き合わせました。ただし、気になったからわたしは言いましたな。三勢吉は役にはたつ男ですが、性根はならず者で、存外、油断のならんところがある。使い方を間違えたら、とりかえしのつかないことになる恐れがある。そうなったら、わたしは知りませんし、手は貸せません。そんなことに手を貸したら、わたしの身が危くなる。自分らであとの始末はしてくださいよと、言うたのを覚えていますな。生方さん、平松さん、覚えていますな」

「それは言われずとも、覚えておりますとも。しかし、こうなった。われらは追いつめられております。福野さまに頼るしかないのです」

笠置が苦渋に醜《みにく》く顔を歪《ゆが》めた。

福野はまた銀煙管に刻みをつめ、火をつけた。物思わしげに、長い煙をゆっくりと吐き出した。

「豊一に手仕舞帳をつけさせましたな。なぜ、豊一にやらせたんですか」

「帳合米取引のさし値を指定するようになって、消合日《けしあいび》ごとの日々の売り買いを把握しなければならず、内密のことゆえ、わたしらが頻繁《ひんぱん》に米仲買や米方両替と会うのは拙いと思いました。《大串屋》の番頭の宮之助に、従順で使える者はおらぬかと訊《たず》ねたところ、豊一がよいと、宮之助が申したのです」

「宮之助か。このままだと、あの男もどうなりますかな」

「蔵元の大串屋に申し入れ、豊一を蔵屋敷の住みこみで蔵方の平松の下役につけました。それまでの下役は、少なからず横柄なところがあって、平松が使いづらいと申しておりましたし、勘定方の生方の下役に入れるのは、周りの目が多いので、平松の下役に決めたのです。われらのさし値で帳合米取引を始めた、に、二年前でござる。豊一には、蔵方の役目のほかに、内々の仕事がある、と申し伝えました。これは、お家の厳しい勝手向きをたて直すために、国元の殿さまとご重役方、そして、われらだけしか承知しておらぬ隠密の重要なお役目である。決して他言してはならぬ。お家の勝手向きのたて直しがなれば、その方にも褒美《ほうび》をとらせると申して……」

「そんな、子供だましを言って、帳合米取引の消合日ごとの詳細な売り買いを、記録させたんですか。あなた方の承認印を捺した手仕舞帳を、残したんですか。自分らの腹のうちを、仲間でもない若い手代に曝《さら》してるのも同然ですな。これを見たら、わたしらの不正は明らかですと、わざわざ証拠を残させたわけですな。

馬鹿な。二年もやれば、気がつかないわけがない。これはおかしいぞ。蔵屋敷の役目ではなく、あなた方蔵役人の不正だぞと。それとも、気づかれはしないと、思っていたんですか」

三人はまた沈黙に隠れた。

「それで？」

苛《いら》だちを隠さず、福野は促した。

「先月のことです。宮之助に豊一がこっそり打ち明けたのです。われら三人がこのようなことを行っている。お家のために行う重要なお役目だと聞かされたけれど、それは偽《いつわ》りだ。間違ったことが行われている。放ってはおけない。大串屋の主人に話して訴え出ねばとです。宮之助は、わかった、帳合米取引自体が不正ではないし、空米切手の入札もどこの蔵屋敷でもやっていることだから、もっと確かな証拠をつかんだうえで、とその場をとりつくろったそうです」

「宮之助も一枚咬《か》んでるとは、思わなかったんですな。純情でも、そこが未熟なとこですな」

「宮之助から聞いて、吃驚《びっくり》しました。どのような手だてをと、みなで相談した結果、消えてもらうしかないと、平松が申し」

「あいや、それはおかしい。わたしがそういう手もあると申したところ、生方どのと宮之助がそれがいいと言い、笠置さまがそれしかあるまいと、決められたのではありませんか」

「わかっておる。だが、おぬしが言い出したことは確かだ」

平松は不服そうに唇を尖《とが》らせた。

「そんな外にもれたら危ない手仕舞帳を、手代の豊一が保管してたんですな。豊一がこっそり持ち出して、なくなっているのに気づいたのは？」

「年が明けて四月限市《しがつきりいち》が始まるときに、新しい帳面に替えました。去年までの分は、豊一が保管しておるはずでした。豊一の亡骸《なきがら》が見つかり、遺品を調べておると、ないことに気づきました」

「ぬるい。迂闊《うかつ》な。考えが足らん」

「愚かでした。四月限市の損銀が増える一方で、混乱しておったのです」

笠置が苦しげに言った。

「そこまで知られていたら、豊一にこっそり事実を話し、金をにぎらせて、仲間に引き入れる手はなかったんですか」

「あったのかもしれません。ですが、あのときは、頭が混乱しておったのです。

豊一が邪魔だと思ったのですよ。四月限市が上手くゆかず、相場のことしか考えられなかった。邪魔だてする者が、腹だたしくてならなかったのです。今にして思えば、うるさい蠅《はえ》を追っ払う気分でしたな」

「蠅を追っ払う気分で、若い手代を始末したと？　手仕舞帳は見てませんが、内容を聞いたところでは、帳合米取引の結果が上手くゆかなかったのは、去年も一昨年もらしいですな。それで、わたしに誰か引き合わせてほしいと頼んで、まるでわたしが目明しの三勢吉に指図したように、みなさん方の手を汚さず、事が進んだ。面倒なことや汚れ仕事は人にやらせ、自分の都合のよいところだけをいただく、というわけですな」

「それは、福野さまも同じではござらぬか。確かに、何も聞かずに、とわれらが申し入れましたので、福野さまは、三勢吉に頼めばなんでもやるだろう、と言われただけです。しかし、福野さまは何もかもを察し、何もかもを承知のうえで、知らぬふり、見て見ぬふりをなさっていたのでは、ござらぬか。そのほうが、ご自分に都合がよかったからではござらぬか」

　ふん、と福野は鼻で冷やかに笑った。

「どうしても、わたしをみなさま方と同罪にしたいんですな。自分らだけが悪者にはならんぞ、道連れだぞと、言いたいんですな」

「滅相《めっそう》もない。そんなことを申すつもりはありません。われら一同、日ごろより福野さまのお力添えをいただき、心より感謝いたしております。これからも末永く、おつき合いを願いたいのでござる」

「末永く？」

「いかにも。末永くでござる。よって、先ほど申しましたな。福野さまのお知恵を拝借し、今後ともお力添えを願いたいのですよ」

「物も言いようですな。自分らの尻ぬぐいまで、人にさせる気ですか。まあ、よろしい。三勢吉がわたしの目明しを務めていたことは、誰もが知っている。町方の中には、三勢吉はわたしの指図で動いていたのではないか、とわたしに疑いの目を向けてくるのもいる。とんでもない。わたしは火の粉をかぶっただけだが、火のそばに寄ったのは確かだ。かぶった火の粉は、払わねば。そこで、今日きたのは、追いつめられたみなさん方を慰《なぐさ》めるためではありません。町方の立場から言える手が、ひとつだけありまっせ、とお伝えにきたんですよ」

目をそむけていた生方と平松が、はじかれたように顔をあげた。

「誤解してはいけませんよ。甘い手ではありません。とうてい、受け入れられないかもしれません。しかし、町方のわたしには最善の手だと、思えますな」

「お聞かせ、ください」

生方が言い、平松の目がすがりついた。

しかし、笠置は気の抜けた憮然《ぶぜん》とした素ぶりを見せた。

「みなさん方の、どなたかが、二、三年前から帳合米取引に手を出し、こうむった損銀の穴埋めに、空米切手の入札で得た代銀をあてて、お家に損害をかけてきた子細を遺書に残し、腹を切るんです」

福野は、指先で玩んでいた銀煙管を切腹刀のようににぎり直し、自ら屠腹《とふく》する仕種をして見せた。生方と平松が目を丸くした。

「帳合米取引に手を出した理由は、必ず儲《もう》けて見せると勧める米仲買商の言葉を真に受けて、少しでもお家の勝手向きのたて直しになればと、浅墓《あさはか》にも考えた。それから、あとの二人と大串屋の番頭の宮之助は、命令に従って役目を果たしただけにするんです」

「しかし、それなら……」

平松が笠置へ目を向け、言いかけた言葉をつぐんだ。

憮然として虚《うつ》ろな目を泳がせる笠置の顔面が、たちまち蒼白《そうはく》になっていった。

「お家のためによかれと考えてやったことが、かえって、お家に損害をかけてしまい、真《まこと》に面目《めんぼく》ないことになった、ゆえに、ひとり責めを負うて腹を切るんです。ひょっとしたら、損害の額が額だけに、命令とは言え手伝った二人は、役目を解かれ家禄も減らされるかもしれません。それでも、切腹であれ減俸であれ、武家の家名は残せるのと違いますか」

「そ、そんな見え透いた。それこそ子供だましです。そんな言い逃れが、通用するわけがない。た、仮令《たとえ》、切腹をしたとて……」

笠置の声が震えていた。

「侍が、腹を切るのが恐いんですか。これは子供だましと、承知のうえです。表向きの体裁さえ整えれば、町奉行所の豊一殺しの追及は、又左が三勢吉の指図でやったということにして、蔵屋敷には及びません。東西両町奉行さまも、すでにご承知です。つまり、町奉行所は、島崎藩のご家中でちゃんと始末をつけてさえくれたら、島崎藩蔵屋敷の面目を失墜させるつもりはないということです。みなさん方の由緒ある家名を残すために、どなたかおひとり、どうですか」

笠置は何も言わなかった。生方と平松がひそひそ声を交わした。

「そや、それと……」

と、福野は続けた。

「この屋敷に、三勢吉が深い疵《きず》を負って、逃げこんどるようですな。それはちょっと困りましたな。三勢吉を逃がすわけにはいかんし、と言って、お縄になってもどうせ打ち首なのに、つまらぬことをべらべら喋《しゃべ》られても困るし、そこのとこは、ちょうどよいように、方をつけてくれますでしょうな」

夕暮れが迫り、部屋はそれぞれの顔の見分けがつかないほど、薄暗くなっていた。呼ぶまで誰もきてはならぬと、配下の者に伝えてあったため、行灯《あんどん》の明かりも灯《とも》されていなかった。

静寂が訪れ、重苦しい宵がそれぞれの胸に迫っていた。

ただ、笠置の顔色だけが、宵の薄暗がりの中で、白粉《おしろい》を塗ったように真っ白に見えていた。

二

四月上旬の初夏の日が続いていた。

先月の下旬、北野村の権現松が見える空家であった斬り合いのあと、東町奉行所に豊一の残した《手仕舞帳》を差し出していたにもかかわらず、こおろぎ長屋のお恒には、なんのお沙汰もなかった。

豊一殺しの真相を町奉行所は追及しており、東町奉行所の定町廻り役の栗野敏助が市兵衛に言っていた、動かぬ証拠が見つかれば一件を有耶無耶には終らせないはずが、町方の誰にも目だった動きは見られなかった。

豊一殺しの一件は、すでに忘れ去られつつあった。

だが、その日、豊一殺しの真相究明につながる事柄ではないが、西町奉行所地方与力・福野武右衛門は、二つの出来事と否応《いやおう》なくかかわる事態となった。

ひとつは、安土町の本両替屋《堀井》の主人・堀井安元に、江戸呉服橋《ごふくばし》の北町奉行所より呼び出しの差紙が、西町奉行の指図により、差し出されたのだった。

差紙には、四月二十日、巳《み》の刻《こく》（午前十時前後）までに、北町奉行所に出頭すべし、とあった。

これに驚いたのは、安元より、安元の母親のおかずであった。

町奉行所の御用箱をかついだ中間《ちゆうげん》を従えて堀井に現れ、差紙を安元に届けた若い平同心に、おかずはうろたえて訊《たず》ねた。

「これは、一体、なんのお呼び出しでございますか。倅の安元は、大坂生まれ大坂育ちの商人《あきんど》でっせ。大坂の者が、大坂の町奉行所ならまだしも、なんでわざわざ、あんな遠い遠い江戸まで下って、どこにあるかもわからん町奉行所まで、いかなあきまへんのだすか」

　若い平同心は、差紙を届けるだけの役目なので、事情は知らなかった。

「江戸の北町奉行所のお奉行さまから、西町のお奉行さまへ依頼があったんや。わては詳しい事情は聞かされてないから、なんの呼び出しかは、奉行所で訊ねるしかないな」

　同心は張り合いのない返答をした。

「西町奉行所へいったら、わかるんだすか」

「違うがな。江戸の北町奉行所、と書いてあるやろ。北町奉行へいったらわかる、ちゅうてんねん」

「そ、そんな……」

　おかずは呆気《あっけ》にとられた。

「お役人さま、お役目ご苦労さまでございます。じつはこの四月の中旬に、なき親父さまの満中陰（四十九日）の法要がございます。江戸いきは、親父さまの法要を済ませてからと、いうわけには参りませんでしょうか」

安元が言うと、

「せやから、江戸の北町奉行所へいって聞くしかないと言うてるやろ」

と、若い同心の木で鼻をくる対応に、おかずも安元も言葉が続かなかった。

おかずは、すぐ様、西町の福野に、お出《い》でを願う知らせを送った。

両替屋の大店の堀井は、東西町奉行所の与力や主だった同心らへ、つけ届けは欠かさなかったが、まだ見習からやっと本役に就いたばかりの若い同心までは、細かい心配りはいき届いていなかった。

福野武右衛門は、堀井にお出入りを願っている、もっとも頼りにしている町方与力だった。頼りにしている分、つけ届けはもっとも高額になったが。

福野は、江戸の町奉行所から堀井安元に呼び出しの差紙が届いたことは、知らなかった。

江戸の町奉行所から大坂の町奉行所へ？

そんなことは、福野には初めてだった。

早速、安土町の堀井へ出かけ、奉行所の紺看板《こんかんばん》に梵天帯《ぼんてんおび》の中間や供侍を店の前土間に待たせ、裏の住まいの座敷にあがった。

おかずは、福野にすがらんばかりにうろたえ、「どないしまひょ」と言うばかりだった。また、安元も明らかに怯《おび》えて、消沈していた。

「安元はん、なんぞお呼び出しを受けるような一件が、江戸でおましたんか」

福野が訊ねると、安元は「滅相《めっそう》もない」と首を激しく横にふった。

「あんたは、ちゃんとした本両替屋の主人や。身に覚えがないのやったら、毅然《きぜん》としてたらよろしいがな。きっと、何かの間違いか誤解やろが、相手はお上や。親父さまの法要はお袋さまに任《まか》せて、すぐに江戸へ下るしかない。心配せんでええ。わたしもお上の役目に就《つ》いておる端《はし》くれ。お奉行さまにお願いして、どんなお調べであったとしても、本両替の大店の商人に相応《ふさわ》しい丁重な扱いと、お調べが済み次第、本業の商いに差しつかえぬよう即刻大坂へ戻すことを、江戸のお奉行さまに申し入れておく。大丈夫。そんなにかからへん。ちょっとの我慢や。これも、大店の主人になるための試練だす」

福野は殊さらに明るく、おかずと安元へ笑いかけた。

しかし、安元は両肩をすくめ、膝の上で手が白くなるほど強くにぎり締めた。

「あの、ひとつだけ……」

安元は首をかしげ、小声で、気がかりなことが、と言った。

福野の笑い声が消え、おかずは怯えた目を安元へ向けた。

「浅草瓦町の江戸店で貸付をしたお客さまが、おひとり、く、首をくって、亡くなりました」

おかずが、えっ、と声をあげた。

福野はうなり、垂れた頰を歪めた。

「数日前、江戸店の番頭より急ぎの飛脚で、筆頭番頭がわての身代わりに、お、大番屋で今も厳しいお調べを受けてると、手紙を送ってきたんでございます。ひょっとしたら、今は小伝馬町の牢屋敷《ろうやしき》へ、入牢《じゆろう》になってるかもしれまへん」

おかずが、「ええっ」と、再び高い声を震わせた。

「どういうことや」

「はい。お客さまが家持ちになって店賃を稼ぐために、本所の亀戸町のはずれに裏店を……」

安元が、お店者や小商人相手に、裏店の家持ちになって店賃を稼ぐ儲け話を持ちかけ、その手間を請け負い元手を貸付け、江戸店の堀井が貸付額を一気に増やしてきた商いの事情を語ると、福野はうなって袢の膝をしきりに打った。

おかずは、身をすぼめてうな垂れていた。

「今は亡き千左衛門さんが、大坂七墓《ななはか》周辺の裏店商法で大あたりをとって、中店の両替屋やった堀井を、江戸店を開くほどの大店に育てた。安元さんは、親父《おやじ》さまを真似《まね》て、同じ商売を江戸でもやっとったわけやな」

安元は、すくめた肩に首を頷《うなず》かせた。

「確かに、千左衛門さんも首くくりの死人は出した。死人が出たときは、あくどい商売やと評判も悪かった。けど、千左衛門さんがお縄になることはなかった。わしら町方が、七墓の裏店商法を、法に触れとるわけやない、自粛するように通達するのでよろしいやろと、抑えたからや。江戸店を任されて、安元さんはそういう町方はおらんのかいな」

「わてが江戸店を任されて、三年だす。福野さまのような長いお出入りをお願いできるほどのお役人さまは、まだおられまへん」

「福野さま、どないなりますやろ」

おかずが、おろおろして言った。

「まだ三年か。そらそうやな。しかし、江戸でも大坂でも、同じことや。お上の法度に変わりはない。安元さんが法を犯したわけやない。儲け話を持ちかけたのは堀井でも、やるかやらんかを決めるのお客自身や。両替屋なんやから、お客を勧誘するのはあたり前の商いや。儲け話に上手いこといかんこともある。それを承知で、決めたんやから、同情はしても、決めた本人が始末をつけるしかない。その始末のつけ方が、自分で自分の首をくることとやった。お客の始末のつけ方を、安元さんにとやかく言うても、どうにもならん。しょうがなかった」

福野は、すくめた両肩に首を埋めている安元に慰《なぐさ》めを言った。

「ただ、ちょっと厳しい詮議になるかもしれん。しかしな、安元さん自身がどうにもならん事情を、安元さんの所為《せい》にすることはできん。安元さんは訊《き》かれたことを、正直にありのままにこたえ、あとは毅然というよりも、殊勝にしてればよろしい。そやな、わたしどものお客さまがこのような事態になられたことは、真《まこと》にお気の毒でございます。心よりご冥福をお祈りいたし、つきましては、わたしどもがお客さまに貸付《かしつけ》をいたしました借金は、いっさい棒引きにさせていただくつもりでおります、とそれぐらいは言うてもよろしいかな」

おかずは、そうそう、と懸命に頷いた。

だが、安元は両肩の間に首を埋めてうな垂れ、身動きひとつしなかった。福野の口先の慰めは、殆《ほとん》ど効き目がなかった。

その日、福野武右衛門の身に今ひとつ起こった出来事は夕刻だった。

大坂西町奉行所は、東横堀川に架かる本町橋の東詰から川沿いに北へ半町《ちょう》（約五四・五メートル）ほどいった豊後《ぶんご》町の手前に、いかめしい表長屋門をかまえている。

夕方の七ツ半（午後五時頃）前、奉行所を出た福野は、東の空に夕日を浴びて赤く燃える大坂城を眺めながら谷町《たにまち》筋へ出た。

いつものように、供は供侍の若党と挟み箱をかついだ中間の二人だった。

奉行所から東天満の組屋敷まで、通い慣れた帰途である。

谷町筋を北へ折れ、定番屋敷や大坂城を右手に、西の左手は上町の町地が続き、谷町一丁目から大川端の京橋二丁目へいたる。

淀川の京橋から下流を大川と呼んだ。

京橋二丁目を東へ少しいったところが天満橋の南詰で、ゆったりと反《そ》った天満橋が大川を跨《また》いで、船番所のある臼《うす》屋《や》町へと渡している。

大川の下流の西方に天神橋が架かり、さらにはるか西に難波橋と中之島の蔵屋敷が、夕焼け空の下に黒ずんで見えた。

天満橋と天神橋、難波橋は、天満と上町、あるいは船場を結ぶ公儀橋である。

昼間の人通りは盛んだが、夕方の七ツ半の刻限をすぎるころから、三つの大橋を往来する人の姿はめっきり少なくなって、夕方の気配が深まっていた。

京橋四丁目の八軒家《はちけんや》の曳舟《ひきふね》の船着場には、乗客や船荷をおろした過書船《かしょぶね》や三十石船が舫《もや》って、船頭らが煮炊きをする竈《かまど》の煙がのどかにのぼり、静かな、どこか物寂しい夕方を迎えていた。

大川対岸の、天満橋と天神橋の間の川端に、石垣の堤が川中へせり出した一画がある。その一画は大坂三大市場のひとつの青物市場になっていて、板葺《いたぶき》屋根の市場の小屋が何十軒とつらなり密集していた。

青物市場の早朝は、川縁《かわべり》には野菜を積んだ川船がひしめくように集まり、市場に集まる人々の雑沓《ざっとう》と相対取引の喧騒《けんそう》が大川端を包んだ。

その青物市場も、今は人気《ひとけ》が消え、石垣堤の船寄せには、空の伝馬船《てんません》が数艘《そう》舫っていて、鴫《しぎ》や鷺《さぎ》などの水鳥が、小屋の上や鉛色に沈んだ川面《かわも》を、慌ただしく飛び交い、舞っているばかりだった。

福野は、天満橋の南詰へ差しかかった。

天満橋を渡れば、組屋敷まではそう遠くはない。天満の空に浮かぶ雲の端が、夕日を受けて薄赤く染まっていた。

堀井はどこまで持つかな。

福野は、ゆっくりと天満橋を渡りながら考えた。

堀井は、先代の千左衛門一代で終っているような、終ってもいいような気が、奉行所に戻ってからずっとしていた。

先代の千左衛門は、図太く強欲で、福野ですら怯みを覚えるほどの無頼な気質を持っていた。それに比べ、倅《せがれ》の安元はひ弱で意気地がなかった。

安元では無理だ。親父の真似はできても、親父にはなれない。あの男、江戸から帰ってこられるのかな。もしかしたらそのまま……

そう思ったとき、「江戸と言えば」と、先だって訪ねてきた室生斎士郎が探っていた、江戸の浪人・唐木市兵衛と言う侍の名が福野の脳裡《のうり》をよぎった。

福野は忘れていた。

あれから室生斎士郎は、唐木市兵衛に会ったのか。

福野は気になって、なぜか腹の底から物憂《ものう》さがこみあげてきた。

後方よりきた東町奉行所の同心が、背の低い小太りの置物のような体軀に裃を着けた福野に、「福野さま、お先に」と、一礼して追いこしていった。

福野は、ああ、と無愛想にかえしたのみだった。

やがて、橋の天辺《てっぺん》へいたり、変わらずにゆっくりとくだりながら、備前島町《びぜんじま》よ

り大川を渡す川崎の船渡しを見やり、

室生斎士郎と唐木市兵衛は、どうなったんや。

と、物憂さを堪《こら》えて吐息をもらした。

それから、前方へ目を戻したときだった。

薄汚れた着物を尻端折りにして、筵《むしろ》を合羽《かっぱ》のようにまとい、頭には破れた藁笠《わらがさ》をかぶった物乞い風体《ふうてい》が、天満橋の北詰から、もたついた足どりでのぼってくるのが見えた。剝《む》き出した臑《すね》が浅黒く、素足《すあし》に藁草履《わらぞうり》をつけていた。

今しがた追いこしていった東町の若い同心は、物乞い風体を見向きもせず、天満の町家へそそくさと去っていった。

福野は、ちっ、と舌を鳴らした。

このごろの若い同心は、公儀橋であああいう物乞い風体を見つけて、何もんや、と問い質《ただ》しもせえへんのか。

福野は、無関心に立ち去っていく若い同心の黒羽織に苛だちを覚えた。

物乞い風体は、福野ら三人が橋をくだってくるのに気づいて、欄干《らんかん》のほうへ身を寄せ、恥じ入るような様子で橋をのぼってくる。破れ藁笠の顔を伏せ、丸めた身体に巻きつけた筵を、いっそう強くくるんだ。

白鷺が、くわ、くわ、と鳴いて、川縁を舞っていた。

ほどなく、橋の右手をゆく福野と、左手からくる物乞いがすれ違うところまできた。福野は放っておけなかった。立ち止まって、

「待ちや。おまえ、どこへいくねん」

と、声に町方与力の威厳をこめた。

物乞いは歩みを止め、剝き出しの垢染《あかじ》みた臑《すね》を小刻みに震わせた。

へえ、とかすかな声をかえしてきて、腰を低くかがめ、破れた藁笠の頭を、福野へ向けて恐る恐るという様子で垂れた。

「おまえみたいなもんが、こんなとこでうろうろしとったらあかんがな。目障《めざわ》りじゃ。早よ去《い》ね」

物乞いは何度か破れた藁笠を上下させ、町方与力のお叱《しか》りを、畏れ入って承《うけたまわ》っているかのようだった。

「ええか。二度ときたらあかんで。気いつけや」

福野は、物乞いの風体のみすぼらしさをなじったあと、最後にそう言い捨て、いきかけた。

だが、物乞いが破れた藁笠を持ちあげ、笠の破れから見つめる部厚い瞼《まぶた》の垂れ

目と、福野の目がちょうど合った。

福野は、ふと、笠の破れから見あげる垂れ目を見直した。

物乞いにしてはと、何気なく思っただけだった。

身体をくるんでいた筵が橋板へ落ち、福野は筵へ目を奪われた。

次に、物乞いの手首から先がない片手と、片方の手に光る匕首《あいくち》の、白々した刃《やいば》が見えた。

物乞いの破れ藁笠が、天を突くように福野の頭より高く持ちあがった。

なんや、こいつ、と思ったのと、

「ど阿呆《あほ》、死ね」

と、男が投げつけたのが同時だった。

匕首の白刃が、福野の腹に突き入れられたとき、やっと、物乞いが三勢吉だと気づいた。

福野は、わあっ、と叫んだ。

おまえ、生きとったんか。始末したんとちゃうんか。そうか、あいつら、わざと逃がしよったんや。

瞬時に考えが廻《めぐ》ったが、すべては手遅れだった。福野のふくらんだ腹に突きたった匕首は、柄《つか》まで突き刺さり、背中まで貫いて切先が出た。

「旦那さま」

中間が叫び、供侍の若党が三勢吉をすっぱ抜きにした。

三勢吉は叫び声をあげ、手首から先のない手と一方の手をふって、滑稽《こっけい》に踊るようにくるくると廻った。

福野は後退り、足がもつれ、天満橋の欄干に凭《もた》れかかって尻餅《しりもち》をついた。突き刺さった匕首は、腹に残ったままだった。

堀井は一代でよい、と福野は尻餅をついたとき思った。

旦那さま、旦那さま……

中間がしきりに耳元で叫んだが、あまりよく聞こえなかった。

それより、夕刻の大川を飛翔する白鷺の、くわ、くわ、と鳴く声のほうが、なぜかよく聞こえた。

三

同じ日の昼さがりである。

市兵衛は、蜆川に架かる梅田橋を堂島から曽根崎村へ渡って、曽根崎村の浄祐寺の土塀沿いに細道をたどり、梅田墓所へ向かう野道に出た。

先だって、北野村の権現松の見える店へ向かったときと同じ、薄茶色の無地に桑色《くわいろ》の細袴《ほそばかま》、黒足袋《くろたび》に草鞋《わらじ》の扮装《ふんそう》に拵え、菅笠《すげがさ》をかぶった。

曽根崎村の集落を抜け、田畑の間をいってほどなく、墓参りの客を目あての料理屋や酒亭、色茶屋などが道の両側に並ぶ新地に差しかかった。

客引きの男女の呼び声や、もう初夏とは言え、未だ昼下がりの陽射《ひざ》しは春のようにやわらかく、冷たいくらいの微風がそよぐ往来をいき交う人々の声が、梅田墓所の新地を賑わわせていた。

つい先だっての三月下旬、お恒につき添って、小春、良一郎、富平とともに、梅田墓所のお恒の先祖や両親、亭主の遺骨を納めた墓に、豊一の遺骨を一緒にするためにきたとき以来の二度目だった。

しかし、市兵衛はなぜか、無性に懐かしくせつない心持ちを覚えた。

新地の二階家が、板庇《いたびさし》の屋根をつらねる手前に、茅葺《かやぶき》屋根の小さな茶店があった。茅葺の庇に葭簀《よしず》をたて廻《まわ》し、庇に《お休憩処》の小旗を吊るし、茶店の煙出しから薄い煙がひっそりとのぼっていた。

茅葺屋根の上に、さかきの大きな木が濃い葉を繁《しげ》らせ、茶店の店頭に影を落としていた。

市兵衛は葭簀の間を通り、茶店の土間に入った。

「おいでやす」

襷《たすき》がけの女が言った。

茶店は土間に縁台が数台並び、奥に寄付きの小部屋があった。壁ぎわの煙出しの下に竈《かまど》が炎をゆらし、茶釜がかけられていた。

寄付きにも縁台にも客がいた。客が茶を一服し、煙管の煙をくゆらせ、店の様子は穏やかで心地よげだった。

市兵衛は、青莫蓙《あおござ》を敷いた縁台に腰をおろし、刀をわきに寝かせた。葭簀ごしに、往来が見わたせた。赤い襷がけの茶屋の女に茶を頼んだ。女はすぐに、盆に載せた茶托の碗と、茶請けに割り干し大根の香の物を運んできた。

春に大坂へきて、はや初夏になった。

渋井に手紙は何度か送っているが、渋井さんは気をもんでいるだろうな、と《鬼しぶ》の渋面《しぶづら》を思い出して、市兵衛はちょっとおかしくなった。

難波新地の色茶屋《勝村《かつむら》》のお茂の容体はすっかり回復し、もう客をとっているらしい。

「お茂さんの身体《からだ》が治るまで」

と、小春は言っていたのが、今では、お恒さんに裁縫をちゃんと習ってからとか、豊一さんの四十九日が済むまでは、とか気まぐれな言いわけをして、なかなか江戸へ帰ろうとしなかった。

だが、江戸に帰らないのは、小春の気まぐれだけではなかった。

市兵衛自身にも、なぜかはわからぬものの、あの武士ともう一度会うことになる、それまでは帰れぬ、という思いがあったことは確かだ。

誰だ。わたしになんの用だ。

と、市兵衛は長身瘦軀のあの武士がこおろぎ長屋に現れたあの日以来、あの武士の姿を忘れたことはなかった。

あの武士と会うときが、ついにきたのだ。

市兵衛は茶を一服し、香の物をかじった。

遅い昼下がりの八ツ半（午後三時頃）を廻ったころ、朴念が急ぎ足で新地に現れた。編笠で日除《ひよ》けをして、井波紬《いなみつむぎ》を着流した扮装《ふんそう》が通人を思わせた。茶店の前まできて、周りを見廻し、ためらいなく、市兵衛の待つ茶店へ歩んできた。

市兵衛は、葭簀ごしに朴念から目を離さず、立ちあがった。

「おいでやす」

茶店の女が朴念に言った。

「やあ、朴念さん、きてくれたか」

朴念と顔を見合わせ、市兵衛が先に言った。

「連れや。茶を頼むで」

朴念は立ちあがった市兵衛のほうへ手をかざし、茶店の女に言った。

「間に合うてよかった。どきどきしたで」

朴念は、市兵衛のそばへきて、ともに縁台へかけながら言い、編笠をとって、ふう、と安堵《あんど》の吐息をついた。

「朴念さん、済まない。朴念さんを煩《わずら》わせるのは心苦しかったが、頼むのは朴念さんしかない。そう思ってな。若い富平や良一郎には、頼めなかった」

「昼をだいぶすぎてから農人町の店に戻ったら、町飛脚で市兵衛さんの手紙が届いてたんで、なんやと、胸をどきどきさせながら見たがな。そしたら、夕七ツまでに梅田墓所の新地までとあったんで、吃驚したし、慌てた。間に合わんかったら、どうしょうと思てな。会えてよかったよ」

朴念は乱れた息を整え、茶屋の女が運んできた茶を一服した。

「それで、手紙に書いてあった野呂川伯丈と言うのは、堀井千左衛門の用心棒を務めてた、腕利きの侍やったな。千左衛門の差金で、順慶町の伝吉郎親子らが、こおろぎ長屋の小春を始末しにきた、あのときの仲間やった。そう確か、前は千日火やの仕置場の、首打役を務めとったと聞いた」

「元は近江彦根藩の侍だった。手紙でも触れたが……」

市兵衛は、春の冷たい雨が降る日暮れどき、千日火やの聖六坊前の広場で、野呂川伯丈を斬った子細を語った。

「野呂川が、果たし合いを求めたのは、雇い人の千左衛門が首を吊ったあとだった。指図をする千左衛門はいなかった。野呂川に、わたしと戦う理由はなかったはずだ。にもかかわらず、果たし合いを希《のぞ》んだのは、自らを疵《きず》つけ損《そこな》うほどの凄《すさ》まじい気位の高さだった。勝敗を分けたのは、野呂川は、勝てない自分を許せなかったからだ。勝つためにしか、戦えなかったからだ」

「うん？　市兵衛さん、果たし合いは勝つために戦うのと違うんか」

「そうなのだが、戦いに百戦百勝はない。勝つとは限らぬ。わたしは奈良の興福寺で剣の修行をした。奈良の深い山谷を廻る廻峰行《かいほうぎよう》の中で、吹く風になれば、斬られはせぬし負けはせぬと思った。風になろうと、剣の修行を積んだ。むろん、風になどなれなかったが」

市兵衛は朴念に、戯《たわむ》れのような笑みを投げた。

「それが、市兵衛さんの風の剣やな」

「そう言った者もいた。風の剣など知らぬ。ただ、心得は知ることができる。風の心得だ」

「ふうん、風の心得か」

と、朴念は不思議そうに繰りかえした。

「果たし合いを求めてきた室生斎士郎とは、どういう侍なんや」

「一度、顔を合わせたことがある。わたしが見あげるほどの、長身痩軀の若い侍だ。身体そのものに鋼《はがね》のような力が漲《みなぎ》っていた。恐ろしい相手だ。果たし状に、わが主筋・保科柳丈さまの依頼を請け、とあった。保科柳丈は野呂川伯丈の実の兄で、彦根藩士らしい」

これを……

と市兵衛は、今朝、島田寛吉と言う室生斎士郎の従者が、こおろぎ長屋の市兵衛に届けにきた左封じの果たし状を、朴念に見せた。

武士の意義をたて申す、と果たし合いの理由はそれのみであった。

今夕七ツ(午後四時頃)、梅田墓所の新地南はずれの茶店に迎えの者がゆく。戦いは余人を交えず命つきるまで正々堂々と、と相対の戦いを希んでいた。ただし、勝敗はときの運。できうるならば、正々堂々の戦いを見届け、武運つたなく斃《たお》れたとき、亡骸《なきがら》を葬る付添人を一名、伴うことを希むものにて、ともあった。

「ふうむ。これも仇討になるのかいな」

朴念が言った。

「室生斎士郎は、保科柳丈の代人にすぎない。室生斎士郎は、仇討でも、遺恨でもなく、意地と矜持《きょうじ》と気位のために、おそらく、おのれが武士であるという甲斐《かい》性《しょう》のために、戦いを希んでいる。野呂川伯丈もそうだった。似ている」

「そしたら、唐木市兵衛は、なんのために戦うのや。向こうには、主筋の保科柳丈の代人として、武士の意地と矜持と気位のために戦う理由がある。市兵衛さんは、何を理由に室生斎士郎と戦うのや」

「朴念さん、わたしは渡り用人を生業《なりわい》にしているそろばん侍だ。それがわたしの甲斐性だ。わたしに戦う理由はない。果たし状が届いたとき、室生斎士郎がそのためにきたことがわかった。よかろう、この果たし合いを受けよう。ただ、そう思ったのだ。風のままだよ、朴念さん。風がそのように吹いているのだ」

朴念は、葭簀ごしに目を投げている市兵衛の横顔をしばし見つめた。

それから、やおら、果たし状を封じて市兵衛に戻した。

「恐い役目やけど、市兵衛さんに頼まれて、晴れがましい気分や。喜んで市兵衛さんの付添人を、やらせてもらうで」

「ありがたい」

市兵衛は横顔を向けたまま、静かに頬笑《ほほえ》んだ。

なんと清々しい。風の市兵衛なのやな。

朴念は、市兵衛の頬笑みに見惚れた。

「きた」

市兵衛が言った。

葭簀ごしに目を向けると、上田縞《うえだじま》の小袖《こそで》と脛巾《はばき》で絞《しぼ》った青鼠《あおねず》の袴《はかま》に、黒足袋草鞋、黒鞘《くろざや》の二刀を帯びた室生斎士郎の従者が、梅田新地の往来に立ち、菅笠の下から茶店のほうを見ていた。

年配だったが、老侍ではなかった。

あれが室生斎士郎の迎えかと、朴念は思った。

市兵衛が茶代を縁台におき、立ちあがった。大刀をおび、菅笠をつけた。

朴念は編笠をかぶって、市兵衛に続いて往来へ出た。

島田寛吉が市兵衛と朴念を認め、黙然として一礼を寄こした。

何も言わず、身を梅田墓所のほうへ転じ、七ツの夕方の刻限になり、茶屋の二階で管弦太鼓の宴《うたげ》の賑わいが聞こえ、客引きの呼び声もいっそう活発になり出した往来を、市兵衛たちを顧《かえり》みることなく歩んでいった。

梅田墓所へ入り、市兵衛と朴念は、墓石の間をなおもゆく寛吉とはひと筋それた通路を、斜め前方に寛吉の背を見ながら進んだ。

七ツをすぎても、西の空の果てに日が沈むまでには、まだ間があった。

夕方の西日が、白い雲を美しい火色に焼いていた。椋鳥《むくどり》が群れになって、墓所の周りの木々を飛び交い、鳴き騒いでいた。

「朴念さん、豊一の一件は、どのような始末になるのだ」

市兵衛の背中が言った。

「ああ、市兵衛さん、こんなときに、豊一の一件が気になるのか」

「お恒さんが気にかけていた。母親は無念の思いに苦しんでいる。どのような始末になるのか、それが心残りだ。戦う前に、できれば知っておきたい」

「そうか。先だって、東町の栗野敏助さんに会うた。市兵衛さんに、済まん、と謝っといてくれと言われた。豊一が残した手仕舞帳は、豊一を亡き者にした張本人を召し捕えることのできる、明らかな証拠にはなった。けど、そっから先の進展はまだないし、これからもなさそうや。蔵屋敷は町方支配でも、実状は大名の大坂屋敷で、簡単には踏みこめん。東西の町奉行さまも、相手が大名となると急に慎重になって、下役の町方は勝手に動くことができんと、栗野さんは文句を並べてたがな」

市兵衛の背中は、沈黙した。

「けどな、栗野さんはこうも言うてた。どうやら、島崎藩蔵屋敷の笠置貞次と言う留守居役が、先だって、ご家中が大騒ぎになるような、空米切手にまつわる不正を働いた子細を記した書き置きを残して、自害して果てたそうや。それから、蔵屋敷勘定方の生方広右衛門と蔵方の平松馬之助が、不正を働くのを手伝うた廉《かど》で、役目を解かれ、国元へ戻されたとか聞いた。栗野さんが蔵屋敷の役人から聞いた話では、島崎藩の国元では、生方も平松も切腹にはならんでも家が改易になるのは間違いないという噂《うわさ》が流れてるらしい。それと、蔵元の《大串屋》の宮之助と言う番頭が、蔵役人の不正を見逃し、大串屋の信用を失わせたとかで、今まで蓄えた給金の全部を失うくらいの懲罰金を払わされ、お店を追われた。豊一殺しの罪は、誰ひとり問われたわけではないけどな」

「豊一殺しは、目明しの三勢吉の差し金により、又左が手を下した、という顚末《てんまつ》なのだな」

市兵衛の背中がまた訊ねた。

「そういうことや。三勢吉がなんのために豊一に手をかけさせたのかは、三勢吉しか知らんことやが、三勢吉は未だゆくえ知れずやし」

「朴念さん、母親の無念はどうなるのだろう」

「ときに任せるしかない。市兵衛さん、しゃあないで」

それから、市兵衛と朴念は沈黙し、墓所の樹林を飛び交う椋鳥の騒ぎしか聞こえなくなった。

やがて、梅田墓所を抜け、前をいく寛吉より十間（約一八メートル）ほど後ろから、田野を流れる用水のような川沿いの道を進んだ。対岸にも此岸《しがん》にも、川沿いの道から田畑が四方へ折り重なって広がり、野の彼方に百姓家や林などが点在していた。

はるか北の空には、摂津の山並が望めた。

夕方が近づいた田野には、すでに百姓の姿はなかった。

昼間を名残り惜しむかのように、日が西の空に燃え、野と空がひとつになった日没前の最後の明るさに、田野は包まれていた。

川縁では水鳥が鳴き、魚が川面に跳ねる音が聞こえてくる。

だが、あたりは気だるい静けさの中にあった。

朴念は、彼方の摂津の山並と日の傾いた空の方角を望み、先をいく寛吉が、どうやら、梅田墓所より北西の、中津川に近い塚本《つかもと》村のほうへ向かっているのがわかった。

川縁の道は、丸木を渡しただけの手摺もない橋を越え、二手に分かれる流れが西のほうへ折れていく堤道をなおも進み、後ろになった丸木橋が見えなくなったあたりまできて、寛吉が足を止めてふりかえった。

「こちらへ」

寛吉は、ひと声を投げかけた途端、堤道から川原へ身を転じ、走り去っていった。そこは、塚本村へいく方角から浦江村のほうへと、用水の流れが大きく曲がっていくあたりだった。

川原には人の背丈ほどもある葦《あし》が生《お》い繁り、群生する葦の間をゆく細道があった。

「朴念さん、ここだ」

市兵衛は葦の覆う川原へ踏み入り、朴念は、おお、とこたえて続いた。

四

市兵衛と朴念は葦の間の細道を抜け、ごつごつした拳ほどの石や小石、黒ずんだ地肌が剝き出しになった川縁へ出た。

十間もない川を隔てた対岸の堤に、松林が見えた。

室生斎士郎と島田寛吉が、地肌が剝き出しになった石ころだらけの川縁の、二十間（約三六メートル）余先に、並んで佇《たたず》み、市兵衛と朴念を待っていた。

二人の背後に、深い葦が背後を断った青い壁のように繫って、ほのかな微風にゆらいでいた。

長身痩軀に見える斎士郎と比べて、寛吉はずっと背が低く、肩幅の広い部厚い身体つきだった。

斎士郎は、袖なしの革羽織を搗色《かちいろ》の単衣の上へ羽織って、柴色《ふしいろ》の細袴を黒の脛巾で絞った黒足袋草鞋に拵え、腰に帯びた黒鞘が光る二刀は、大柄な身体に似合う長刀だった。

こおろぎ長屋にきたときにかぶっていた深編笠をとって、綺麗《きれい》に剃《そ》った月代《さかやき》にくっきりと結った一文字髷《まげ》を乗せ、広い額に白鉢巻《はちまき》を締めていた。

ひと重の鋭い目と中高な鼻筋が、やわらかく結んだ薄く赤い唇へ下って、やや頬骨が目だつ青白い細面は凛々《りり》しく美しかった。

川原は静かだった。鳥の声は聞こえず、左手の川の流れはぬめるようななめらかさを見せていた。ただ、対岸の松の樹林を透かし、夕日が市兵衛と朴念へ、真っ赤に燃える光を浴びせかけていた。

「市兵衛さん、まぶしいな」

川縁を進みながら、朴念が言った。

市兵衛が立ち止まり、前方の斎士郎と寛吉へ向いたまま、朴念にもわかるほど大きくうなずいた。それから言った。

「朴念さん、ここにいてくれ」

朴念は市兵衛の背後より、まだ二十間近く先の斎士郎と寛吉を見やった。

斎士郎が、肩にかけていた袖なしの革羽織をはずし、寛吉は後ろに廻ってそれを受けとった。

革羽織の下には、揚色の単衣に白襷の支度ができていた。籠手《こて》でくるんだ両手を垂らし、掌《て》を閉じたり開いたりしたのが、離れていても見てとれた。

それから、顔だけを傍らの寛吉へ向け、何かを言うと、寛吉を残し、石ころだらけの川縁を、外連味《けれんみ》なく市兵衛のほうへ向かってきた。

さり気ない足どりながら、大股の一歩一歩を川縁の石ころだらけの地面を踏み締めるたびに、石ころがからからと笑っているかのような音をたてた。

斎士郎にわずかに遅れ、市兵衛が再び歩み出した。

黒紐《ひも》をとり出し、黒の手甲をつけた両手をひらひらとひるがえしつつ、素早く襷をかけた。日をさけるためか、菅笠はつけたまま、石ころを踏み締め、斎士郎へと向かっていった。

そのとき、市兵衛と斎士郎はどちらからともなく歩みを止めた。

両者の間は、まだ十間ほどもあった。

市兵衛は菅笠を下げ、対岸の松の梢《こずえ》から射《さ》す夕日をさえぎっていた。

「唐木市兵衛どの、よくきてくれた。気がはやり、こうして会えるときが待ち遠しかった。わたしは鈴鹿山中の名もなき里で生まれ育ち、剣を修行した。聞くところによれば、唐木どのは奈良の興福寺にて法相《ほっそう》の教えを学び、剣の修行を積まれたそうだな。羨《うらや》ましい。幼きころ、奈良の興福寺の教えを自分も学びたいと、山深き貧しき里に暮らし、憧れていた。わたしのような卑《いや》しき者には、手の届かぬ世界だと、わかっていた」

　市兵衛は沈黙し、斎士郎を凝《じ》っと見つめた。

「以前、風の剣、の噂を聞いたことがある。昔、興福寺の若い学僧が奈良の山谷を廻峰し会得した秘技だと。唐木どのが、その学僧だったのだな。なんと言う廻り合わせか。風の剣が見たい」

　斎士郎は長刀の黒撚糸《くろねんし》の柄へ、なでるように手をおいた。大きく一歩を踏み出し、膝をやわらかく折り、長刀の鯉口《こいぐち》を鳴らした。

「唐木どのに遺恨はなけれど、わたしには果たさねばならない義理と、武士の意地がある。いざ、参る」

　市兵衛は動かず、ただ言った。

「室生斎士郎どの、おぬしの言う武士の意地に、今ここで、命を的《まと》に斬《き》り合うほどの値打ちがあるのか」

「申すまでもない。武士の意地を誇りに思い、支えに生きてきた。武士である限り、こののちもそれは変わらぬ。わが意地を、他人に知られたいとは、知らせようとは思わぬ。唐木どの、抜かれよ」

長い腕を空の汚れを払うように廻し、銀色の刀身を音もなく抜き放った。後方より射す夕日が、ひるがえる刀身に映えてきらきらと耀《かがや》いた。

それを正眼にかまえ、斎士郎は再び歩み出した。

寸分の隙も見えない、美しい、と思えるほどの姿だった。

だが、果敢《はか》ない。

市兵衛は、斎士郎に合わせて歩み出した。腰の刀をつかみ鯉口をきり、柄に手をかけた。そして言った。

「法相の教えは深遠《しんえん》だった。だが、深遠さは空虚と隣り合わせだった。わが食う物、呑《の》む酒、雨露を防ぐ一夜の眠りを貪《むさぼ》る店、それが何ゆえもたらされているかを、説いてはいなかった。法相の教えでは、この世を夢から覚めぬ夢の世に例えている。わたしは、深遠さゆえの空虚に耐えられなかった。それゆえ、興福寺を出た。風は自在に吹く。風の剣があるとすれば、その自在さこそが奥義に違いあるまい。果たさねばならない義理と、武士の意地は、風の自在さに勝てるか」

「笑止。それしきのわけ知りで、したり顔とは埒《らち》もない。深遠さも空虚も、おのれの中にある。唐木どのは、おのれの中の迷いを見ているのにすぎぬ。ただ、修行が足りぬ。それだけだ」

「いかにも。おのれの中の迷いこそ、わが武士の一分。こい」

市兵衛は歩みを止め、斎士郎を迎え撃つ抜刀の体勢をとった。

「おお」

斎士郎の正眼が、川縁の小石と黒ずんだ土を蹴《け》たて、十間ほどもあった間をたちまち縮め、両者は肉薄した。

間が消えたとき、斎士郎の体軀が夕日を背に躍動した。

大きく一歩を踏み出し、後ろ脚の膝頭が地面を擦るほど身体を沈め、上段へとった長刀を市兵衛へ浴びせかけ、両断にした。

それを市兵衛は、菅笠の頭上すれすれに、抜き放ち様に打ち払った。

うなりを発した二刀が、鋼の雄叫《おたけ》びを発して激しく咬《か》み合い、夕日に照り映える中で光の粒を飛び散らした。

斎士郎は市兵衛より早く刀をかえし、二の太刀を袈裟懸《けさがけ》に見舞《みま》う。

その一撃は、体を添わせてはずした市兵衛の菅笠の縁を割り、上着の肩をかすかに擦《こす》った。

一方の市兵衛は、長刀が空へ流れわずかな隙が生じたところへ、即座に斬りかえしを見舞った。

斎士郎はそれを、長身を若竹のように撓《しな》らせ、やすやすとよけた。

身体を斜に撓らせて市兵衛の刃の下から、眉ひとつ動かさず、まばたきもせず凝っと見あげるひと重の眼差《まなざ》しが、描かれた絵のように微動だにしなかった。

そして、しなやかに体勢を戻し、市兵衛にたて直す間を与えず、右から左へと続け様に攻めかかり、攻撃の手をゆるめなかった。

斎士郎の凄まじい気迫と速度に、市兵衛は後手に廻らざるを得なかった。

上段から斬り落とし、即座に斬りあげ、また車輪のように斬り落とす。斎士郎の一連の動きは止まらず、背後から射す夕日が躍動に合わせて見え隠れし、まるで光と戯れているかのようだった。

市兵衛は日を背にした位置を占め、攻勢をかける斎士郎の意図を承知していたが、予期していた以上の俊敏な攻勢に、じりじりと後退を余儀なくされた。

あかん、市兵衛さん。

朴念はうろたえた。

そのとき、斎士郎の長刀が空にうなり、市兵衛がかろうじて横へ飛んだ瞬間、切先が菅笠を割って、市兵衛の額をわずかに舐《な》めた。

市兵衛は顔をそむけ、傾いた体勢を足を踏ん張って支えた。

斎士郎は、市兵衛の動きを的確に捉えていた。

「あたう」

勝利を確信したかのようにひと声吠《ほ》え、体勢をくずした市兵衛の脾腹《ひばら》へ、長刀を突き入れた。

顔を戻した一瞬、沈みかかる夕日が市兵衛の目をくらまし、斎士郎の姿を隠した。ただ、銀色に映えた刀身だけが見えた。

市兵衛は、突き入れた刀身の棟《むね》へ叩き落とした。

かん。

と、川縁に鋼の音が響きわたる。

そのとき、鍔《つば》より一尺ほどを残して斎士郎の長刀が折れた。

折れた刀身がくるくると回転しながら飛び、川縁の石ころへじゃれかかるように跳ねた。

あっ、と朴念が思わず声をあげ、一方の寛吉は呆気《あっけ》にとられた。

斎士郎は、咄嗟《どっさ》に折れた刀を市兵衛へ投げつけ、小刀を抜いた。

だが、市兵衛が身を畳んでそれをよけながら踏みこみ、胴を薙《な》いだ一撃を斎士郎はまぬがれることはできなかった。

斎士郎は、苦悶《くもん》の声をもらし、よろめいた。

搗色の単衣の布地が大きく裂けて、見る見る血があふれた。

よろめきながら、なおも小刀をふりかざした。一瞬早く、市兵衛の袈裟懸が、斎士郎の鉢巻を飛び散らし、こめかみを割った。

斎士郎は、空を仰ぐように身体を反らせた。長身がゆらぎ、ゆっくりと両膝が落ちた。

「旦那さまっ」

寛吉が叫び、駆け出した。

それを見て、朴念も慌てて走り出した。

市兵衛は、駆けつける寛吉へ、くるな、と手を差し出す仕種《しぐさ》で制した。

寛吉は市兵衛の気迫に、動くことができなくなった。

斎士郎は今にもくずれ落ちそうな様子で坐《すわ》りこみ、それでも倒れずに、小刀を地面につきたて、ただうな垂れていた。こめかみから、血が勢いよく噴きこぼれていた。呼気は絶え絶えだった。

市兵衛は斎士郎の傍らへ寄った。

「止《とど》めを、刺しますか」

と言ったが、斎士郎はうな垂れた頭を、かすかに横へふった。

いらぬ。

斎士郎は思った。

おのれの始末は、おのれの手で、と思った。

野呂川伯丈もそうだったのだな、と思った。

江、睦、許してたもれ、と思った。

斎士郎は、地面につきたてていた小刀を、震えつつもゆっくりと持ちあげ、自ら首筋へあてた。

「旦那さまあ……」

うろたえて佇む寛吉が、悲痛な声を絞り出した。

しかしそのとき、川縁は死んだように静かだった。透きとおった川は音もなく流れ、鳥の声はなく、水面《みなも》を跳ねる魚もなく、川原にゆらぐ葦が男たちの周囲を、夕刻の沈黙に閉ざしていた。

そして次の瞬間、寛吉の絶叫が川縁の沈黙を破り、日は西の空の果てに沈んだのだった。

終章　帰郷

渋井鬼三次は、日本橋本石町の扇子問屋《伊東》の勝手口をくぐり、土間続きの台所の板間のあがり端《はな》に腰かけていた。腰の大刀をはずし、鐺《こじり》を土間に突いて柄頭《つかがしら》に両手をだらりと乗せていた。

足は手代坐《てだいすわ》りに組んで、浮いたほうの紺足袋《こんたび》の雪駄《せった》を引っかけた足先を、つんつんさせていた。

六尺（約一八〇センチ）ほどの背丈がある御用聞の助弥は、渋井から少し離れたところで、遠慮気味に佇《たたず》み、手持ち無沙汰《ぶさた》に腕組みをして、旦那の渋井の用が済むのを待っていた。

渋井は、台所の板間に坐ったお藤から、倅の良一郎が、長谷川町の扇子職人・左十郎《さじゅうろう》の娘・小春と、この春の一月、互いの両親には内緒にして欠け落ち同然に大坂へ旅に出て、あれからもう夏になっているのに、まだ江戸へ戻ってこない不満やら愚痴やらを、ぐずぐずと聞かされていたのだった。

お藤は、北町奉行所同心・渋井鬼三次の元女房で、良一郎は、渋井とお藤の間に生まれた倅《せがれ》である。いろいろあってお藤は渋井と離縁し、良一郎を連れて里の本石町の扇子問屋に戻ったが、数年がたち、同じ本石町の老舗の扇子問屋・伊東の文八郎のもとへ、連れ子で嫁いでいた。

お藤は文八郎との間に、娘のお常《つね》を産んでいたが、連れ子の良一郎は、伊東の跡継ぎに決まっている。その大事な跡継ぎの良一郎が、大坂へいったまま帰ってこないのが、お藤をやきもきさせていた。

「一体、どうなってるのよ、渋井さん」

と、お藤は渋井と顔を合わせるたびに、何もかもが渋井の所為《せい》であるかのように、不平をぶつけた。

と言うのも、良一郎と小春が、欠け落ち同然に大坂へ旅だった理由がなんであれ、とにかく一度は江戸へ戻って、互いの両親にちゃんと話をさせるために、渋井の友である唐木市兵衛に頼んで、二人を連れ戻しに大坂へいってもらった。

市兵衛からは、大坂で二人を見つけ間もなく江戸へ戻るので安心するように、と手紙が届いていた。だが、それが夏の四月になっているのに、まだもどってこない。それで、お藤は苛《いら》だっていた。

勝手と台所の板間には、昼どきの仕事が一段落して下働きの下男や婢《はしため》の姿は見えず、渋井とお藤と、助弥の三人しかいなかった。

お藤は眉をひそめ、目尻を吊りあげて、ぐずぐずと言った。

「きっと、良一郎に何かあったんだわ。だから戻ってこられないのよ。唐木さんは渋井さんに本途《ほんと》の事情が言えなくて、いろいろと理由をつけて、引き延ばしているのよ」

「やめろよ。市兵衛はそんな男じゃねえ。この前の手紙で、大坂で世話になっている人に困った事情が起こって、その手伝いのために戻りが遅れているが、心配しないようにと、書いてあっただろう。お藤にも見せたじゃねえか。心配するのはわかるが、ここでやきもきしてもしょうがねえんだから」

「じゃあ、もしも良一郎の身に何かあったのなら、渋井さん、どうするのよ」

「どうするもこうするも、江戸と大坂じゃあ、どうもしようがねえだろう。仮になんかがあったとしても、市兵衛がついてりゃあ、大丈夫だって」

「なんかがあってって、やっぱり、何かあったのね。隠しているのね。何があったの。言って、言いなさいよ、渋井さん」

「仮にだよ。いい加減にしねえか。これっぽっちも隠しちゃあいねえよ。おめえは伊東の内儀《おかみ》らしく、でんとかまえて、娘のお常と亭主の文八郎さんのことだけを考えてりゃいいんだ」

「それとこれは別です。良一郎は伊東の跡継ぎなんですからね」

ああ言えばこう言うで、お藤の苛だちは収まりそうになかった。

渋井が、《鬼しぶ》の渋面《しぶづら》をいっそう渋くしたので、土間で待っている助弥が小さく噴《ふ》き出した。

そこへ、株仲間の用で近所に出かけていた亭主の文八郎が戻り、渋井が勝手のほうにいて、お藤と言い合っているのを知って、慌てて台所の板間へきた。

「あ、渋井さま、お役目ご苦労さまでございます。このようなところではなく、どうぞ、おあがりくださいませ。お藤、駄目じゃないか。お茶も出さずに。渋井さまに座敷へあがっていただいて……」

文八郎はお藤に並びかけて、恐縮して言った。

「いや、文八郎さん、お役目中で長居はできねえから、おれがここでいい、茶も要らねえと言ったんだ。また良一郎の話なんで、うちわの話をするのに、店の表から御用みてえな顔して入るのも気が引けてね。文八郎さんには、余計な心配をかけて、本途に申しわけねえ成りゆきでさ、なんと言ったらいいか」

「とんでもございません。父親としてわたくしがいたりませんもんで、渋井さまに却《かえ》ってご厄介をおかけいたし、こちらこそ、申しわけなく思っております。ともかく、ここではいくらなんでも。ほら、お藤、渋井さまを」

と、文八郎が言っても、お藤は面白くなさそうな素ぶりである。

「いや、いいんだいいんだ。もう出かけなきゃいけねえ」

渋井は板間のあがり端《はな》から立ちあがり、定服《じようふく》の黒羽織の下に刀を差した。

「文八郎さん、またくるよ。良一郎のことで、文八郎さんに、これからも何かと厄介をかけることがあるかもしれねえし、その折りは世話になりますよ」

「はい。わたくしのほうこそ、渋井さまのお力添えをいただかなければならないことが、いろいろあると思われます。何とぞよろしくお願いいたします」

文八郎が、生真面目《きまじめ》に手をついた。

「じゃあな、内儀さん、またくるぜ」

渋井は、お藤をおかみさんと呼びかけ、踵《きびす》をかえした。

「お藤、おまえも」

と、文八郎はお藤を促し、お藤はしぶしぶ文八郎に倣《なら》って板間に手をつき、助弥を従えて勝手口から出ていく渋井を見送った。

渋井は本石町の往来へ出ると、やれやれ、という様子で、長い吐息をついた。

後ろの助弥が、そんな渋井の様子にまた噴き出した。

「おかしいかい。おかしいよな。お藤の愚痴を聞かされるたびに、げんなりするぜ。おれに不満をぶちまけても、事情が変わるわけじゃねえんだ」

「やっぱり、内儀さん、旦那には言いやすいんですかね。恐い顔をして、食いついたら絶対逃がさないよって、感じですもんね」

「やめろよ。勘弁してくれ」

渋井は、中背の痩せたいかり肩を、心地悪そうに左右にゆすった。

お藤になんのかんのと文句をつけられ、いつものように、やれやれ、と思っている自分がおかしくなり、鼻で笑った。そして、

「市兵衛、早く帰ってこいよ、一杯やりながら、大坂で一体何があったのか、聞かせろよ。宗秀《そうしゅう》先生も矢藤太《やとうた》も、大坂の土産話を聞きたがってるぜ。市兵衛がいねえと、うかうかと歳《とし》をとっちまいそうでよ」

と、江戸の初夏の昼下がり、本石町の賑《にぎ》やかな往来をいきながらぶつぶつと呟《つぶや》いた。

同じ日、彦根城下の南方、寺町でもある五番町はずれに結んだ、切妻《きりつま》造りの茅《かや》葺《ぶき》屋根の質素な庵《いおり》に、藩主の近衛《このえ》勤務たる五職の物頭・保科柳丈が、お城勤めの裃《かみしも》のまま、網代垣《あじろがき》を廻《めぐ》らした狭い庭へ慌《あわ》ただしく駆けこんだ。

「ごめんっ」

保科柳丈は戸口に供を待たせ、返事も待たず、庵の表戸を引き開けた。

「江《ごう》、いるか。わたしだ」

と、薄暗い庵の中へ声を投げた。

庵の中には、線香を焚いたかすかな臭いが漂っていた。

保科は土間から慌ただしく寄付きへあがり、畳をゆらして、小さな庵の勝手知ったる部屋の襖《ふすま》の前にきた。

「江、開けるぞ」

そこでも保科は、返事を待たなかった。襖ごしの重たい沈黙こそが、返事に違いなかった。

思わず強く引いた襖が、たん、と鳴った。

赤ん坊の睦《むつ》を抱いて端座した江が、蒼《あお》ざめた顔を保科へ向け、母親の腕の中の赤ん坊が、吃驚《びっくり》したようなあどけない目で、保科を見あげていた。

江の後ろには寛吉が控え、膝に手をそろえて、顔もあげられぬ様子でうな垂れていた。

部屋は、室生斎士郎の居室に使っており、壁ぎわに書物が山のように積まれていた。そして、本の山のわきに小さな、形ばかりの祭壇が設けてあり、斎士郎の遺骨を納めた白布にくるまれた骨壺と、戒名ではなく、ただ《室生斎士郎》と記した白木の位牌《いはい》が祀《まつ》られ、数本の線香が薄い煙をゆらしていた。

保科は呆然《ぼうぜん》と佇《たたず》み、手足が震えるのに、抗《あらが》うことができなかった。

すると、祭壇に向かっていた江が、保科へ膝を廻し、赤子の睦を抱えたまま、片手を畳につき、

「保科さま、わが夫・室生斎士郎が帰って参りました」

と、冷やかな声で言った。

「斎士郎」

保科は、思わず祭壇へ呼びかけた。

一歩、二歩と、進めた歩みが覚束《おぼつか》なかった。

祭壇の傍らへきて、膝を落とし、恐る恐る手を差しのべたものの、手は虚《むな》しく

宙に震えているばかりだった。

だが、突然、保科は叫ぶように言った。

「許せ、斎士郎。済まぬ」

と、両手を畳へつき、頭を落とした。畳を這《は》うほどに、ひれ伏した。

「済まぬ、済まぬ……」

保科は繰りかえしながら、江と寛吉をはばからず慟哭《どうこく》した。

戸前に控えていた供侍と中間《ちゆうげん》が、庵の奥から聞こえてきた主人の声を訝《いぶか》り、開けたままの表戸の中をのぞきこんだ。

天満橋まで

一〇〇字書評

切り取り線

購買動機（新聞、雑誌名を記入するか、あるいは○をつけてください）

□（　　　　　　　　　　　　　　　　）の広告を見て
□（　　　　　　　　　　　　　　　　）の書評を見て
□ 知人のすすめで　　　　　　　□ タイトルに惹かれて
□ カバーが良かったから　　　　□ 内容が面白そうだから
□ 好きな作家だから　　　　　　□ 好きな分野の本だから

・最近、最も感銘を受けた作品名をお書き下さい

・あなたのお好きな作家名をお書き下さい

・その他、ご要望がありましたらお書き下さい

住所	〒				
氏名		職業		年齢	
Eメール	※携帯には配信できません	新刊情報等のメール配信を 希望する・しない			

この本の感想を、編集部までお寄せいただけたらありがたく存じます。今後の企画の参考にさせていただきます。Eメールでも結構です。

いただいた「一〇〇字書評」は、新聞・雑誌等に紹介させていただくことがあります。その場合はお礼として特製図書カードを差し上げます。

前ページの原稿用紙に書評をお書きの上、切り取り、左記までお送り下さい。宛先の住所は不要です。

なお、ご記入いただいたお名前、ご住所等は、書評紹介の事前了解、謝礼のお届けのためだけに利用し、そのほかの目的のために利用することはありません。

〒一〇一-八七〇一
祥伝社文庫編集長　清水寿明
電話　〇三（三二六五）二〇八〇

祥伝社ホームページの「ブックレビュー」からも、書き込めます。
www.shodensha.co.jp/
bookreview

祥伝社文庫

天満橋《てんまばし》まで　風《かぜ》の市兵衛《いちべえ》　弐《に》

令和元年8月20日　初版第1刷発行
令和6年7月10日　　　第3刷発行

著者　辻堂《つじどう》 魁《かい》
発行者　辻　浩明
発行所　祥伝社《しょうでんしゃ》
東京都千代田区神田神保町3-3
〒101-8701
電話　03（3265）2081（販売部）
電話　03（3265）2080（編集部）
電話　03（3265）3622（業務部）
www.shodensha.co.jp

印刷所　堀内印刷
製本所　ナショナル製本
カバーフォーマットデザイン　中原達治

Printed in Japan ©2019, Kai Tsujidou ISBN978-4-396-34555-6 C0193

祥伝社文庫の好評既刊

辻堂魁

風の市兵衛

さすらいの渡り用人、唐木市兵衛《からきいちべえ》。心中事件に隠されていた奸計《かんけい》とは？〝風の剣〟を振るう市兵衛に瞠目！

辻堂魁

雷神 風の市兵衛②

豪商と名門大名の陰謀で、窮地に陥った内藤新宿の老舗。そこに〝算盤《そろばん》侍〟の唐木市兵衛が現われた。

辻堂魁

帰り船 風の市兵衛③

舞台は日本橋小網《こあみ》町の醤油問屋「広国《ひろくに》屋」。市兵衛は、店の番頭の背後にいる、古河《こが》藩の存在を摑むが——。

辻堂魁

月夜行《つきよこう》 風の市兵衛④

狙われた姫君を護《まも》れ！潜伏先の等々《とど》力《ろき》・満願寺《まんがんじ》に殺到する刺客たち。市兵衛は、風の剣を振るい敵を蹴散らす！

辻堂魁

天空の鷹《たか》 風の市兵衛⑤

息子の死に疑念を抱く老侍。彼の遺品からある悪行が明らかになる。老父とともに、市兵衛が戦いを挑んだのは⁉

辻堂魁

風立ちぬ㊤ 風の市兵衛⑥

〝家庭教師〟になった市兵衛に迫る二つの影とは？〈風の剣〉を目指した過去も明かされる、興奮の上下巻！

祥伝社文庫の好評既刊

辻堂　魁

風立ちぬ㊦　風の市兵衛⑦

市兵衛誅殺《ちゅうさつ》を狙う托鉢僧《たくはつそう》の影が迫る中、市兵衛は、江戸を阿鼻叫喚の地獄に変えた一味を追う！

辻堂　魁

五分《ごぶ》の魂　風の市兵衛⑧

人を討たず、罪を断つ。その剣の名は――〝風〟。金が人を狂わせる時代を、〈算盤侍〉市兵衛が奔《はし》る！

辻堂　魁

風塵《ふうじん》 上　風の市兵衛⑨

唐木市兵衛が、大名家の用心棒に⁉事件の背後に、八王子千人同心の悲劇が浮上する。

辻堂　魁

風塵 下　風の市兵衛⑩

わが一分《いちぶん》を果たすのみ。市兵衛、火中に立つ！　えぞ地で絡《から》み合った運命の糸は解けるのか？

辻堂　魁

春雷抄《しゅんらいしょう》　風の市兵衛⑪

失踪した代官所手代を捜す市兵衛。夫を、父を想う母娘のため、密造酒の闇に包まれた代官地を奔る！

辻堂　魁

乱雲《らんうん》の城　風の市兵衛⑫

あの男さえいなければ――義の男に迫る城中の敵。目付筆頭の兄・信正《のぶまさ》を救うため、市兵衛、江戸を奔る！

祥伝社文庫の好評既刊

辻堂　魁　遠雷　風の市兵衛⑬

市兵衛への依頼は攫《さら》われた元京都町奉行の倅《せがれ》の奪還。その母親こそ初恋の相手、お吹《すい》だったことから……。

辻堂　魁　科野秘帖《しなのひちょう》　風の市兵衛⑭

「父の仇を討つ助っ人を」との依頼。だが当の宗秀は仁《じん》の町医者。何と信濃《しなの》を揺るがした大事件が絡んでいた！

辻堂　魁　夕影《ゆうかげ》　風の市兵衛⑮

貸元の父を殺され、利権抗争に巻き込まれた三姉妹。彼女らが命を懸けてまで貫こうとしたものとは⁉

辻堂　魁　秋しぐれ　風の市兵衛⑯

元力士がひっそりと江戸に戻ってきた。一方、市兵衛は、御徒組旗本のお勝手建て直しを依頼されたが……。

辻堂　魁　うつけ者の値打ち　風の市兵衛⑰

藩を追われ、用心棒に成り下がった下級武士。愚直ゆえに過去の罪を一人で背負い込む姿を見て市兵衛は……。

辻堂　魁　待つ春や　風の市兵衛⑱

公儀御鳥見役《こうぎおとりみ》を斬殺したのは一体？藩に捕らえられた依頼主の友を、市兵衛は救えるのか？　圧巻の剣戟!!

祥伝社文庫の好評既刊

辻堂　魁　遠き潮騒《しおさい》　風の市兵衛⑲

失踪した弥陀ノ介の友が銚子湊で目撃された。そこでは幕領米の抜け荷が噂され、役人だった友は忽然と消え……。

辻堂　魁　架け橋　風の市兵衛⑳

海賊のはびこる伊豆沖から市兵衛へ助けを乞う声が。声の主はなんと弥陀ノ介の前から忽然と消えた女だった。

辻堂　魁　暁天《ぎょうてん》の志　風の市兵衛　弐《に》㉑

市中を脅かす連続首切り強盗の恐怖が迫るや、市兵衛は……。大人気シリーズ新たなる旅立ちの第一弾！

辻堂　魁　修羅《しゅら》の契《ちぎ》り　風の市兵衛　弐《に》㉒

病弱の妻の薬礼のため人斬りになった男を斬った市兵衛。男の子供たちを引きとり、共に暮らし始めたのだが……。

辻堂　魁　銀花　風の市兵衛　弐《に》㉓

政争に巻き込まれた市兵衛、北へ――。そこでは改革派を名乗る邪悪集団が私欲を貪り、市兵衛暗殺に牙を剝いた！

辻堂　魁　縁の川　風の市兵衛　弐《に》㉔

《鬼しぶ》の息子・良一郎と幼馴染みの小春が大坂へ欠け落ち!?　市兵衛が大坂へ向かうと不審な両替商の噂が…。